神秘（下）

白石一文

毎日文庫

神秘（下）目次

第三部

神秘（上）目次

神秘（下）

第二部（承前）

教会巡り

四十代半ばを過ぎて、冬という季節が好きになった。桜よりも紅葉に感動するようになったのもその頃からだったように思う。

四季の中で、冬が一番安定している。寒さは、一度始まると揺らぐことが少ない。しっかりと根付いて、長い時間、私たちの生活を包み込んでくれる。寒さの中には静かな落ち着きというものがある。それが歳を重ねるに従ってしっくりしてくるのだ。

瀬戸内海式気候の神戸の冬は東京に比べれば温和だろうと勝手に思い込んでいたが、十二月下旬からの冷え込みは、海風の強さも手伝ってか、むしろ東京よりも厳しいくらいだった。

年末年始はどこへも行かずに独りで過ごした。

藍子《あいこ》と別れてこの方は、千晶《ちあき》のいるローマに一度、真尋《まひろ》のいるニューヨークに一度出かけたが、あとは今回同様、独りきりで正月を迎えてきた。神楽坂《かぐらざか》から神戸へと場所は変わったが、これといって異なる感慨に浸ったわけでもない。

独りで迎える新年は、爽《さわ》やかでもあり、さみしくもある。

大晦日《おおみそか》、テレビはどのチャンネルも東日本大震災にからめた番組を流していた。私のような末期がん患者でありながら、家を流され、放射能に追われて仮住まいで年越しを強いられている人たちもおそらく数多くいるに違いないと思った。

その苦しみをどうか病を克服する力に変えてください、と心の中で私は祈った。

私は、この数カ月、人ががんを克服するためには一体何が必要だろうかとしきりに考えてきた。

がんを癒《い》やすためにいの一番に必要なことは何か？

と自問しつづけ、その末にたどりついた「これは確実だろう」という答えはたった一つきりだった。

がんを癒やすために何よりも必要なことは、がんになることである。

がんを治そうと思うなら、まずはがんに罹《かか》らなくてはならない。これは当たり前のことで、何かを白く塗るためには、手始めにその何かを白以外の色で塗らねばならないのと同じ理屈だった。がんを消すためには、消す対象であるがんをまずは作る必要がある。

そこから私は少しずつ、考えを前に進めていったのだ。

がんを治すためにがんが必要であり、がんを消すためにはがんを作る必要があるのであれば、どちらにしてもあくまで主役はがんであって、がんでなかった頃の健康な状態うんぬんは無視していいのだということになる。

私たちはともすれば、がんに罹ると、がんでなかった肉体へと戻ることばかり希《ねが》う。だが、発想を少し変えて、なぜがんに罹ったかと考え、仮に、それが「がんを治す、がんを消す」という目的のためだったとすれば、がんという病気は徹頭徹尾、がんそのものの中にすべての答えが含まれていると結論づけることもできよう。

がんを治すことと、健康な状態に戻ることとはまったく別物と考えた方がいいのではないか——私はその一事にはたと思い至ったのだった。

がんになったことが、がんを治すという目的を達するための〝行為〟であるとすれば、それは当然の話ということになる。

譬《たと》えるならば、がんは登山のようなものなのではなかろうか。

登山家が山に登るのはまさしく「そこに山があるから」であり、巨峰にとりつき、必死の思いでその頂きを征服しようとしている最中には、ごく当たり前の日常の時間など彼には一切関係がない。

目の前には、人を寄せつけず、数々のアルピニストを死の淵《ふち》へと滑落させてきた巨大な山しか存在しない。それが彼の人生、生命のすべてなのである。

がんとがん患者との関係も、この山と登山家との関係と似たようなものなのではないか？

私は次第にそのように考え始めたのだった。

がんから逃げても仕方がない。がんから逃げるのは、登山家が登山そのものを放棄するようなもので、がんの治癒自体を諦《あきら》めてしまうに等しい。だからこそ、医師という頭脳明晰《めいせき》な専門家集団が、いくら手術や放射線治療、抗がん剤などでがんをやっつけようとしても、がんは容易には消えてくれないのだ。彼らのやっていることは、登山家の前から山そのものを取り除こうとするような、ひどく無意味で明らかに無謀な試みだからだ。

がんが治るというのは、がんから逃げおおせるということではなく、言ってみれば、がんのもう一つ別の顔を見つけるといった、我々が現在認識しているよりもはるかに哲学的、散文的な現象なのではあるまいか？

私はだんだんそのように考えるようになってきていた。

二〇一二年二月二十六日日曜日。

私は、昼前にアストラルタワーを出て北野坂方面へと向かった。

日射しは強く、風もなかったが、空気はしんしんと冷えている。二月もあと三日で終わるが春いまだしの感は強い。

「さんちか」に降りると日曜日の昼とあって人でごった返していた。みんな寒さに辟《へき》易《えき》して地下街にもぐっているのだ。人波をかきわけるようにして市営地下鉄「三宮」駅の方角へと進み、東8番の出口から地上に出た。

もう目の前が北野坂の始まりだ。

人いきれで蒸すような「さんちか」を歩いているあいだにすっかり身体はあたたまった。ここ一週間ばかり、軽い腰痛がつづいているが、目覚めた直後が顕著で、こうして外に出てしばらく身体を動かしているうちにいつの間にか痛みは消えるのだった。

雨の日や気温のよほど低い日は二階のトレーニングルームでマシンを使って歩いているが、おおかたの日中は必ず一時間から一時間半は散歩をするようにしている。

腰の痛みは夜になると戻ってくる。対策として、眠る前に半身浴を行い、腰をあたためることにしていた。これはなかなか効果がある。

北野坂は左右に様々な店が軒を連ねる細い坂道だが、ほとんどが飲食店なので昼間は準備中の店舗が大半だ。それでも人通りは結構ある。中山手通《なかやまてどおり》の交差点を渡って、中山手通一丁目から山本通一丁目のあたりまで来ると、さすがに坂道を歩く人の姿はまばらになってきた。

この北野坂を真っ直《ます》ぐに上っていけば、有名な北野異人館のエリアだった。私はズボンのポケットからアイフォーンを取り出し、マップを呼び出して現在位置を確認する。ヒルサイドテラスの交差点はすでに渡り、いまちょうど東洋ハイツという大きなマンションにさしかかったところだった。次の交差点まで行って、北野ヒルズという建物の先で右折すれば目的地に到着するだろう。

年明けに自分へのささやかなお年玉のつもりでアイフォーンを買った。それまではドコモだったがソフトバンクに乗りかえた。さすがにスティーブ・ジョブズがこだわり抜いた製品だけのことはある。その使い勝手のよさにつくづく感嘆している。

北野ヒルズの一階には白いドレス姿の女性を写した大きな看板がかかっていた。中を覗《のぞ》くとどうやらウェディングドレス・ショップのようだ。

冬の外気にさらされてベアトップのウェディングドレスを着たモノクロームの女性はいかにも寒そうに見える。坂の両側に植えられた街路樹はいまだ芽吹くこともなく、丸裸のままだった。

女性の写真を横目に道を右に曲がった。

五十メートルほども進むと目指す建物があった。

新神戸バプテスト教会。

今日、巡る予定にしている三つの教会のうちの最初の一つだった。

白い大きな十字架をのせた尖塔《せんとう》、聖堂の外壁も真っ白に塗られていた。巡礼途上のヨーロッパの田舎町や西部劇に出てくる小さな宿場町にいかにもありそうな小さな教会だった。アーチ型の入り口には焦げ茶色の年代物の木製扉がはまっている。その両開きの扉の片側のノブを摑んでゆっくりと引いた。

日曜学校には遅い時刻だが、礼拝堂は開放されているに違いない。中に入ると、きれいに掃除された続きの間がある。正面の白い壁にはやはり木製の両開きの扉。右にも扉があって、その手前はコンクリート製の階段になっていた。人の気配は皆無だ。静まり返っていた。

私は礼拝堂へとつながる目の前の内扉を開ける。

左右に教会特有の礼拝用の長椅子がずらりと並び、中央通路の奥には祭壇があった。大きな聖書が書見台に広げられ、三本立ての立派なキャンドルスタンドが置かれている。蠟燭《ろうそく》に火は灯《とも》っていない。礼拝堂の中にも人っ子一人いなかった。

古い木の匂いがかぐわしく、無人にもかかわらずあたたかい。ついさきほどまでたくさんの信者たちが集っていたような気配があった。

私は最前列まで進んで、礼拝した。

窓からは明るい日射しが差し込んでいる。とにかく水を打ったような静けさだ。

窓側の細い通路を通って出入り口へと戻る。内扉の近くまで来たところで、右手の壁に一枚の大きな絵が飾ってあるのに気がついた。

足を止めて、その絵に見入った。油彩画のようだ。

白い布の衣装をまとった一人の男が短い杖《つえ》をもって崖《がけ》の上に立っている。左の脇には一匹の子羊を抱えていた。

彼はイエスのようにも見えるし、屈強なただの羊飼いのようでもある。

〈あなたがたのうちに、百匹の羊を持っている者がいたとする。その一匹がいなくなったら、九十九匹を野原に残しておいて、いなくなった一匹を見つけるまで捜し歩かないであろうか。そして見つけたら、喜んでそれを自分の肩に乗せ、家に帰ってきて友人や隣り人を呼び集め、「私と一緒に喜んでください。いなくなった羊を見つけましたから」

と言うであろう。

よく聞きなさい。それと同じように、罪人がひとりでも悔い改めるなら、悔い改めを必要としない九十九人の正しい人のためにもまさる大いなるよろこびが、天にあるのである。〉(ルカによる福音書第十五章)

絵の入った額の下にはこの有名な聖句を刻んだプレートが貼り付けられていた。

私は少しばかり胸に興奮を覚えて、しばらくのあいだ絵の中の羊飼いと彼に抱かれた子羊を見つめていた。

再び外に出ると、教会の敷地を見て回る。聖堂の隣はスレート屋根の大きな二階建ての幼稚園で、金属製のフェンスが閉まった門柱には「光の園幼稚園」と記されている。

聖堂の古色とは対照的に、この幼稚園は真新しい。最近建て替えられたのだろう。日曜日とあって園舎に人影は皆無だった。

園舎の手前にはもう一つ建物が建っていた。二階建てでこちらも新しい。一階は左半分がコンクリート壁に囲われた駐車スペースで、残り半分の側に入り口があった。立派な木のドアがはまっている。大きなプラスチック製の表札には、

新神戸バプテスト教会・学校法人光の園幼稚園
氏家俊雄&佳織

と記されていた。

この二階屋は牧師一家の住まいなのだろう。

私はドアの左にあったインターホンの前に立ち、ボタンを押した。

チャイムの音がドアの向こうから聞こえてくる。だが、誰かが近づいてくる気配はなかった。二度、三度と押してみる。反応はない。

腕時計で時刻を確かめると、十二時二十分過ぎ。車もないし、牧師一家は出かけてしまっているようだった。

あてが外れた気分になる。礼拝堂であの絵を見たときは、何かに導かれている気がしたのだが、どうやらただの思い込み、勘違いだったらしい。

私はアイフォーンのマップで次に訪ねる予定の場所を確認した。

神戸北野町教会。

ここから不動坂に出て、新神戸駅方向へとさらに坂道を上っていけばいいようだ。せいぜい十分足らずの距離だろう。

北野近辺の教会をこうして巡ってみようと思い立ったのは昨日のことだった。たまたま夕食をとろうと入った東門街《ひがしもんがい》のインド料理店で、店の壁に貼られた一枚の写真を見つけたのだ。

そこには豪華な衣装をまとったインド人の男女が、おめかしした大勢の人びとに取り囲まれている光景が写っていた。

写真は、座った席からは正面の壁に飾ってあった。

がらがらの店内で私はそれに見入り、これはたぶんインドの結婚式の写真なのだろうと想像した。

インドの結婚式といえば、去年の暮れに突然やって来た高木舞子が熱心にその話をしていたのを思い出した。あの日、舞子は私の元気な姿を見て、幾らか安心した様子で帰って行った。正月に年賀状が届いたが、それ以外はもう何の連絡もなかった。私の方は賀状すら返していなかった。

たしか三つ違いの妹さんがイギリスに住む印英混血の男性と結婚して、ニューデリーで派手な式を挙げたのだったなと反芻《はんすう》し、その彼氏は一体何という名前だったろうかと私は記憶の糸をたぐった。

そうだ、たしかエドワードだった。

と、思い出した瞬間に私の頭にまったく別の記憶がよみがえってきた。

それは、あの山下やよいが電話口で言っていた言葉だった。

「彼の方は初婚だし、向こうのご両親がどうしても式だけは挙げて欲しいって言うのよ。菊池《きくち》さん、仕事が忙しいとは思うけど、私たちもうすぐ神戸の教会で式を挙げるから、もしよかったら結婚式に来てくれない」

これだったのか、と私はとっさに思った。

神戸まで乗り込んできた舞子と再会したとき、彼女が訪ねて来たことには何か大切な意味があるのかもしれないと感じた。それはきっとこういうことだったのだ、と得心がいった気がしたのだ。

食事を終えると、私は急いで家に戻り、神戸市内で結婚式を挙げることのできる教会を調べた。結果、この中央区でそれらしい教会といえば新神戸バプテスト教会、神戸北野町教会、それにカトリック神戸教会の三つだと分かったのだ。むろん中央区以外にも挙式のできる教会は多々あるようだったが、神戸で結婚式をするとなれば、やはり異人館街近辺にあるこの三つの教会が人気に違いなかった。

そこでさっそく、まずはこの三教会を巡ってみることにしたのである。

神戸北野町教会は広いオープンガーデンの奥に瀟洒《しょうしゃ》な建物が並ぶ、いかにも結婚式向きの教会だった。蔦《つた》に覆われたチャペルの白壁、オレンジ色のスペイン瓦《がわら》の屋根――コロニアル風の美しい教会は若いカップルの関心をうまく惹《ひ》きつけそうだ。チャペルの入り口まで近づくと、「挙式のご相談は左手事務所棟内の予約室をお訪ねください」と書かれた立て看板があった。

私は入り口のドアを開けて中に入る。モザイク模様の美しい床は磨きたてのように光り、大きなアーチ形の幾つもの窓には赤いドレープカーテンがかかっている。礼拝堂へと通ずる正面のドアに「鍵《かぎ》がかかっております。事務所までお声をかけてください」という札がぶら下がっていた。

どうやらここは結婚式専門のようだ。

今日はあいにく式の予定が入っていないのだろう。庭にも建物の中にも人影はなかった。真冬のさなかにこの南国風の教会で式を挙げるカップルはさすがにあまりいないのかもしれない。

左手事務所棟とは内部でつながっているようだった。大理石の廊下の左奥に扉がある。扉の両端は格子状になっており透明なガラスがはまっている。近寄って中を覗くとピンクの絨毯《じゅうたん》の上にパーティションで仕切られたスペースが幾つかあって、それぞれに豪華な応接セットが据えられていた。

ブライダルサロンそのものだった。

私はドアを開けて、中に入った。

奥まった場所にある受付台に若い女性が一人立っていた。

頭を下げながら彼女の方へと近づいていく。

「あの、結婚式の相談ではないのですが、少しお訊ねしたいことがあって参りました」

丁寧な言葉遣いを心がけて話しかける。まだ二十歳そこそこだろう。女性はきょとんとした顔でこちらを見た。

これという反応もないので、先をつづけた。

「実は、一九九一年の三月か四月に、この教会で山下やよいさんという方が結婚式を挙げておられるかどうかを知りたいんです。もう二十一年も前の話なんですが、当時の挙式の記録とか名簿のようなものは、こちらでは保存されておりませんでしょうか？」

私は喋りながら、ダウンジャケットのポケットから名刺を一枚抜いて、彼女に差し出した。

彼女はその名刺を見ても要領を得ないようだったが、

「少々お待ちください」

そっけなく言い残して奥へと引っ込んだ。

しばらくすると黒いジャケットを着た年輩の男性が姿を見せた。

「こんにちは」

と言いつつ名乗りもしない。

「どういうご用件でしょうか？」

この男もいかにも突慳貪《つっけんどん》である。

「いや、実は人探しをしておりまして、いまから二十一年前の三月か四月に、この教会で山下やよいさんという女性が結婚式を挙げたかどうか知りたいのです。で、もしも、式を挙げていらっしゃるということでしたら、当時の彼女の住所や新郎の方のお名前などをぜひ教えていただきたいと思いまして」

私はさきほどと同じ内容を繰り返す。

彼は手にした私の名刺を見直してから、「取材か何かですか」と問う。

「いえ、取材ではないのですが、ぜひ山下さんにお目にかからなくてはならない用件がありまして。何しろ、山下さんとは二十一年前の三月二十五日に電話で一度話したきりで、そのとき彼女から神戸の教会で近々式を挙げると聞いたのが唯一の手がかりなものですから」

男の顔つきにはすでに余裕が生まれている。二十一年前と聞いて、それなら門前払いもたやすいと踏んだのだろう。

「申し訳ありませんが、そんな昔の記録は当方では残しておりませんので、どうにもお調べのしようがありませんね」

案の定、そう言ってきた。二十年かそこら前の顧客名簿を保存していないわけもなかろうとも思ったが、私はそれ以上追及するのはやめた。

何となくではあったが、山下やよいがこの教会で式を挙げたとは思えなかった。

「そうですか。お手数おかけして申し訳ありませんでした」

もう一度頭を下げると、その場から退散した。

建物を出て、オープンガーデンに置かれた白いテーブルセットに腰を落ち着ける。

正午を回って、少し気温は上がってきたようだ。それでも金属製の椅子にじっと座っているとと足元からじわじわと冷えが這《は》いのぼってくるのが分かる。

アイフォーンで三番目の教会の場所を確かめる。

カトリック神戸教会。

ここからだと、新神戸バプテスト教会の方へと戻って、さらに元町方向へと歩いていけばいい。ハンター坂の一画にある教会だったが、マップで見てもかなり大きな敷地を有しているようだった。

私は立ち上がり、来た道を引き返し始めた。

冷えのせいか、痛みというほどではないが腰のあたりに違和感が生じていた。

不動坂沿いに建っている六甲荘《ろっこうそう》のカフェでコーヒーでも飲んで身体をあたためようと思う。高木舞子に振る舞って以来、たまにコーヒーを飲むようになった。家で淹《い》れることはめったにないが、もっぱらチャイやジュースだった近所のスタバでの一服の際、ときどきソイラテを注文したりしている。

野菜サンドとカフェオレで小腹を満たして六甲荘のカフェを出た。

日射しはあるが、外気は冷えきっている。風が少し出ている分、余計に寒さを感じた。私は肩に提げたリュックからマフラーを取り出して首に巻いた。

腰の違和感は身体があたたまったおかげでほとんどなくなっていた。

来たときとは反対方向に、ふたたびバプテスト教会がある道を歩く。道脇には大きなプランターが並んでいるが、花の色はない。ただ、観光客とおぼしき人々が結構出てきていて、通りは俄然《がぜん》賑《にぎ》やかな雰囲気になっていた。

牧師の家の前まで来たところで足を止めた。

コンクリート壁で囲まれた駐車スペースにグレーのステップワゴンがとまっている。牧師一家が帰宅したのではないか？

白い教会の方へと一度目を向ける。ついさきほど礼拝堂の中で見た、子羊を抱えた羊飼いの絵を思い出す。

山下やよいとのやりとりを記したメモには、〈父は熱心なクリスチャン。自分も幼児洗礼を受け、子供の頃から教会に通っていたが、大人になってからはグレて、犯罪まがいのことに手を染めた経験もあるという。〉との記述につづけて、このような一節があった。

――でもいつも、一匹の子羊を救うイエスの絵は肌身離さずに持ち歩いていた。

だから、私はあの絵を見つけたとき、何かが自分をこの教会に導いてくれたような気になったのだった。

二階屋の方へと向かう。ドアの前に立ち、表札の「氏家俊雄&佳織」という名前を頭に入れて、インターホンのボタンを押した。

今回はチャイムが一度鳴り終わったところでインターホンから男性の声が聞こえてきた。

「はい、何でしょう」

私は顔を近づけて、

「突然申し訳ありません。実はこちらの教会で二十年ほど前に結婚式を挙げた人の中に山下やよいさんという方がいるかどうか教えていただきたくてお訪ねしたのですが。私、菊池三喜男《みきお》と申します」

できるだけはっきりと言葉を区切りながら言った。

「山下さん……」

相手は呟《つぶや》くようにして、

「ちょっとお待ちください」

すると十秒もしないうちにドアの向こうに人の気配がして、あっと言う間に木製の玄関ドアが開いたのだった。

顔を出した白髪の男性に私は深々と頭を下げた。

「いきなりお邪魔して申し訳ありません」

ポケットの名刺を差し出す。男の方は別段怪しむふうもなくそれを受け取った。髪は真っ白だが顔はつやつやとし、目が大きく、眉毛《まゆげ》は髪とは正反対に真っ黒だ。見たところ六十半ばといったところか。ぎょろ目に近いその瞳《ひとみ》には優しげな光が宿っている。きっとこの人が氏家牧師なのだろう。

「わざわざ東京から？」

びっくりしたような声になって言う。

「はい。ただ今回の件は勤務先とは一切関係がないんですが。それに、その山下やよいさんとは二十一年前に……」

あとは、北野町教会で口にした言葉を繰り返す。

「二十一年前というと？」

「一九九一年、平成三年です。その年の三月か四月に、山下やよいさんがこちらの教会で式を挙げているかどうかを調べていただきたいんです」

「山下やよい、ですね」

「はい」

私が頷《うなず》くと、「どうぞお入りください」と彼はドアを大きく開けた。

「よろしいんですか」

「どうぞどうぞ。当時の記録が残っているかどうか分かりませんが、ちょっと調べてみましょう。たぶん、名簿くらいはあると思うんですが」

意外なほどすんなりとした展開に私の方が戸惑っていた。

「牧師先生でいらっしゃいますか」

と訊ねる。

「申し遅れました。この教会の牧師をつとめております氏家です」

笑みを浮かべて彼は言った。やはりそうだったか。

「さ、どうぞ」

氏家牧師はさっさとサンダルを脱いで式台に上がる。

「お邪魔します」

私も靴を揃えて部屋に上がった。

玄関脇の八畳ほどの応接間に通された。

「すみません。今日は家内が孫のところへ行っているもんで、こんなものしか出せないんですが」

ソファに座っていると、牧師が缶入りの烏龍茶を持って来る。それだけ私に渡し、

「ちょっと二階で名簿を調べて来ますんで、しばらくここで待っていてください」

と言い残して、彼はまた部屋を出ていった。

私は首に巻いていたマフラーを外して足元のリュックにしまった。

部屋はエアコンがきいているのかあたたかだった。腕時計で時刻を確かめる。

一時半になろうとするところだ。

二人掛けのソファが小さなテーブルを挟んで二脚。向かいの壁には書棚がずらりと並んでいる。キリスト教関係の本は数えるほどで、個人全集や小説、ノンフィクション、評論などが大半を占めていた。おそらく氏家牧師の蔵書なのだろうが、この量だけでも彼が相当な読書家であることが分かる。

丹念に書名を確かめていくと、私が作った本も幾冊かある。

特に、四十九歳で死んだ親友のノンフィクション選集が揃っていたのには一驚した。その選集は私が小説誌の編集長を務めていた時代に、かなり強引な形で編纂《へんさん》・刊行したものだった。

室内は静かだ。人の気配が薄いのは、きっと氏家牧師が夫婦二人きりで暮らしているからだろう。

私は柔らかなソファに背中を沈めて、どちらかといえば殺風景な室内をぼんやりと眺めていた。

俺は一体、こんなところで何をしているんだろう？

昨夜いきなり思い立って、今日の教会巡りとなったのだが、かといってまだ二カ所の教会を訪ねたに過ぎない。山下やよいがあの電話のあとすぐに式を挙げたとしても、その教会がそんなに簡単に割り出せるわけもないし、そもそも二十年も前の記録が残っているかどうかも定かではない。

北野町教会では、結婚式場そのものといった雰囲気に顧客名簿くらい保管しているだろうと強気になったが、このバプテスト教会のような教会でそんな古い記録が残っているとはとても思えない。

しかし、さきほどこの家の前を通り、駐車スペースに車を認めた瞬間、私は礼拝堂で子羊の絵を眺めたときと同じような確信をおぼえたのだ。

ここで、きっと手がかりが見つかる——その気持ちは、亡き友の選集を目の前にしたいま尚更《なおさら》に強くなっている。

二日前の二月二十四日で、末期がんの告知から丸半年が過ぎた。

私はいまもこうしてつつがなくやっている。体調に特に問題はなかった。このところの腰痛も、がん性の疼痛《とうつう》という感触は薄かった。もしもがんによる痛みであるのなら、もう少し顕著に体調の不具合が随伴しているだろう。

私はいたって元気だ。仕事や人間関係のストレスから離れ、規則正しい生活を送っているせいか、むしろ半年前よりも健康になった気さえしている。

自分が末期がんの患者だとはとても思えないくらいだった。

十五分ほど経《た》った頃、階段を降りる足音が聞こえ、応接間のドアが開いた。ノートのようなものを手に持って入ってきた氏家牧師は、向かいのソファに腰を下ろすやいなや、

「山下やよいさんのお名前、ありましたよ」

と笑顔で言った。

山下実雄

山下やよいが結婚した相手は、山下実雄という人だった。

実雄は「じつお」と読むのだろう。やよいについては何も新しいことは分からなかった。ただ、「山下」が夫の姓ということは、彼女には旧姓があったわけだ。

山下実雄とやよいが新神戸バプテスト教会で結婚式を挙げたのは、一九九一年の四月六日土曜日。私との電話からわずか十二日後だ。「もうすぐ神戸の教会で式を挙げる」という彼女の言葉は正しかったのである。

山下実雄の住所は「東灘区《ひがしなだ》」となっていた。

氏家牧師の保管していた「挙式者名簿」の一九九一年四月の欄には、

〈四月六日（土）正午　山下実雄　やよい（神戸市東灘区）〉

と記されていた。

牧師の話では、当時の記録はこの簡単なノート以外はもう何も残ってはいないようだった。

「当教会で挙式される方は八回以上の日曜礼拝と三回程度の牧師によるカウンセリングが必要ですので、そのときの礼拝記録やカウンセリング記録も保管しているんですが、なにぶん二十年以上前なので、当時のものは挙式申込書も含めて廃棄されてしまったようです。残っていたのはこの挙式者名簿一冊だけでした」

名簿を広げながら、氏家牧師はすまなそうな声を出した。当時の牧師さんの所在を訊《たず》ねたが、すでに亡くなったという。前任の牧師の死去に伴って氏家氏が五年前にこの教会に着任したとのことだった。

私は翌月曜日、さっそく大倉山《おおくらやま》のふもとの神戸市立中央図書館に出かけた。閲覧室で前回同様、神戸市の電話帳を借り出して、山下実雄で徹底的に調べた。だが、九一年以前も以降も山下実雄名義での電話番号登録は見つからなかった。むろん東灘区に絞らず、全市域の電話帳を閲覧した。

結婚式の前後、山下実雄が神戸市東灘区に住んでいたのは間違いない。ただ、バプテスト教会の名簿に記されていた東灘区というのは、やよい名義の住居の所在地だったのかもしれない。入籍を済ませた実雄が妻の部屋に同居していたというのは充分に考えられる。そうであれば、実雄名義の電話番号が見つからないのも納得がいく。

一九九一年といえばすでに携帯電話が普及し始めた時期だ。スナック勤めのやよいが固定電話を引かずに携帯を活用していた可能性もある。

図書館での調べは空振りだったが、私はちっとも落胆しなかった。

山下やよいの夫の名前、それに二人が東灘区に居住していたということが摑めただけでも望外の収穫だった。

つゆくさは実在し、やよいが神戸で式を挙げたのも事実だった。私は彼女の言葉を疑ったことはなく、だからこそ、こうしてわざわざ神戸までやって来て、残された最後の時間をその探索に費やそうとしているわけだが、それでも、二十一年前の告白の信憑《しんぴょう》性がどんどん高まっていくのはやはり心強い。

焦る必要はない。

もう少しで彼女に辿《たど》り着ける。「山下実雄」を突き止めたことで、私の確信は一気に深まった。

ストレスを切りぬける

私のドクターの名前はバーニー・シーゲル。

去年の八月二十五日に入手して以来、もう何度も繰り返して読み、重要と思われる箇所を書き写してきたドクターの著書は『奇跡的治癒とはなにか』(石井清子訳　日本教文社)という本だ。

このドクターの本の中に、ストレスとがんについて触れた「ストレスを切りぬける」という一項があった。

そこでは、ストレス学説の提唱者であり、ストレスが人間の肉体に与える影響を実証的に研究しつづけた著名な科学者、ハンス・セリエその人が六十五歳のときに網状細胞肉腫という致命的ながんに罹った事実が記されていた。

　そして、セリエがいかにしてこの最悪の事態を切りぬけたかを、次のようなセリエ本人の述懐を紹介することでドクターは示唆していた。


〈死を覚悟した私は、自分に言い聞かせた。「よし、最悪の事態となったが、二つの方法がある……惨めな死刑囚のように死ぬまでの一年間泣いて暮らすか、それとも人生からできるだけ多くをしぼりとって暮らすか、だ」私は後者に決めた。私は闘士だし、がんは、人生最大の闘争のチャンスを私に与えてくれたのだから。これを私が正しかったか誤っていたか、究極の決定を下す自然の試練だと考えることにした。すると、ふしぎなことが起った。一年すぎ、二年経ち、そして三年が経った――ホラ、どうだ。私はラッキーな例外になっていた。

　その後、私は極力ストレスをなくすように心がけてきた。科学者としての立場上、私は慎重にものを言うべきだし、ストレスとがんの関連を示す統計は、今のところない。がんの遺伝的、環境的な誘因はともかく、私には、ストレスとがんの関係はかなり複雑だとしか言えない。電気がヒーターにもクーラーにも使えるのと同じように、ストレスも病気の誘因にもなれば、逆に予防になる場合もある。

がんは、肉体が自分自身の肉体を拒否する病気だ、と説明する人びともいる。その前提を更に一歩すすめて、人間が基本的な要求をひどく拒否する時、がんになる可能性がより高い、と言えないだろうか？　言葉を換えると、人間が自分自身の要求をはねつけると、体が体に反抗する、と言えないだろうか？　私は断定はしない。私は科学者であり哲学者ではない。科学者として言えることは、肉体的疾病のひじょうに多くが、程度の差こそあれ、もとをただせば心身相関に源を発するということだ。〉

ドクターは指摘している。大切なことはストレス自体ではなく、そのストレスにいかに対処するかであると。自ら選んだストレスと、避けたいのに避けきれなかったストレスとでは肉体の反応はまるで違う。「無力感はストレスよりもずっと始末が悪い」とドクターは書いていた。傍《はた》から見れば最悪のストレスのように映る、たとえば貧困や死別、アルコール中毒なども、本人がそれらをストレスと感じなければ、病気の誘因にはなり得ないのだという。

ストレスが最も大きな社会は、個人主義と競争が重んじられる社会で、逆にストレスが少なく、がんの発生率が低い社会の特質は、支え合いや愛し合う関係が基盤にあって、人々の相互のきずなが強く、年輩者が活躍している社会だという。さらに、もしその社会が信仰心に厚く、性にもおおらかであれば、ますますがんの発生率は小さくなるというのだ。

　そして、以下の記述は、私が一体なぜ末期の膵臓《すいぞう》がんなどになってしまったのか、その原因を考える上で非常に参考になるものだった。


〈ストレスは測定することができる。トーマス・ホームズ、リチャード・ラーへ両博士は、発病の可能性を見るために、ストレスの誘因となる四十三の項目を表にしてその物差しとした。それは、その人の最近の感情生活の記録から始まって、転職、失業、大学生になった子どもの独立、結婚、離婚、転居など、それぞれの生活の危機に特定の点数を与えてある。

　もっとも辛い配偶者の死には最高の百点がついている。このひどく心傷む出来ごとから一、二年以内に、がんその他の重い病気にかかり易い。最近の研究で、伴侶を失った悲しみは、免疫力を一年以上の間弱めることが明らかになった。別の研究で、コントロールできないストレスは、その日のうちに、病気と闘うT細胞の力を弱めることがわかった。

　多くの人びとにとって離婚は、死別よりもひどい打撃を与える——二人の関係の終結を現実のものとして受け入れるのが困難だからだろう。事実、離婚経験者は、がん、心臓病、肺炎、高血圧、事故死などが、既婚者、独身者、やもめよりも高い。〉

末期がんの告知を受けた日、私は国立国際医療センターからの帰り道で、すでに、自分ががんになった最大の原因が、五年前の離婚にあると考えていた。いや、それは考えというのではなく確信と呼んでいいものだった。

配偶者の死のストレス点数が百点であり、離婚はその死別よりもさらにひどい打撃だとすれば、藍子と別れたときに私が受けたストレスは百二十点、いや二百点、三百点にもなっただろう。がんになるには充分過ぎるほどの合格点だ。だからこそ、がんの中でもとりわけ深刻ながんになりおおせたというわけか。

ハンス・セリエ博士は「その後、私は極力ストレスをなくすように心がけてきた」とあっさりと述べているが、たとえば私のような仕打ちを受けたあげくに離婚を選ばざるを得なかった人間が、すでに十二分に蒙《こうむ》ってしまった打撃を帳消しにしてしまうような方法は果たして存在するのだろうか？

藍子との離別は私を完膚無きまでに打ちのめした。それによって深々と刻まれた心の傷は五年の歳月を費やしても癒えることはなく、逆に、腹中に着々と腫瘍《しゅよう》細胞を増殖させてしまった。仮に離婚ががん発生の大きな要因だったとしても、すでに巨大化してしまったがん細胞の塊を、いまさらどうやって取り除けばいいのか？

少なくともこれ以上の増殖を食い止めるために、抱え込んだ悲しみや憤りを、一体どうすればここで一気に消し去ることができるのか？

私は神戸行きを決心する前後、そのことをしきりに考えていた。

そして、そのような不可能事を可能とするからには、離婚も発病も、あらかじめ準備された、私の人生にとって有益な出来事だったというふうに発想を逆転するしかないと結論づけたのだ。それゆえに、私は山下やよいのメモを引っ張り出し、彼女を探し出そうと思い立った。

すべては、山下やよいと出会うために計画されたものだった――その突然の着想に私はすがるしかなかったのだ。たとえそれがいかに荒唐無稽な思いつきだったとしても、私にはそう信ずるほかに、藍子との離別や末期がんの宣告を肯定的に受け止める術《すべ》がなかった。山下やよいとの電話メモはまたとない材料だった。なぜなら彼女の電話は、まだ私と藍子とが仲むつまじく暮らしていた二十年以上も前に掛かってきたものだったのだから。

貧困も死別も、アルコール中毒でさえ、本人がストレスと感じなければ本当のストレスとはならないとドクターは書いていた。この一節は、ストレスの正体を見極める意味でたいへんに重要だと私は感ずる。

この世界で生きる限り、ストレスを受けない生き方などできるわけがない。それどころか、我々の人生の価値は自己の利益をいかに犠牲にして他人のために尽くすかで判定されることになっている。何しろ歴史上、我々の尊敬を最も集めている存在といえばイエスや仏陀《ブッダ》なのだ。一人は全人類の罪を背負って磔刑《たっけい》となり、いまひとりは王族の地位をなげうち、ボロ布を身にまとって生涯を旅と貧困の中で終えた。

そうした聖人たちに過酷なストレスはなかったのか?

彼らは自己の欲望を滅却し、常に他人の利益を優先して生きたが、しかし、その生き方によってなぜ過大なストレスを受けることがなかったのか?

そう考えたとき、ハンス・セリエ博士の「電気がヒーターにもクーラーにも使えるのと同じように、ストレスも病気の誘因にもなれば、逆に予防になる場合もある」という言葉が輝きを放ってくる。

幾ら他人の利益を優先する人生を歩んだとしても、それを肯定的に評価している限りは決してストレスにはならないのだ。むしろそれは私たちを病から守り、さらには病を癒やす力にもなり得る。

イエスや仏陀のような人は、他人の利益を優先していながら、実は、他人の利益を優先していなかったと考えるべきなのだろう。彼らは「他人の利益を優先することが結果的に自分自身のより大きな利益につながる」という事実を知っていたのである。

であれば、私たちは次のように考える習慣を身につければいい。

この苦しみ、この辛さは、確かにいまは耐えがたいほどの苦しみであり辛さであるが、いずれは自分の人生にとってきっと役に立つものなのだと。たとえそれが余命一年の末期がんの宣告であったとしても……。

そうした思いを抱きつづける限りは、苦しみはストレスにはならない。問題は苦しみがつづくことではなく、苦しみつづけることで、それが自分の人生にとって利益となっているかどうかが分からなくなってしまうことなのだ。どのような苦しみも、これが十年後、二十年後の自分自身にとって必ず利益になると確信することができれば、我々はいかなる困難も決してストレスとして自覚することがないし、自覚できない。

つらつらと考えてみれば、イエスや仏陀の説くところは、まさしくその認識だと私は気づいた。

あなたの人生に起こること、あなたが行うことは、それが果てしない喜びであっても、または生きることを拒絶したくなるほどの悲しみであったとしても、すべてがあなたの人生にとって無駄なく必要不可欠であり、有益で意味のあることなのである――彼らは一様にそう説いているのではなかったか。

そして、自らの行いには何一つとして無駄がないと我々が知ったとき、我々はすべてのストレスから解放され、たとえば憎しみや嫉妬《しっと》、暴力的な衝動といった感情から完全に解放される。

自分のやるべきことだけをやろうとするのは、決して解放ではないということだ。それは非現実的で心を惑わす空想でしかなく、我々はすぐにその事実に気づいてしまう。この世には喜びも苦しみもなく、必要も不必要もない。なぜなら、すべては我々にとって必然だからだ。

ハンス・セリエが語っていることも、そして、ドクターが著書の中で繰り返し説いていることも、結局はそういうことだった。

私は最近になって、ドクターが書いている次の一節の本当の意味が少しだけ分かったような気がしている。というより、この一節の意味を心底理解できれば、自分のがんを完全に克服できることに気づいた、と言うべきかもしれない。

それは以下の一節である。

〈もはや何の治療にも反応しなくなった末期の膵臓がん患者、フィリスは、家に帰って死を待つばかりだった。数ヵ月後、彼女は診察室に現われ、私の同僚の医師が診察した。彼は診察室のドアを開けて私を呼んだ。「バーニー、ちょっときてみたまえ」

私が入って行くと彼は言った。「がんが消えたんだよ」

「フィリス、いったいどうしたの？」と私は訊《き》いた。

「先生ならおわかりでしょう」

「そりゃあ、わかってますよ。しかし他の人にも教えてやりたいからね」

フィリスは答えた。「私は百歳まで生きることに決めて、何もかも神さまにお委《まか》せしたんです」

この本はここで終わりにしてもいいくらいだ。この心の平和こそが何ものをも癒《いや》す力となるからである。〉

トゥルー・ストーリーズ

『奇跡的治癒とはなにか』の引き写しがひとわたり終わったあと、私は、何か文章を書いてみようと思い立った。

正月明けのことだ。

高校時代は哲学者に憧れていた。それもあって大学は哲学科を選んだのだが、入学してしばらく哲学書漬けの日々を送っているうちに、気晴らしに読んでいた小説の方にむしろ深い興味をおぼえるようになった。大学三年の頃には、哲学徒たらんとする夢はあっさりと捨て、将来は作家として生きていきたいと夢想するようになっていた。

当時はまだ就職協定なるものがあって、就職活動の解禁日は大学四年の十月一日と定められていた。もちろんマスコミを含めて青田買いの動きもあるにはあったが、どの企業もおおむね協定を遵守していた。いまのように三年の春には就職活動が始まるといった世知辛い世相ではなかったし、何しろこれからバブル経済が始まろうとする時代とあって、圧倒的な売り手市場だった。

私は、三年生、四年生とろくに講義には出ず、ひたすら下宿で小説を書いていた。何本か書き上げて各出版社が主催している文学新人賞にせっせと応募した。一次選考を通過することさえ稀《まれ》だったが、一作だけ最終選考に残った作品があった。

それが、いま私が勤めている会社がやっている新人賞に応募した作品だった。最終候補に残ると文芸誌の編集者が連絡を寄越し、選考委員に読ませる前の段階で幾つか手直しを求めてくる。私の場合は、その雑誌のデスクが電話してきて、面談の上、あ

れこれとやりとりをした。二度目の面談で、手を入れた最終原稿を預けたときに、

「きみ、よかったらうちの会社を受けてみない？」

と誘われた。

「きみと話していると、作家よりも編集者の方に向いているような気がするんだ」

彼は言った。

大学三年の秋のことだ。

結局、最終選考で落選して、私は、ふたたびあてのない原稿書きに戻った。その後はあちこち応募したどの新人賞でもはかばかしい結果は出せなかった。

すっかり彼のことなど忘れていると、翌年の九月になって電話が来た。

「僕が推薦するから面接を受けてみないか。社内推薦だと書類審査はパスできるんだ」

彼は私のことを忘れていなかったのだ。

そうまで勧められては断るわけにもいかなかった。アルバイト暮らしをしながら作家を目指すつもりでろくすっぽ就職活動をやっていなかったから、渡りに船の誘いでもあった。「作家を目指すつもり」と言ってはみても、自信などこれっぽっちもなかったのだ。

再会してみると、相手はデスクから編集長に昇格していた。入社して知ったのだが、彼は辣腕《らつわん》編集者として業界でも聞こえた存在だった。その強い後押しもあって、私はとんとん拍子で何度かの面接試験を突破し、あれよと言う間に内定を勝ち取った。

入社後もずっと目をかけられつづけた。私が初の編集長職に就いたとき、彼はすでに専務になっていた。

結果的に、彼の人物眼は正しかったのだと思う。

私は、出来のいい編集者だった。任された雑誌の部数を伸ばすこともできたし、世間を騒がすようなスクープ記事を幾つも仕掛けた。若手の筆者を一人前の書き手にするのは得意だったし、ベストセラーを何冊も出した。

だが、「きみと話していると、作家よりも編集者の方に向いているような気がするんだ」という彼の見立てが真実だったかどうかは分からない。なぜなら、私はその後、小説に限らず自分の文章というものを真剣に書いたことがなかったのだから。

心の隅に、作家になりたいという思いはくすぶっていた。順調に出世の階段を上っていたので、その思いはずっと封印してきた。いつなんどき、会社で理不尽な目にあったり、責任を取って退社せざるを得なくなってしまったら、そのときは胸に閉じ込めてきた願いを解き放ってやろうと狙っていた。

そして、その機会はまったく意外な形でやってきたのだ。

告知を受けてしばらくは、加速度的に症状が悪化していくと思い込んでいたので、とてもまとまった文章を書く余裕はないだろうと諦めていた。途中で挫折《ざせつ》するのが分かりきっているものは書き出さない方がいいに決まっている。それに、そうやって遺書めいた書き方をするのもためらわれた。まるで、最初から死を受け入れているようで不本意だったのだ。

ドクターの本から必要な箇所を適宜書写するというのは、自分で何かを書くという行為の代用でもあった。だが、数カ月を費やしておおかた重要と思われる部分を、ときには二度、三度と筆写し、すっかり内容が頭に入ったあとでも、私の体調はまったく悪化していなかった。

これなら何か書き始めてもいいのではないか。

そう思い立ったのが一月の半ば過ぎだった。

小説といっても余り長いものはむずかしいだろう。時間の制約もあるし、それより何より、最初から長編を書けるほどの力量があるとも思えない。といって短いものを幾つか書き連ねるというのも興味を惹かなかった。何か一つ、大雑把なテーマがあり、一括《ひとくく》りにできる様式が欲しかった。それでいて、いまの自分の腕前でもどうにか書けそうなものを探さなくてはならない。

まずは志賀直哉の文庫本を幾つかおさらいするように読んだ。こうした短編であれば書けるかもしれない、と思わないではなかったが、書き出そうという気にまではなれなかった。

そんなときふと書店で目に留まったのが、ポール・オースターの『トゥルー・ストーリーズ』（新潮文庫）だった。

訳者あとがきで柴田元幸氏は冒頭次のように書いていた。

〈「事実は小説よりも奇なり」と世に言うが、ふつう我々はこの格言を、いわば時おりの真実と受けとめているにすぎない。つまり、たいていは小説のなかで起きる出来事の方が奇妙なのだが、時には事実も小説ばりに、あるいはそれ以上に奇妙なこともあるのだ、といった具合に。

だがポール・オースターにとって、「事実は小説よりも奇なり」という格言は、ほとんどいつも正しい真実である、とまではさすがに言わないにしても、決して単に「時おり」にとどまらない、もっと本質的な真実であるように思える。〉

私はこの柴田氏の一文に触れた瞬間、これだ！　と思った。

長年、週刊誌や月刊誌の一員としてニュースを追いかけてきた自分に書けるものがあるとすれば、まさしくこういうものだろうと気づいたのだった。

私は、さっそく『トゥルー・ストーリーズ』を通読し、オースターに倣って五十三年の人生のあいだに自分の身の回りで起きたさまざまな、不可思議で奇妙な、いささか現実離れしたトゥルー・ストーリーを書き溜《た》めていくことに決めた。

そもそもオースターのこのエッセイ集は、志賀直哉の作品とも一脈通ずるものがあるように私には感じられたのだ。


「奇跡の猫」


大学三年の八月から半年ばかり、新宿のDP屋でアルバイトをやった。

当時は中野の安アパートに住んでいて、大学にはろくに通わず、四畳半一間の自室で日がな小説ばかり書いていた。

一年の春にサークルで知り合って、それ以来ずっと付き合っていた女の子と夏前に別れ、僕にはさしあたって何もすることがなかった。仕送りだけでも何とかやっていけるにもかかわらず、バイトでもしようと思い立ったのは、一つには小説のための社会勉強（アルバイト程度の経験が役に立つほど小説は甘いものじゃない、ということが分かっていなかった……）のつもりであり、もう一つは、夏休みに帰省した群馬の実家から早々に引きあげる口実が欲しかったのだ。

　あのDP屋がどこにあったか、正確な記憶はもはやない。新宿西口を出て、大久保に向かってしばらく歩いて、大ガードを右手に見送った、そのだいぶ先だったような気がする。いまでも小滝橋《おたきばし》通り界隈はごちゃごちゃしているが、三十年以上もむかしは、猥雑《わいざつ》さと熱気でむせ返るような、それはとても魅惑的な街だった。

　デジタルカメラなんてもちろんなかった。誰もがフィルムカメラで写真を撮り、抜き取ったフィルムをDP屋に持ち込む。何しろ、インスタントカメラといえばポラロイドくらいで、富士の「写ルンです」が大ヒットするのはさらに五年以上もあと、という時代だったのだ。

　全国チェーンの店だったが、フランチャイズで、オーナー兼店長が一人、それにバイトは僕と女子大生の二人。シフト制だったから僕と女子大生が一緒になることはなかった。朝から昼までが彼女、午後から深夜までが僕。店長のアキコさんは早朝から閉店までほとんど一日中、店頭に立っていた。

　アキコさんは三十五歳。まだ二十歳かそこらの僕にとってはほぼ母親世代だったが、よく働く、気さくで元気な人だった。そして、目鼻立ちの整った、ちょっとばかりきれいな人だった。

　勤め始めて二カ月もすると、始終二人きりの店番ともあって僕とアキコさんはすっかり仲良しになった。

　場所柄、閉店時間は十二時過ぎで（その時間帯でも結構、お客さんは来た）、店のシャッターを降ろしたあとで遅い夜ごはんを一緒に食べに行くことも再々だった。定休日前日などは、そのまま二人でえんえん飲むこともあった。そういうときは、明け方まで時間をつぶして始発に乗るか、それとも歩いて中野に帰るかしていたが、十月末のとある晩、例によって近所の朝までやっている台湾料理店で餃子や腸詰めをつまみに飲んでいたら、その日に限って、アキコさんはどういうわけかすごくハイピッチで、住まいは北新宿のマンションと聞いてはいたものの、とても夜道を一人で帰すわけにもいかないくらいにへべれけになってしまった。

　結局、僕は徒歩二十分ほどの距離のほとんどを彼女をおんぶして、その真新しいマンションの一室に連れ帰った。

　ＤＰ屋はアキコさんの父親の持ち物で、彼は新宿近辺の大地主で、アキコさんは結婚に失敗したあと一度は実家に戻り、口うるさいこの父親から離れるために、一年半ほど前に北新宿にマンションを借りて独居を始め、それを契機にＤＰ屋を貰《もら》い受けて生計を立てるようになったのだった。

アキコさんの部屋はさほど片づいてはいなかったが、腰を落ち着けると去りがたくなるような居心地のいい空気に満ちていた。十月も終わりに近づき、その晩は冷え込んでいたこともあって、当時としてはめずらしい床暖房がなおさら僕をそんな気分にさせたのかもしれなかった。

ふらついた足元のままアキコさんが淹れてくれたコーヒーを一緒に飲んだ。えらく美味《おい》しいコーヒーだったので、「これ、うまいですね」と言うと、「ネルドリップ」とアキコさんがぼそっと返事したのをよく憶《おぼ》えている。

アキコさんはリビングのソファに座り、僕はジュウタン敷きの床に胡座《あぐら》をかいて、床暖のあったかさを味わっていた。

コーヒーを飲み終える頃になると、アキコさんの酔いもずいぶん薄くなったようだった。

「作家かあ……」

不意にアキコさんは呟き、

「そういうの、年取ってからやったらいいんじゃないの」

と言った。

「そうですかねえ」

　新人賞に落ちた直後だったので、自慢半分もあって、自分が小説を書いていることや、最近、大きな新人賞を貰い損ねてがっくりきていることなどを酒にまかせて僕はべらべら喋《しゃべ》ってしまっていた。

「小説なんて書く前に、もっと現実を知るべきだよ。学生上がりの作家って、私はあんまり信用しないなあ。だって社会のことを何にも知らないわけでしょう」

　学生上がりの作家と言われてすぐに思いついたのは、大江健三郎、石原慎太郎、村上龍といった名前だった。自分がそんな一人になれるだなんて、とてもじゃないが想像もできなかった。

　僕がそんなふうに感じていると、

「でも、菊池君が、どうしてもやりたいんならやってみるしかないよねえ」

　アキコさんは言った。

　時計の針は午前四時を回ったところだった。始発までには間があったが、かといってこれ以上長居するわけにもいかない。コーヒーも飲み干してしまったし、僕は立ち上がった。ここからならアパートまで歩いても三、四十分くらいだろう。

「じゃあ、俺、帰ります」

と言うと、ソファに身体を預けて眠たそうにしていたアキコさんが、はっとした感じで上半身を起こした。

「あのさ」

彼女は大きな瞳を無理矢理のようにさらに見開いてじっと僕を見た。

「もしも菊池君が作家になったら、一つだけ書いてほしいことがあるんだけどな」

と言う。

「はあ」

立ったまま僕は呟く。意外な申し出に多少面食らっていた。

「すぐ終わる話だから、ちょっと座ってよ」

とアキコさん。

「はあ」

とまた口にして、僕はぽかぽかしているジュウタンに座り直した。するとアキコさんはさきほどまでの眠たげな気配はすっかり消し、ふだんのいきいきした感じで身を乗り出してくる。

「うちの実家にいるルルっていう名前の猫の話なんだけど」

「はあ」

僕はまたまた気のない返事をしてしまい、まずいと思って、

「実家って、あの口うるさいお父さんのいる実家ですか？」

ちょっと交ぜっ返すような言い方をした。

アキコさんは酔うと父親のことを愚痴ってみせたが、決して父子仲が悪いふうではなかった。弟が一人いるきりの一人娘で、父親はきっと彼女を溺愛《できあい》する余り、ああだこうだとガミガミ言ってばかりなのだろう。

「それそれ。その実家」

アキコさんが苦笑する。

「菊池君って、猫、好きだっけ」

「好きは好きですけど、実家は犬しか飼ったことないんで……」

「そっか」

「で、そのルルちゃんがどうしたんですか」

僕は、どうやらたいした話ではなさそうだ、と思いながら先を促した。

「私と同い年なんだよ」

アキコさんがぽつりと言った。

さらに先があるのだろうと思って黙っていたが、あとの言葉がない。

「ねえ、言っている意味分かる？」

逆に向こうが問い返してくる。

「ええ」

「私は今度の十二月で三十六。ルルの方は今月が誕生日だったからもう三十六歳になってるの」

そこまで聞いて、僕はようやく、猫で三十六歳ってのはずいぶん長生きだなあと思い当たったのだった。

「それは長生きですね」

と、とりあえず返す。

「これって長生きどころの話じゃないんだよね」

アキコさんは僕の鈍い反応にいささか落胆した様子だった。

「だいぶ前に調べたことがあるんだけど、猫の最長寿記録って三十六歳なんだって。イギリスの猫の話なんだけど、ギネスに載っているのはまた別の猫で、その子は三十四歳。これが公式記録らしいよ」

「じゃあ、ルルちゃんはギネス記録を超えてるってことですか。つまり世界一の長寿ってこと？」

僕が言うと、

「そうなのよ」

アキコさんが声を大きくする。

「ルルは私が生まれる二カ月くらい前に生まれて、私が生まれた直後に我が家に来た猫なの。だから私とは双子の姉妹みたいなもので、実際、彼女がずっと一緒にいたのは私の記憶でもはっきりしているの。だから三十六っていう年齢は間違いなしなの」

「すごいじゃないですか」

さすがに世界最長寿の猫となれば、すごい、と僕は素直に思った。

「でもね、いつか菊池君に書いてほしいのはそのことじゃないの。この話にはまだつづきがあるのよ」

「つづき、ですか？」

訊き返すと、アキコさんはゆっくりと訳ありげに頷いたのだった。

「ルルはもともと私のおばあちゃんちで生まれた猫だったの。おばあちゃんが飼っていた雌猫が子猫を三匹産んで、そのうちの一匹がルルだったのね。で、息子であるうちの父が、もうすぐ私が生まれるからってルルを貰い受けたの。父は、自分が動物に囲まれて大きくなったから、私のこともそんなふうに育てたいって考えたわけよ」

「それはいいアイデアですね」

アキコさんが「まあね」と相槌《あいづち》を打つ。

「でね、ここから先はにわかには信じられないかもしれないけど、ルルにはね、お父さんがいないのよ」

そう口にしたとき、アキコさんの瞳に一瞬、小さな閃光《せんこう》がよぎったのを僕はたしかに見た。

「お父さんがいない？」

僕は、しかし、彼女が何を言いたいのか分からない。雌猫が子どもを産むとして、ふつうお父さん猫は一緒にはいないだろう。それどころか雌猫は、それぞれ違う雄の子どもをいっぺんに産むという。そういう話はさすがに僕でも知っていた。

「これはね、おばあちゃんに何度も聞いた話なんだけど、ルルたちを産んだ母猫っていうのは、ずっとおばあちゃんと二人暮らしでね、おばあちゃんが子猫のときに拾ってきてからは一度だって外に出したことがなかったのよ。だから、子供を作ろうにも相手なんていなかったし、要するに、彼女は一度だって雄猫とそういうことをしたことがなかったわけ」

僕は、その話を聞いてもまだぴんと来なかった。人間にしろ猫にしろ、セックスしなくては妊娠するはずがないではないか。

「ねえ、私の話の意味、分かる？」

そうやって何度も訊いてくるのは、やっぱりアキコさんがまだ酔っているからだろうと思う。

「分かりますけど、でも、そんなことってあり得なくないですか。きっとおばあちゃんが気づかないうちに母猫は外に出ちゃったか、それとも雄猫を家の中に引っ張り込んだんですよ」

「それがそうじゃないのよ。おばあちゃんと母猫は始終一緒にいたし、住んでいたのも一軒家じゃなくて、三番町《さんばんちょう》のマンションだったの。私も小さい頃からいっつもおばあちゃんちに行ってたけど、母猫、マリっていう名前なんだけど、マリは一歩だって外に出ようとしたことはないし、そもそも三番町あたりに猫なんてめったにいなかったもの。それにおばあちゃんの部屋は十五階建ての十五階で、ワンフロア全部だったからお隣さんもいなかったし、部屋に入るには一基だけのエレベーターを使って上がっていくしかないし、出るにはそのエレベーターで降りるしかなかったのよ。だから、正真正銘、マリは外に出たことはなかったと思うの」

「だったら、そのおばあちゃんがブリーダーかなんかにマリを預けて、子供を作らせたんですよ。孫娘が生まれるって知って、きっと子猫をプレゼントしたいと思ったんじゃないですか。それで、誰にも内緒でマリに雄猫を掛け合わせたってことでしょう。それしか考えられないじゃないですか」

僕は至極まともなことを言った。

「父や母もそう言ってるの。でもね、おばあちゃん子だった私には分かるのよ。おばあちゃんはそんな嘘《うそ》はつかないし、少なくとも、この私に嘘なんて絶対についたりしないって。おばあちゃん、十五年前にがんで死んじゃったけど、死ぬ最後の最後までマリがどうして妊娠したのか分からないってずっと言いつづけていたの。死ぬ前の日も、病室で私と二人きりになったとき『アキコ、マリはきっと処女懐胎《かいたい》したんだよ。だから、生まれてきた三匹の子猫たちはきっと神の猫なんだよ』って言ってたの」

僕はそこまで聞いて、そもそもマリという母猫の名前からして出来すぎていると思った。

「あとの二匹はどうしたんですか」

気になることから質問してみる。アキコさんがこんなくだらない嘘をわざわざついているとも思えないが、矛盾した話というのは、詳しく訊ねていくと必ずどこかでボロが出るものだ。

「ルルのきょうだいでしょ。二匹とも里親さんに渡したみたい。でも、誰に渡したのかはよく分からないの」

「どうして？」

「女学校時代の友だちに引き取って貰ったらしいんだけど、その人が、子猫たちをまた別の知り合いに渡したみたいなのよ。そして、その直後に彼女は急死してしまって、ずっと一人暮らしだった人だから、子猫たちを誰にあげたのか誰にも分からなくなっちゃったみたいなの」

「へぇー」

やっぱり眉唾《まゆつば》だと僕は思う。

「じゃあ、そのマリっていう猫はどうしてるんですか」

「マリはおばあちゃんが亡くなる五年くらい前に死んだの。二十歳過ぎまで生きたから、マリ自身も相当な長寿だったんだけどね」

「猫って大体どのくらい生きるんですか」

「そうねえ。長生きする子だと、マリみたいに二十年以上生きたりもするけど、大体は十四、五年が寿命だって言われているわね」

「だとすると、三十六っていうのはたしかにギネスものなわけですね」

「そうなのよ。その上、ルルは見た目にはとてもそんなおばあちゃん猫には見えないの。いまでも、それこそ若い猫みたいにつやつやしていて、ものすごく元気で、病気だってこれまで一度もしたことがないし、動物病院に行ったことも全然ないの。菊池君もルルを見たら本当にびっくりすると思う」

「じゃあ、アキコさんは、ルルは、ルルがそういう猫だから、三十六年も生きつづけているって思ってるんですね。ルルは、キリストみたいに不死なんじゃないかって……」

　おばあちゃんの告白の真偽はともかく、実家で飼っているルルが三十六歳という世界記録並みの長寿を誇っているのは事実だろうと僕は思った。その最初の最初からアキコさんが作り話をする理由も意味もないからだ。

「そうなのよ。私、ルルは死なないんじゃないかって思ってるの。ねえ、これってすごい話でしょう。処女懐胎で生まれたルルは、きっと奇跡の猫なんだよ。そして、たぶん、あと二匹のきょうだいたちも、私は、まだ元気に生きているような気がするんだよね」

　こうして三十数年前の秋の一夜の出来事を思い出し、思い出し書きつけながら、僕はあのときのアキコさんの真剣な眼差《まなざ》しをあらためて脳裏によみがえらせている。

　その後、たくさんの人たちの虚実とりまぜた話を職業的に聞き取るようになり、真実を語る者と偽りを述べる者との区別がさすがに多少はつくようになった。そんな僕の素直な感触を言えば、あの晩のアキコさんの眼は、嘘をついている人のそれとはかけ離れていた。

次の年の一月いっぱいでバイトを切り上げ、その後は一度もアキコさんと会うことはなかった。ずいぶんむかし、新宿に立ち寄ったついでにDP屋があったあたりを歩いてみたが、それはもう大学を出て七、八年も経った頃で、当然ながら店はどこにも見あたらなかった。

アキコさんはすでに六十代後半になっているはずだ。ルルが本当に不死の猫だったのなら、彼女もまた同じ年齢で、いまも元気で生きているに違いない。

人と防災未来センター

外に出たとたん、ああ、冬が終わったな、と思った。

神戸港から吹きつける風はまだ冷たく、日射しの透明感もいまだきりりとした冬のそれだったが、しかし、マンションの玄関を一歩出た瞬間、私はたしかに冬の終わりを感じたのだった。

今日は日曜日。明後日三月二十日は春分の日だ。

季節というのはなんと律儀で誠実なのだろう。

どんなに寒い冬もやがて終わり、あたたかな春が来る。全身を汗で濡《ぬ》らす夏もいずれは過ぎ去り、涼しい風とともに心落ち着く秋が訪れる。一度たりともそのサイクルが狂うことはなく、おそらくは、天上に輝くあの太陽が燃え尽き始める数十億年後まで、その営みは変わらずに維持されるのだろう。

人間の苦しみにも終わりというものがあればいいのに……。

一人一人だけでなく、人類全体として、人はいつもいつも苦しみつづけている。二千年前には二千年前の苦しみが、千年前には千年前の苦しみが、五百年前には五百年前の苦しみがあり、それは増えもせず、減りもせずにそれぞれの時代の人々が担い続けてきたのだろう。そして、現代には現代の苦しみがたしかにある。

どうしていつまで経っても苦しみはなくならないのか？

かつてはおおいに悩み、おおいに考えた。そして、なんとか辿り着いたのが、すべての苦しみの終わりであるはずの死を、あらゆる苦しみの根源にしてしまっているがゆえに我々は生涯、苦しみつづけるのだ――という解だった。

死を生からの解放とは捉えず、その破滅、破綻《はたん》と捉えてしまう。

人間の最大の過ちはまさしくそこにある。

若かった私は、またとない真理を発見したような心地でそう確信したものだ。

だが、この歳まで生き、末期がんを宣告されてみると、何事もそう単純でも簡単でもないのだとつくづく分かる。いまの私は、自らの死が人生の破滅、破綻だなんてさらさら思っていない。

ただ、だからといって死が生からの解放だとはとても思えないし、実際、その程度の楽天的な認識だけでは、いずれ我が身に起きる〝過酷な死〟を乗り切ることはできまいと覚悟していた。

いちどきに二万人近くの生命を奪った大震災から一年が過ぎた。

三月十一日前後はテレビも新聞も一年前のあの惨禍を振り返る番組や記事で埋めつくされた。

津波で大切な人を失った者たちのこの一年の変遷、いまだ収束とはほど遠い福島第一原発の現状、十数万人におよぶ故郷を追われた人々の暮らし、などを追ったドキュメンタリーが放映され、私も幾つかは視聴した。

襲いかかる津波、一面火の海となった気仙沼《けせんぬま》市街、突然建屋が木《こ》っ端微塵《ぱみじん》に吹き飛んだ一号機などの映像をあらためて目におさめながら、これをリアルタイムで観ていた一年前、自分がまさか現在のような境遇になろうとは夢にも思っていなかったな、と感慨深かった。しかも、十七年前にやはり大地震で六千人以上の人々が犠牲になったこの神戸の地で、こうしてまた三月十一日を迎えていようなどと一体誰が予想できただろうか……。

冷たい風の中をフラワーロードまで歩いて、海側方向に走るタクシーを拾った。

「人と防災未来センターまでお願いします」

と運転手に告げる。

防災センターは三宮から東へ二キロほど行った臨海部に建てられている。この一帯は東部新都心（ＨＡＴ神戸）と名付けられた新開地で、阪神・淡路大震災で被災するまでは川崎製鉄や神戸製鋼所の工場が建ち並ぶ工場地帯だったようだ。それが移転や撤退で空き地となり、「神戸市復興計画」のシンボルプロジェクトとして大々的に再開発された。いまは、震災で家を失った人たちのための復興住宅をはじめ、タワーマンションや大規模マンションが密集し、神戸防災合同庁舎、兵庫県立美術館、ＷＨＯやＪＩＣＡ、国連事務所、シネコンを付設した大型ショッピングセンター、赤十字病院、血液センター、海洋気象台などの各種施設が誘致されている。防災センターもその中の一つのようだった。

地図で見る限り、税関前を左折して国道二号線を北上すれば十分足らずの距離だろう。

むろん、東部新都心に足を運んだことはない。「人と防災未来センター」に防災未来館という阪神・淡路大震災を記録するパビリオンがあることも、三月十一日のテレビ番組で初めて知った。その特番を観て、一度ぜひ見学に行きたいと思い、それがまたま一週間後の今日になったのだった。

防災未来館に入ったのは午前十一時ちょうど。

日曜日とあって見学者でごった返していると思っていたが、一階ロビーは閑散としていた。受付で入館料を支払うと、案内の女性が近づいてきて、

「まずは四階の1・17シアターで映画を観ていただきます。そのあと〝震災直後のまち〟を通っていただいて、大震災ホールでもう一本映画を観ていただき、それから三階、二階と下って来て下さい」

とエレベーターホールへと誘導してくれる。エレベーターに乗り込んだ見学者は私を入れて数人だった。

昨夜ネットでこのパビリオンのあらましは調べてきていたが、それにしても、こうして最初から道案内をされるとは思っていなかった。

四階がシアターのある「震災追体験フロア」。ここの目玉は、大型画面に映し出されたCGと効果音で大震災のすさまじさをリアルに体感できる〝1・17シアター〟だ。1・17とはもちろん大震災が起きた一九九五年一月十七日にちなんだものだった。

三階が「震災の記憶フロア」。ここでは体験者から提供された各種の震災関係資料が展示され、語り部たちが当時の状況を伝える〝震災を語り継ぐコーナー〟もある。二階は「防災・減災体験フロア」。そして五階は、入場無料の「震災資料室」となっていた。

係員の指示に従い、1・17シアターで十七年前の一月十七日午前五時四十六分に起きた地震の再現CGを観た。大画面で、淡路島の地層が裂け、三宮のビルが崩れ、伊丹《いたみ》駅の阪急電車が脱線し、大阪と神戸を結ぶ阪神高速道路が車ごと落下していく情景を目の当たりにすると臨場感は格別だった。

ずっと東京暮らしだったから地震には慣れっこのつもりでいたが、震度7の揺れの凄《すご》さは、およそこれまで経験してきた地震とはまったく別種のものであることがよく分かる。

ビルが倒れ、高速道路が六百メートルにわたって横倒しになり、木造家屋が踏み潰《つぶ》されたようにひしゃげるという揺れは想像を絶するもののようだった。崩れてきた建物の下敷きになった人たちは、とてもこれが地震だとは思えなかったのではないか。それこそ近くに爆弾でも落ちたような錯覚に陥ったのではないか。

シアターを出ると地震直後の街角が再現された一画があった。左には倒壊したマンション、右には潰れた一軒家があり、そのあいだの細い道を抜けると正面は燃え盛る炎を描いたスクリーンになっている。

六千人を超える犠牲者の大半が家屋の倒壊による圧死だったといわれている。こんなふうに建物にのしかかられてしまっては、逃げようも、手の施しようもなかっただろうと思わずにはいられない。

そのあと大震災ホールで今度は実写版の震災映像を観る。十五分の上映が終わって、そこでようやく自由行動となった。見学者は私を含めて七、八人といったところだろうか。館内は静まり返り、ボランティアらしき案内人の数の方がずっと多そうだ。

この見学者の少なさ一つをとっても、二十年にも満たない月日で、震災の記憶がいかに風化してしまっているかがよく見て取れる気がする。

つくづく人間というのは明日を生きる生物なのだと思う。

数十年、数百年さらには数千年単位で備えるべき放射能汚染に我々がなすすべもなく、それどころか地震の活動期に入った火山列島で、現政府がいともたやすく点検中の原子炉の再稼働を行おうとしているのも、そうした人間の持っている特性に由来するのかもしれない。過去に起きた出来事は祝祭にしろ災厄にしろ、とにかく一刻も早く忘れ去ってしまいたいのだ。

まさしく生きるとは、忘れることと――というわけだ。

エスカレーターで三階に降りる。

ここは〝震災の記憶を残すコーナー〟と〝震災からの復興をたどるコーナー〟、〝震災を語り継ぐコーナー〟の三つに分かれていた。順路に従い、〝記憶〟のコーナーから見ていくことにする。

大きなスチール製のハンガーネットが壁面全体を覆い、そこに無数の写真パネルや説明パネルが掛けられていた。始まりには「震災の記憶をのこす」という黒地に白抜きの大きなパネルが掲げられ、そこには次のように記されている。

〈驚き、苦しみ、悲しみ、喜び、希望、震災は百人百様の体験をのこしました。その一つ一つが貴重な体験です。市民の方々から寄せられた膨大な資料によってこの展示ができました。震災を風化させてはならないという思いがぎっしりつまった市民の記憶の壁です。〉

そして、「破壊」、「液状化」、「その時」といった項目別にさまざまな写真が展示され、手前にはガラスケースが置かれて、これも市民から寄せられたさまざまな記念の品がおさめられていた。

私は右から左に、上から下へとそれら展示物をゆっくりと見ていく。

かつて被災直後の神戸を取材で訪れたときにこの目で見た光景が次々と脳裏によみがえってくるのを感じた。

真ん中あたりまで来たときだった。

「液状化　大地から水や砂が」というパネルと「その時　何が起きたか分からなかった」というパネルのちょうどあいだくらいに一九九五年四月二十六日付の読売新聞が大きなポスターフレームに入ってハンガーネットに吊るされていた。

〈阪神大震災　亡くなった人〉

という大見出しの全面記事だ。〈住所地別５５０１人〉と小見出しがあって、〈神戸市東灘区〉から始まっている。一面の瓦礫《がれき》の中に手向けられた小さな花束の写真が一点添えられている以外は、びっしりと犠牲者の名前で紙面は埋めつくされていた。

リードは以下のようだった。

〈五千五百人を超える犠牲者を出したあの阪神大震災からきょう二十六日で百日目。読売新聞社は、犠牲者のお名前を一月二十六日と二月十五日の二回にわたって掲載したが、その後、新たに死亡が確認された人もあり、百日を機会に、警察発表と本社の取材で判明した分を合わせ、改めて掲載する。その数は五千五百一人。まだ身元不明の遺骨もある。一月十七日から季節は確実に時を刻み、桜が咲き、そして散った。この方々はその移ろいをついに見ることはできなかった。被災地では復興に向け力強く歩み出している。だが、私たちはこの人たちを忘れることはない。〉

新聞記事にしてはめずらしくセンチメンタルな文章だったが、昨年の大地震を思うと、一読して胸に迫るものがあった。

だが、それ以上に私を惹きつけたのは、おそらくは最も多くの犠牲者を出したがゆえに冒頭に持ってこられている「東灘区」という、その文字だった。

新聞は丸ごと一ページだったが、東灘区の犠牲者は一ページには入りきらなかったようだ。五十音順で並ぶ犠牲者の名前は「た行」で終わっている。それ以降は次のページに記載されたのだろうが、次ページは掲示されてはいなかった。

そういえば神戸市の中でも東灘区、灘区は突出して犠牲者が多かったはずだ——その事実を私は記事を目の前にしてようやく思い出していた。

そして、「東灘区」の文字が目に飛び込んできた瞬間に、とある記憶とその文字とがきれいに重なっていたのだった。

とある記憶とは、ちょうど三週間前、二月二十六日に教会巡りをしたときに、バプテスト教会の氏家俊雄牧師が見せてくれた「挙式者名簿」の一行だった。

――四月六日（土）正午　山下実雄　やよい（神戸市東灘区）

震災の四年前、一九九一年四月に結婚式を挙げた山下やよいと実雄も「東灘区」の住人だった。

もしも二人が東灘区にずっと住みつづけていたとしたら……。

当然ながら二人とも被災しただろうし、激しい揺れの犠牲になっていた可能性だって決してゼロではないのではないか？

いままで思いつきもしなかった着想が、〈阪神大震災　亡くなった人〉という大見出しと、〈神戸市東灘区〉という文字、さらには紙面にずらりと並ぶ犠牲者の名前を目にしたとたんに、私の胸中に首をもたげてきた。

山下やよいは果たしてあの大震災を無事に生き延びることができたのだろうか？

阪神大震災全記録

私は一階ロビーまで降りると、受付の女性に、五階の資料室にはどうやって行けばいいのかと訊ねた。彼女は玄関脇の方を指さして「あのエレベーターに乗っていただければ、五階まで行くことができます」と言う。

そちらに向かって歩き始めると、さきほどからの胸騒ぎのようなものが徐々に高じてくるのが分かった。はやる気持ちについ急ぎ足になってしまう。

資料室に行けば、大震災の犠牲となった人々の名簿がきっとあるに違いない。まずは東灘区の犠牲者名簿の中に「山下やよい」、「山下実雄」の名前があるかどうかを確かめなくては。

そう言い聞かせつつも、胸騒ぎめいた気分はますます募ってくる。

もしも、やよいの名前を見つけるようなことになれば……。

震災の日のテレビ番組でこの施設の存在を知り、何とはなしに行きたいと思って、今日実際に足を運んだ。迫力のある再現CGに度肝を抜かれ、三階で展示物と向き合った。そして、あの読売新聞の記事が目に飛び込んできた。

　私は、昨年のがん告知以降、自分に降りかかるさまざまな事象は、おしなべて何らかの〝必然の産物〟だと考えるようにしていた。そうやって二十一年前の山下やよいの電話を必然の中にたぐり寄せ、そうすることで余命一年という我が身のがんを単なる災厄とは別のものとして捉え直し、それによって治癒へと向かう困難な道程をイメージしようと心がけてきた。

　山下実雄の名前を発見したことも、もとをただせば、高木舞子から聞いた話が契機となっている。

　そういったある種、〝繋《つな》がり得ない繋がり〟を繋いでいく方法によって、山下やよいの所在を突き止め、彼女の存在の必然をしっかりと確定したいと願っていた。そうでなければ私が神戸に来た意味も、彼女を探索する意味もなきに等しいものとなる。必然によって彼女を見つけ出してこそ、治療手段のないこの末期がんの治癒もまた必然になり得ると私は信じてきたのだった。

　しかし、十七年前の大地震によって当の山下やよいが死んでしまっていたとしたら、私がこれまでやってきたことは馬鹿馬鹿しい徒労、死を宣告された男が取り乱したあげくにたどりついた妄想の結末ということになってしまう。

　これは、山下やよいをとうとう見つけられずに終わるよりもまだ尚一層、私には堪《こた》える展開だった。

五階のエレベータホールから右手の廊下を進んですぐが資料室だった。

思ったほどの規模ではなかったが、それでもずらりと白い書棚が並び、無断帯出防止ゲートの先に受付カウンターがあって、二人の司書が座っていた。一人は女性、もう一人は男性で、どちらもまだ若かった。

書棚は「総合」、「自然科学」、「社会科学」といった区分けがされていて、阪神・淡路大震災に関する一次資料だけでなく、地震や自然災害、防災などの関連書籍が集められているようだ。

壁際、窓際にパソコンを置いた白いデスクと椅子が並び、写真、映像、音声資料などはそのパソコンで検索をかけて調べることができるようになっている。書棚の脇に置かれた返却台の向かいには大きな複写機も据えられていた。

ちょうど昼時とあって、資料室には誰もいなかった。

私はざっと書棚を巡り、それから突き当たりの壁際に置かれたパソコンデスクの方へと近づいた。ディスプレイの前にプレートが置かれ、

〈阪神・淡路大震災―犠牲者の記録―〉

とある。

さっそく前の椅子に腰かけ、マウスを動かした。画面が明るくなり、青い空を背景に大きなヒマワリの写真が現れる。プレートと同じ表題が浮かび、右隅に「地域別犠牲者の状況へ」というアイコンがあった。

そこをクリックすると、兵庫県の地図が出てきて、「人口一万人対犠牲者数」でそれぞれの市や町が色分けされていた。「30人以上」が赤、「20人以上」がオレンジ。以降どんどん色は薄くなっていく。西宮《にしのみや》、芦屋《あしや》、神戸市の各区の色が濃い。芦屋市、東灘区、灘区、それに淡路島の北淡町《ほくだんちょう》などは「30人以上」の赤だった。

画面左には市、区、町ごとの死者数が表示され、この「犠牲者の記録」に登録されている人数もあわせて示されていた。神戸市全域の犠牲者数は四五六四人。一方、登録者数は一二三人と少なかった。犠牲者数が最も多かったのはやはり東灘区で実に一四六九人が亡くなっている。次が灘区の九三二人、火事で駅周辺が焼け野原となった長田《ながた》区が九二〇人、さらに兵庫区、須磨区、中央区とつづいている。

東灘区の登録者数も四五人とわずかである。

〈左の地域名ボタンをクリックすると、各地域の被害者の記録をご覧いただけます。〉と画面下に説明書きがあった。

私は、一つ深呼吸したあと「東灘区」の上をクリックする。

五十音順に一人一人犠牲者たちの記録が現れた。「や行」まで一気にページを捲《めく》り、そこからは念入りに一ページ一ページを検《あらた》めていった。

だが、「山下やよい」も「山下実雄」も見つからなかった。

トップページに戻ってマウスから手を離す。

思わず吐息をついた。

東灘区では一五〇〇人近くの人たちが亡くなっている。登録されている四五人の中に二人の名前がなかったとしても、万が一の可能性が消えるわけではなかった。

私は席を離れ、ふたたび、書棚に戻る。

まずは読売新聞の当時の縮刷版を探したのだが、見あたらなかった。ただ、犠牲者の名前を載せた資料や書籍がないはずはない。しばらく各棚を回ってから、受付カウンターへと向かった。

右側に座っている女性司書に「あのお」と声をかけた。

「あのお、ちょっと教えていただきたいんですが、震災の犠牲者の名簿のようなものはどこにあるんでしょうか？」

紺色の胸当てエプロンをつけたショートカットの彼女が顔を上げる。

「名簿のようなものはないんですが、新聞社が出している本に、名前が載っているものがあります。それでよろしいですか」

と問い返してくる。

「もちろんです」

頷くと、

「では、いまこちらでタイトルを調べますね」

彼女が手元のキーボードを叩き始めた。
二、三分、そのまま待っていたがなかなか目指す書名がヒットしないようだった。
「新聞社の出している本」という言葉をヒントに、私は、震災関係の書籍が並んでいた棚へと戻った。

背表紙を見比べているとすぐにそれらしき本が見つかった。

毎日新聞社が発行している『ドキュメント阪神大震災全記録』というムックだ。背表紙に「死者五、三七六人の氏名収載」と記されていた。

そのムックを手にしてカウンターの前にふたたび行き、

「ありました。これですよね」

と告げる。

「あー、それもそうですね」

と彼女は言ったあと、

「ちょっと待ってくださいね」

と椅子から立ち上がった。

私の脇をすり抜けて別の書棚へと向かう。すぐに一冊の新書サイズの本を持って帰ってきた。

「これにも載っていると思います」

と手渡してくれる。

こちらは朝日新聞社の発行で、『5000人の鎮魂歌』という書名の本だった。

目次を見ると、第二章に「亡くなられた方々」とあり、神戸市、西宮市、芦屋市、宝塚《たからづか》市、尼崎《あまがさき》市と各自治体別に亡くなった人の名前が記載されているようだ。

「どうもありがとうございます」

私は毎日のムックと朝日の新書を重ね持って頭を下げた。

「見終わったら、そちらの返却台に戻しておいて下さい」

彼女はそう言って自席に戻った。

閲覧用の大きなテーブルが窓際に幾つか置かれていた。私は出入り口に近い方のテーブルに陣取って、まずは毎日のムックから開く。

地震で崩壊した町々の写真がこれでもかこれでもかというほどに誌面を埋め、震災直後のルポルタージュや地震発生から一週間の詳細な日録、医療、地震学、防災、保険といった項目別の解説記事、そして記者や著名人たちの体験記も収録されていた。発行日は地震発生から約三カ月後の四月八日。定価千四百円。同業の目から見てもなかなかよくできたムックだった。

〈阪神大震災で亡くなられた方々〉という一行は目次ページの最終行に緑色の文字で刷り込まれていた。ノンブルは一六六ページ。

一つ深呼吸してから、そのページを開く。

〈2月17日までの警察庁の発表をもとに毎日新聞社の取材を加え、掲載しました。住所地の市区ごとに、氏名（敬称略）、年齢、住所の順です。〉

と冒頭にある。

あとは読売の記事同様、神戸市東灘区から順番に犠牲者の名前が列記されている。各ページ八段、各段に五十人以上の名前が小さな文字で載っていた。見開き末尾は「は行」。ページを捲って一六八ページを見ると、下から四段目に「や行」の名字がある。私はゆっくりと名前を追っていく。山下姓は下から三段目後半に並んでいた。

一瞬息が詰まる。

山下実雄　29　魚崎本町

という記載があった。

私は顔を上げ、冷静になれと自分に言い聞かせた。すっかり諳《そらん》じている二十一年前の山下やよいの電話メモの内容を慎重に反芻した。

〈山下やよいさん――神戸市内のスナック「つゆくさ」につとめている。37歳。電話078―392―××××

出産経験あり（娘がいる）

畑正憲さんの住所と電話番号を問い合わせてきて、電話を受ける。

・12歳年下の恋人と結婚することになった。〉

一九九一年時点で山下やよいは三十七歳。夫の実雄は十二歳下だから二十五歳ということになる。だとすれば四年後の一九九五年、実雄の年齢は二十九歳のはずだ。山下実雄、二十九歳、東灘区在住――そういう人物が二人もいたとは到底思えない。

私はいま一度、名前、年齢を確認した。

この人物が山下やよいの夫、山下実雄であるのはほぼ確実だろう。

山下やよいの名前はどこにもなかった。
私はため息をつく。つきながら実雄の次に並んだ二つの名前にも注目していた。

山下信雄　2　魚崎本町
山下律雄　2　魚崎本町

とある。

山下実雄　29　魚崎本町
山下信雄　2　魚崎本町
山下律雄　2　魚崎本町

というふうに並んでいる。
考えるまでもなく、この三人はきっと父子に違いない。
信雄、律雄――いかにもクリスチャンである山下やよいが付けそうな名前だった。
享年二。一九九一年当時三十七歳だったやよいが結婚翌年に双子を出産したのだとすれば、一九九五年一月時点でその子たちはちょうど二歳ということになる。

私は何かを感じたり、思ったり、考えたりするのはとりあえず後回しにして、もう一冊、朝日新聞社編の『5000人の鎮魂歌』をすぐに開いた。

犠牲者名簿は四四ページから始まっている。こちらは〈三月四日現在〉で身元が判明した人たちを掲載しているようだった。

〈〔東灘区〕一二八八人〉で名簿は始まっている。一ページ二段、十八名ずつの記載だった。山下姓は七七ページ上段からで、山下実雄は下段一行目。信雄、律雄とつづき、表記も年齢も毎日のムックと同一だった。毎日のムックでは住所は町名までだったが、この朝日の新書では何丁目かまで明示されていた。

山下実雄、信雄、律雄ともに「魚崎本町4丁目」となっている。

これで、三人が親子であるのはもはや疑い得ないだろう。

あの阪神・淡路大震災で、山下やよいは、夫と二歳になる双子の息子たちをいっぺんに失ってしまったのである。

新しい町

防災センターから戻って三日間は、震災の記録をあれこれと当たった。日、月は自宅でネットを使って調べものをし、火曜日春分の日の午前中は防災センターの資料室にもう一度行って、主に東灘区の被災状況を探った。午後は、今度は市立中央図書館に出かけて当時の新聞記事を点検し、例の読売の記事も確認した。山下実雄、信雄、律雄とともに名前が載っていた。住所はやはり「魚崎本町四」となっていた。

現在のJR神戸線でいえば、住吉《すみよし》、摂津本山《せっつもとやま》、甲南山手《こうなんやまて》の各駅周辺、阪急電車でいえば御影《みかげ》、岡本《おかもと》駅周辺、阪神電車でいえば魚崎、青木《おおぎ》、深江《ふかえ》駅周辺、つまりは東灘区のまさに中心部が激しい揺れに見舞われていた。

隣の芦屋市とともに最も多くの死傷者が出たのはそのためで、ことにこの一帯は芦屋と並んで住宅地として人気があり、古い屋敷や文化住宅などが密集する地域であったことも、家屋の集中的な倒壊、大火災などを引き寄せてしまったようだった。

山下一家が住んでいた魚崎本町はJRの住吉駅と阪神電車の魚崎駅のちょうど中間にあった。

新聞社や出版社が当時発行した写真集をつぶさに見ていくと、甲南本通商店街から魚崎北町商店街へとつながる甲南・魚崎地区の惨状を撮ったカットが何枚も載っていた。

瓦屋根の日本家屋が潰滅《かいめつ》し、広汎《こうはん》な区画が焼け野原と化している一枚、いままさに燃え盛る町の風景を俯瞰《ふかん》した一枚、商店街の一本道に架けられた「甲南本通　魚崎北町商店街」という看板が炎にあぶられている一枚、甲南本通商店街入り口のビルが巨大なアーケードの方へと大きく傾いてしまっている一枚――そうした写真を見るにつけて、地震発生時刻があと数時間遅ければ、死傷者の数はゼロが一つ多いくらいではとても済まなかっただろう、とあらためて慄然《りつぜん》とした。

防災白書でも、東灘区住吉、芦屋市芦屋駅付近の震度は「7」と確定されていた。

山村はるかにも声を掛け、地震当時の様子を聞いた。

というのも、彼女はいまは御影に住んでいるのだが、以前住んでいた実家も同じ東灘区内のマンションだと聞いていたからだ。その実家に現在は弟夫婦が住んでいるようだった。

「地震のことですか？」

はるかは意外そうな顔をしたが、

「魚崎のあたりの被害状況をちょっと調べていてね」

と言うと、

「そうなんですか」

それ以上は聞き返さずに、自分の体験を語ってくれた。

「実家は岡本なんですけど、私はそこから大学に通っていたんで、地震のときも家にいたんです。地の底から突き上げられるようなものすごい衝撃で、ベッドからはね飛ばされてしまいました。マンションは比較的新しかったので、さいわい崩れるようなことはなかったけど、でも、家の中はあらゆるものが落ちたり倒れたりして、めちゃくちゃになりました。当時まだ生きていた父も眠っているところにタンスが倒れてきて、頭を何針か縫う大怪我をしたんです。甲南や魚崎の方はそれはひどい被害で、うちの近所は出火はさいわい免れましたが、向こうはすごい火事だったと思います。

中学、高校の友だちが御影や住吉や本山に何人かいて、中には親きょうだいを亡くした人もいます。お葬式は遺体安置所でやるしかなくて、私も二回くらい参列しました。みんな泣くより、ただ呆然《ぼうぜん》って感じで、しばらくは誰もが悪夢の中をさまよっているような心地だったと思います」

私自身も当時取材で魚崎地区にある灘中学、高校の体育館を訪ねていた。たくさんの棺《ひつぎ》が並び、さすがにカメラのシャッターを切れなかったのをよく憶えていた。

山村はるかはこんな話もしてくれた。

「これはすごく印象に残っているんですけど、地震の前の晩、何気なく夜空を見上げたら、月がめっちゃ大きくって、真っ赤だったんです。何だか異様な感じで、後にも先にも、あんなに大きな月を見たのはあの晩だけでした」

「その月を見たとき、不吉な予感とかした？」

私が訊ねると、

「さあ、どうだろう」

はるかは首をひねり、

「予感めいたものはなかったけど、次の日の朝に大地震が起きて、真っ先に思い浮かべたのはあの大きな赤い月でしたね」

と言ったのだった。


三月二十一日水曜日。

JR三ノ宮駅から電車に乗った。七分で住吉駅に到着。

時刻は午後一時を回ったところだった。

南口を出て駅前広場に立つと、目の前にキララ住吉という高層マンション兼ショッピングビルがあった。振り返って駅のホーム越しに山側方向を眺めやれば、さらに巨大なショッピングモールが建っている。神戸ＣＯ・ＯＰやユニクロ、トイザらス、ミスタードーナツ、ジュンク堂などの看板が目に入る。

このモールは一九八九年にコープこうべが経営主体となって開店したものだというから、震災を生き延びたわけだが、目の前のキララ住吉はおそらく震災後に再開発された複合マンションなのだろう。

駅周辺をざっと見渡しても古い家屋やビルはほとんどなかった。

神戸に来て、一番に感じたのは、震災の痕跡《こんせき》が見事なほどに失われているということだった。あれだけの災害がわずか十数年でここまで風化してしまうのか、と驚きと無常をおぼえた。だが、今回震災について改めて調べ直してみて、そうした感慨が底の浅いものに過ぎなかった点を反省せざるを得なかった。

まったく逆の話だったのだ。

これほどまでに震災の痕跡が見えなくなっているという事実が、何よりの震災の痕跡なのだ。たしかによくよく風景を眺めてみれば、この街には古い建物がめったに見あたらなかった。

本来はいまだ存在してしかるべきものが、地震によって一瞬にして消し去られてしまった――その現実こそが震災の悲劇を如実に物語っているということなのだろう。

国道二号線に出ると道を左にとった。

天気予報では今日までは冷え込むといっていたが、空は快晴で、風もさほど冷たくはなかった。

しばらく歩いているうちに身体があたたまってくる。厚着をしてきたが、この陽気ならば上着はもっと薄手のものでよかったかもしれない。

住宅棟、東灘区役所、東灘消防署の順で並ぶ整然とした一画を通って住吉橋にさしかかる。川向こうには超高層マンションが聳《そび》え立っている。住宅棟も区役所も消防署も、ほかのさまざまな建物もどれも新しい。消防署の脇に設置された案内板を読むと、この一帯はやはり震災後の復興事業として念入りに再開発されたようだ。平成十一年十一月に二十七階建ての都心型住宅棟「ビュータワー住吉館」が、翌十二月に防災機能を強化した新区役所と消防署がそれぞれ完成したと記されている。

住吉川を渡ってしばらく歩くと、右手に国道をはさんで灘中学校・高校の正門が見えた。十七年前の一月、あの学校の体育館に入ったのだと思うが、周囲の景色にはまったく見覚えがない。小型トラックに買ったばかりの自転車を積み込んで神戸に近づけるだけ近づこうと震災三日後に尼崎を出発した。すると案に相違して、そのまま車で神戸市内まで辿り着くことができたのだった。ただ、市内の移動には自転車が大いに役立った。灘高にもたしか自転車で来たのではなかったか。

そんなことを考えながら反対側の道を進んだ。

目指すのは甲南本通商店街だった。東灘区役所前のバス停で路線図を確かめると甲南本通のバス停は二つ目だった。さほど遠くはない。地図で見ても徒歩十五分くらいの距離だろう。国道沿いはマンションやファミレスだらけだ。大きなカラオケルームもある。建てかえたか補強されたかしているのだろう。建ち並ぶ大小のビルはどれもきれいだった。

甲南本通の交差点まで来て反対側に渡った。もう目の前が甲南本通商店街のアーケードの入り口だった。

昨日市立図書館で見た一枚の写真を思い出して現在の姿と引き比べる。基礎が崩れ、浮き上がるような形でアーケードに倒れかかっていた三階建てのビルは住宅風の小さな建物にかわり、一階には「すき家」が入っていた。右側の、これもやはり大きな損傷を受けていた「さくら銀行」のビルは、いまはミラーガラスとグリーンウォールの洒落《しゃれ》た「三井住友銀行」に生まれ変わっていた。

ずいぶん新しいビルなので、ちょっと中に入ってみる。

すると、ＡＴＭコーナーの手前に大きなポスターが貼ってあった。

〈「甲南支店は、いつ戻ってくるの?」そんな皆さまの声が、私たちの支えでした。〉

と大きなタイトルがあり、その下に小さな文字でこんな文章が記されていた。

〈1995年1月17日に発生した阪神・淡路大震災は、私たちの店舗にも大きな被害を及ぼしました。中でも損壊状況がひどく、近隣の商店街が火事となった甲南支店は、早期の営業再開が困難な状態に。(中略)再建の目処《めど》もたたなかったあの日から、約17年。その甲南支店が、昨年12月、「環境配慮型モデル店舗」としてリニューアルオープンしました。今後ますます重要性が高まる環境に配慮した店舗として、また緑豊かな神戸の街にふさわしい店舗として、神戸の皆さまの暮らしに貢献できること。それは76年前、神戸銀行としてこの街に生まれた私たちにとって、この上ないよろこびです。〉

そういえばと私は思う。現在の三井住友銀行はさくらと住友が合併した銀行だが、さくらはかつては太陽神戸三井銀行と呼ばれ、太陽神戸と三井が合併したものだった。そして、その太陽神戸は太陽と神戸が合併したものなのだ。

この甲南支店はもとは神戸銀行甲南支店だったのだろう。

「76年前、神戸銀行としてこの街に生まれた私たちにとって」という一節が、かつての神戸銀行の矜持《きょうじ》を髣髴《ほうふつ》させる。

人もモノも街もすべてが移ろい、様変わりしていく。あの写真にあったような惨状は、目の前の甲南本通商店街のたたずまいからは想像だにできなかった。それと同じように、現在のこの三井住友銀行甲南支店も、ここがかつては神戸の街で威を振るった神戸銀行の支店だったと誰も気づくことはない。

地震が起きようが起きまいが、ありとあらゆるものがやがては滅び、生まれ変わっていく。

結局は何事も速いか遅いか、スピードの差に過ぎないのだと思う。

人間の寿命もしかり。たとえ「余命一年」と宣告されたこのいのちが、あと幾らか寿命を延ばせたとしても、いずれふたたび「余命一年」という時点に到達する。人間は、余命一年からも余命半年からも余命一カ月からも余命一週間からも余命一日からも決して逃れることはできない。そして最後にはいのちを奪われ、身は朽ち果てるのだ。

商店街に戻ってアーケードの下を歩いた。

連休明けの午後とあって人通りは少ない。まっすぐにここを抜ければ、その先が魚崎北町商店街で、魚崎本町は北町商店街の左右に広がっている。四丁目は地図で見る限り右側の方だった。

アーケードが途切れ、魚崎北町商店街に入ってからは電柱の住居表示を頼りに歩いた。山村はるかも言っていたが、この界隈は大きな火事で焼け野原となったはずだ。商店街の通り沿いの建物も、左右の路地に並ぶ民家やマンション、アパートのたぐいもそういう目で見るとたしかに整然としている。古い木造アパートや長屋風の文化住宅のたぐいは一つもなかった。

百メートルほど歩くと、ちょっと大きな道路にぶつかった。

地図上ではこの交差点の右側が魚崎本町四丁目だ。一番手前の路地まで戻り、奥へと歩を進めていった。一戸建てや低層のマンションが左右に並ぶ変哲もない住宅街の風景が眼前に広がっている。ただ、商店街同様にさほど古い建物はない。大きな家も小さな家も、どれも新建材を使った今風の家屋だった。

山下実雄と子どもたちが亡くなった家が魚崎本町四丁目の何番地にあったかは定かでない。

私は各戸の玄関の枝番と表札を確かめながら歩く。地図では小さな一区画だが、こうして歩いてみると意外なくらいに広かった。

決して確率は高くなかろうが、まだこの魚崎本町四丁目に山下やよいが住んでいる可能性もあった。夫と双子の男の子たちを失ったとはいえ、彼女には前夫との間にできた一人娘がいたはずだ。その子はとっくに二十歳を過ぎている。残された母娘が同じ場所に新しい家を建てて住み続けているといった事例も考えられなくはない。

一時間近くかけて四丁目と思《おぼ》しきエリアをぐるぐる巡った。

マンションやアパートもできる限り郵便受けを覗いて住人の名前を探ったが、「山下」という姓は戸建てにもマンションにも見あたらなかった。といっても集合住宅の場合はポストに名札を入れている住民は半分もいなかった。

四丁目の西側は広い公園になっていた。恐らく震災後に火除け地も兼ねて新設されたものだろう。植えられた樹木も置かれた遊具類も比較的新しかった。この公園の敷地内に山下実雄たちの家があったのかもしれなかった。

私はとりあえず商店街の通りへと戻った。

三十メートルほどの先に「宝石　時計　眼鏡のタニグチ」という看板を掲げた店が見えた。

タニグチという片仮名文字に谷口里佳を思い出した。

彼女とはここしばらく顔を合わせていなかった。私の方は相変わらず野々宮に足繁く通っているのだが、今年に入って里佳とはまだ数度しか遭遇していない。

たまに会ったときは必ず席を並べたが、どうやらずいぶんと仕事が忙しいようだった。先月会ったときも、さらにその一カ月ほど前に会ったときも「出張が多くてなかなか来られなくて」とぼやいていた。ただし、理由は仕事ばかりではなさそうだ。年末あたりから里佳の身にまとう雰囲気がどこかしら変わった。おおかた彼氏ができたのだろうと私は睨《にら》んでいる。

女将《おかみ》とも馴染《なじ》みになったので、別に里佳と会えなくてもさみしくはなかった。

野々宮の女将は無口で、お世辞にも気さくな人柄とは言えないが、かといって突慳貪だったり無愛想だったりするわけではない。店に通い出して二カ月もすると、おまかせで料理も酒も見繕ってくれるようになった。メニューにはない品もしばしば供してくれる。どの皿も私の舌にかなっていて外れがなかった。

その辺の勘はなかなか鋭い人のようだった。

行けばカウンター越しに短い会話を交わす。食い物の話だったり、旅の話だったり。互いの来歴にはほとんど触れない。私も訊かないし、女将も何も訊いてはこなかった。ただ、たまに東京の地名を出しても首を傾《かし》げるふうがないので、一度「女将も東京暮らしをしたことがあるんですか」と訊ねると、「ええ。このお店を始める前はずっと東京だったんですよ」と返してきた。

野々宮は開いて五年くらいだというから、なんだ、だったら私が藍子と別れた時分は彼女も東京にいたのかとその時はちょっと意外な気がしたものだった。

　タニグチのドアを開けると、若い男性が時計やアクセサリーの並んだショーケースの向こうに立っていた。「いらっしゃいませ」と言う。二十代半ばくらいか。案外に広い店内を見回しても他に店員の姿はなかった。ということはこの青年が店主なのだろうか？

「お忙しいところを申し訳ありません」

　近づいて頭を下げる。

「実は、十七年前の震災のときにこの魚崎本町で被災された山下さんというご一家のことを知りたくて歩いているのですが、どなたかこのあたりで当時のことにお詳しい方はおられませんでしょうか？」

　さっそく用件を切り出す。年恰好《かっこう》からして目の前の青年が大震災当時のことを知悉《ちしつ》しているとは思えなかった。

「はい？」

　彼はちょっととぼけたような反応を見せた。だが、こちらを胡散《うさん》臭く思っているわけでもなさそうだ。

「このお店は震災のときはまだなかったんでしょうか」

肝腎《かんじん》なことをまず確認した。

「いえ、うちはもう三十年近くここでやってるんです」

「そうですか」

「はい」

青年は丁寧な言葉遣いで答える。

「失礼ですが、このお店のご主人でいらっしゃいますか」

「父が社長です。あいにく今日は出かけていて、僕一人だけなんですが」

「なるほど」

店は三階建てのビルの一階部分に入っている。マンションのようにも見えないから二階、三階が店主一家の住まいなのだろうと踏んでいた。

「ここは震災後に建て替えられたお店ですよね」

「そうです。前の店は焼けてしまいましたから」

あっさりと彼は言った。

「じゃあ、地震のときはみなさん、この上に住んでいらっしゃったんですか」

「いえ、その頃はお店だけで、僕たちは別のところにいたんです」

「そうだったんですか」

「建て替えたあとでこっちに来ました。僕たちの住んでいたマンションも相当の被害で、結局取り壊しが決まってしまったものですから」

「そうだったんですか」

「はい」

「実は山下さん一家もこの四丁目に住んでおられたようで、ご主人と双子のお子さんたちは亡くなられているんです。山下実雄さんという方なんですがご存じないでしょうか」

「山下実雄さんですか」

ちょっと考えるような表情を見せたあと、

「心当たりはないですね」

と言う。

当時この町に居住していなかったのであればそれは当然かもしれない。しかも、彼はその頃まだ小学生くらいだろう。

「このあたりも物凄く揺れて、あとから火も出たんで、何人か亡くなった方がいるというのは聞いているんですけどね。父なら分かると思うんですが、今日はあいにく旅行に出ているんです」

「そうですか」

これ以上質問を重ねても、何も出てきそうになかった。

「地震当時のことに詳しい方をご存じないですか」

最初の質問に戻った。

「そうですね。吉田さんなら知っているかもしれないです。ずっと古くから町内会長をやってるんで」

「吉田さん？」

「はい。ここを出て左に五十メートルくらい行くと、吉田理容店というのがあって、そこが会長さんのお店なんです」

「左ということは山側ですね」

「そうです」

私も最近は、山側、海側で神戸の町を俯瞰できるようになっていた。

タニグチを出て、甲南本通の方向に歩き始めると道の左手に「吉田理容店」はすぐに見つかった。四階建ての茶色のマンションの一階に店が入っている。

だが、理容店につきもののクルクル看板は出ていない。さらに近づいてみると、ドアは閉まり、内側に「本日臨時休業」の札がぶら下がっていた。

私は店の脇にある玄関ドアからマンションの中に入った。壁には「プライムヨシダ」のプレートが嵌《は》まっている。玄関はオートロックになっていてガラス扉の右側に郵便受けが並んでいる。一つ一つ見ていったが、「吉田」や「Ｙｏｓｈｉｄａ」はなかった。といっても、ここでも半分以上が名札を入れていなかった。

しかし、町内会長が表札を出していないのはあり得ない。表に出てそれぞれのベランダを見ると二階から四階まで全部同じ一間窓だ。例外的に広いベランダは一戸もない。

このマンションは独身者向けの賃貸マンションで、おそらく吉田町内会長が大家なのだろう。で、彼の自宅は別の場所にあるというわけか。マンションの住居表示は「魚崎本町３」となっていた。

近所をあたって吉田会長の自宅を教えてもらうしかない。

臨時休業しているわけだから不在の可能性も高いが、山下一家の話を聞く相手としては町内会長はたしかに一番の適任者だった。

腕時計で時刻を確認する。ちょうど三時になったところだ。

毎日新聞東灘販売所

隣のビルもマンションだったが、こちらは相当の年代物のようだ。

一階に毎日新聞の販売所が入っている。「グレイス東灘」という五階建てのこのマンションはおそらく震災前から建っているものだろう。震災時も鉄筋の入った建築物はほとんど倒壊を免れている。ここも何とか持ちこたえたに違いない。ただ、隣の「プライムヨシダ」と比べるとさすがにその年季の入りぶりは際立っていた。

一階は右から左まで全部販売所だった。毎日新聞のシンボルカラーである青色の庇《ひさし》には「毎日新聞東灘販売所　スポーツニッポン」と白抜きの文字が入っている。店の前には自転車が一台だけ。そろそろ夕刊の配達時刻だから、配達員が使うバイクは全部出払っているのだろう。

山下実雄の名前を犠牲者名簿の中に見つけたのは、毎日新聞発行のムック『ドキュメント阪神大震災全記録』でだった。それもあって、この店で聞き込みをすれば何か手がかりが見つかりそうな気がしないでもなかった。

ガラス戸一面に販売ポスターがべたべた貼られた出入り口の引き戸を引く。

店内は例によってがらんとしている。朝・夕刊置き場となる大きなテーブルが幾つかあって、一番端にパソコンを載せた事務机がある。

「すいませーん」

先着の折り込みチラシが堆《うずたか》く積まれた脇にパーティションが一つ据えられていた。その奥に向かっておとないを告げた。

しばらくして男が出てきた。グリーンのフリースにジーンズ姿。白髪頭を短く刈り込んで、痩《や》せた皺《しわ》深い面貌をしている。私より五つ六つは年長であろう。この販売所の主人かもしれない。

「すみません。実は、震災のときにこのあたりに住んでいた人を探していまして……」

そう言いながら、私は上着のポケットから名刺を抜いて差し出した。

「菊池といいます」

相手は黙って名刺を受け取り、しばらく眺めている。

「山下やよいさんという人なんですが、ご存じないですか？」

なぜか口をついて出てきたのは「実雄」ではなく「やよい」の方だった。

「何で、その人探してはるの」

男はぶっきらぼうに言う。

「若い頃にものすごく世話になった人なんですが、ずっと音信不通だったんです。それが、最近こっちに引っ越してきまして、せめて一度だけでも会って昔のお礼が言いたいと思っているんです」

「へぇー」

男は品定めでもするような目つきで私を見ている。

「あんた、ひょっとして最初の旦那さん？」

いきなり男がそう言った。

私は一瞬、彼が何を言っているのか分からなかった。

「いや、そういうわけじゃあ……」

ちょっとしどろもどろになる。

山下やよいの名前を出しただけなのに、「最初の旦那さん？」とすかさず訊き返してきた。だとすると……。

驚きが胸の内に湧き起こってくる。

目の前の男は山下やよいを知っているらしい。それどころか、彼女の事情をよくよく飲み込んでいる人物のようではないか。

「二十年くらい前に電話が来て、もうすぐ結婚するとは聞いていたんです。相手は山下実雄さんという年下の人だと。その後はぱったり連絡が来なくなって、風の噂《うわさ》で双子を産んだというのは耳にしたんですが、私の方も自分の生活に追われてずっと彼女のことは忘れていたんです。こっちに来て、いろいろと調べていたら、この魚崎本町に住んで、しかも旦那さんとお子さんたちをいっぺんに地震でなくしたと知って、それでいまどうしているんだろうと気になって探しているわけなんです」

我ながらすらすらと作り話が口から出てきた。最初の夫ではないかと当て推量している相手を上手く誘い込むような言い回しだった。ただ、完全な嘘はつくまいと自らを戒めてはいた。

「実雄ちゃんたちは、ここの三階に住んでたんだよ」

さらに驚くようなことを男はさらりと口にする。

販売所を出て腕時計を見ると午後五時を過ぎていた。

二時間以上も話し込んでいたことになる。

私はゆっくりと甲南本通商店街の方へと歩いた。あたりはすっかり薄暗くなっている。風はなかったが、空気はしんと冷えていた。

長話に頭の芯《しん》が痺《しび》れたような感じだ。そういえばここ数カ月、こんなに集中して誰かの話を聞いたことはなかったのではないか。

山下やよいの当時の状況がこれほど容易に判明するとは意外だった。だが、その一方で、彼女が住んでいた町を尋ね歩けば、これくらいの情報が手に入るのは当然の成り行きのような気もした。

結局、山下やよいが現在どこにいるのかは、あの販売所の夫婦も知らなかった。彼らが知っていたのは、生き残った実雄の両親を世話していた頃のやよいまでだった。義父、義母と相次いで見送ったあと、彼女はすぐに神戸の町を出て行ったのだという。

「やよいさんの消息は誰もよう知らんと思うわ。正子《まさこ》さんの葬式出して、一週間もせえへんうちに姿を消しよったからね。誰にも挨拶《あいさつ》はなかったな。うちにさえ来いへんかったからね」

黒沢という所長の妻がそう言っていた。

パーティションの奥にあった配達員たちの休憩所に通され、出された熱いお茶をすすりながら山下一家の話を所長の黒沢から聞き取っていると、途中から夫人が割り込んできたのだった。ただ、二人とも開けっ広げで気のいい人たちだった。大家と店子《たなこ》という関係だったこともあり、やよい一家とも親しくしていたという。

　正子というのは実雄の母親の名前だった。先に死んだ父親の名前は国雄。山下実雄は腕のいい大工だったそうだが、父の国雄も同じ大工だった。

「国雄さんは名人と呼ばれた職人で、引退するまで一度だって仕事が切れたことがなかったそうや。跡を継いだ実雄ちゃんも実直真面目な男でな、いずれは親父《おやじ》さんを負かすくらいの腕前になるやろうってみんな言うてはった」

　黒沢は無念そうに言った。

　やよいたちはこのマンションの三階で地震に遭遇したのではなかった。

「こっちで寝てりゃあ、誰も死なんですんだんや」

　このときも黒沢はいかにも悔しそうな表情になった。隣の夫人はかすかに目に涙を浮かべていた。

　十七年前の一月十七日、やよいたちは魚崎本町四丁目にある国雄と正子の家に泊まり込んでいた。もともと結婚時はやよいがその実家に入り、翌年、双子の男子を出産したのを機に手狭になった実家を出て、一家でこのグレイス東灘に転居してきたのだった。

「同じ町内だもの。晩御飯はいっつも向こうで食べてたみたいだし、子どもたちが眠くなったらそのまま実家で家族みんなで寝てはった。住民票もあっちのままでね。実雄ちゃんはたいした孝行息子やったし、やよいさんの方は歳もずいぶん上やったから、姑《しゅうとめ》の正子さんにもそれはようけ気を遣ってはったわね」

細君が言うと、

「ま、あんだけの別嬪《べっぴん》さんやし、年上っていうても、とにかく実雄ちゃんの方がべた惚《ぼ》れやったな」

黒沢がそのときばかりは笑みを浮かべて言った。

やよいたちは実家に泊まるときは、一階の居間に布団を並べて寝ていたらしい。十七日の早朝も、家族全員でそうやって眠っていた。

「ずいぶんたってからやよいさん本人に聞いたんやけど、地震が始まるほんのちょっと前に二階で寝ているおじいちゃんの咳《せき》で彼女だけ目を覚ましたんやって。それで、ふだんそうしてるように、台所で白湯《さゆ》を汲《く》んで、おじいちゃんのために持って行きはったらしいわ。それがまさに五時四十六分ちょうど。二階に上がって湯呑み茶碗《ぢゃわん》をおじいちゃんに差し出そうとした瞬間に、地震が来たんや」

一階はあっというまに潰滅《かいめつ》し、実雄も子どもたちも落ちてきた二階に押しつぶされてしまった。即死だったという。

「不幸中の幸いやったのは、国雄さん家《ち》までは火が回らへんかったことくらい。二日目にはご遺体を掘り出して、この三階の部屋でお通夜をしたんやで。咄嗟《とっさ》のことやったろうに、双子の上に実雄ちゃんが覆い被《かぶ》さるようにして亡くなっていたそうや。そのおかげで、信雄ちゃんも律雄ちゃんもきれいなお顔のまんまやった」

やよいたちはそれからしばらくは三階の部屋で暮らしていたという。もともと喘息《ぜんそく》持ちだった義父の国雄が一年後に風邪からきた肺炎をこじらせてあっけなく死んだ。それを機にやよいと正子は別のマンションに越して行ったという。

「あんまり不幸つづきで、ここに住んでんのがしんどくなったんやろうなあ」

それでもたまに二人はこの販売所には顔を出していたようだ。新しく借りたマンションは王子《おうじ》公園の近くだった。

正子の訃報《ふほう》が突然届いたのは、国雄の死去から一年数カ月後。脳溢血《のういっけつ》だった。

「結局、国雄さんも正子さんも震災に殺されたようなもんや。一人息子とかわいい盛りの孫たちをいっぺんに亡くして、もう生きてる甲斐《かい》があらへんかったんやなあ」

小さな葬儀に参列し、その席で簡単な言葉を交わしたのが、やよいと会った最後になったという。

「正子さんの葬儀のあとすぐに王子公園のマンションをやよいさんが引き払ったとい

うのも、実はだいぶ経ってから共通の知り合いに教えてもろうたんや」

私はそういった一部始終を黙って聞きながら、一つだけ気にかかっていることがあった。

やよいにはもう一人、前の夫とのあいだにできた一人娘がいたはずだ。

「実雄さんと一緒になるとき、やよいさんには四歳くらいの連れ子がいたはずなんですが……」

のっけに「最初の旦那さん」と言われているので、だいぶ間を置いてから私はそのことを持ち出してみた。

夫妻は同時に頷き、

「なんかそうらしいなあ」

黒沢が言った。

「やよいさんからいっぺんだけ聞いたことあるわ。最初の旦那さんとのあいだに生まれた子で、娘さんやったみたいやね。実雄ちゃんと一緒になったときに、思い切って養子に出したて言うてた」

細君が詳述する。

「養子？」

「そうそう」

その話を聞いて、私は、二十一年前のやよいの電話の内容を思い出していた。

「私、実は前のだんなとのあいだに四つになる娘がいるの。彼はもちろん知ってるけど、ご両親には話してなかったのね。だけど、そんなこと隠し通せるわけもないし、だったらちゃんと式を挙げることにして、その前に娘のこともきちんと打ち明けて、お許しをもらおうって彼と決めたのよ。そしたら、ご両親は娘とも会ってくれて、とっても喜んでね、これからはみんな本当の家族だよって言ってくれたの。私は生まれてこのかた、あんなに嬉しかったことはなかった」

やよいはたしかそんなふうに言っていたのではなかったか。

あの電話は三月二十五日。それから半月もしないうちに二人は結婚式を挙げている。それがなぜ急に、その一人娘を養子にやることになったのか？

不可解といえば不可解だった。

「養子っていっても、相手先はもともとその子を預かってくれてた人みたいだったから、たぶん、きょうだいとか親戚《しんせき》なんじゃないかって、そんな気がしてたんだけどね」

黒沢の妻はそう付け足した。

夕刊の配達を済ませた配達員が次々に帰ってきて休憩室もだんだん騒がしくなって

きた。私は先を急いだ。

「ところで、やよいさんは実雄さんと結婚してからは働いてなかったんですか。私が彼女と最後に話したときは、三宮の『つゆくさ』というスナックで働いてるって言っていましたが」

するとˎ
「実雄ちゃんがやよいさんと会ったのがその店だよ。最初は客とホステスの関係だったのを、実雄ちゃんがめずらしく本気になって、店に通い詰めて、やよいさんを口説き落としたって話だよ。まあ、あれほどの別嬪さんだったら、どんな男でも惚れてしまうのは仕方がないわな」

黒沢はもう一度、「別嬪さん」と言い、隣で細君も頷いている。

「最後に、どなたかやよいさんと個人的に親しかった方ってご存じないですか。たとえばこの人なら、現在の彼女の居場所を知っているだろうなと思えるような……」

「さあ……。そういう人はちょっと思いつかへんなあ。この神戸の町を出て行きはったのは確からしいんやけど」

黒沢夫妻は顔を見合わせ、首を傾げてみせたのだった。

「赤い服の青年」

これは最近の話だが、どうしても書いておきたいので書く。

僕は或《あ》る女性を探し出すためにわざわざ神戸に引っ越したのだった。探すといっても、そもそも彼女とは一面識もなく、二十年以上も前にたった一度電話で話したことがあるに過ぎなかった。

では、なぜそんな女性を探しに、仕事も病気の治療も（僕はひどい病気に罹っているのだ）放り出して、神戸くんだりまでのこのこやって来たのか？

その辺の事情については、機会があれば（それはとりもなおさず残された時間が僕にあれば、という意味だ）、別稿に譲ってしっかりと書き込んでみたいと考えている。

神戸暮らしが始まってしばらくすると、その女性の消息を知るために、僕はあちこちを探ったり、調べたりするようになった。そして数カ月後、幾つかの偶然が重なって、十数年前に彼女が住んでいた場所を突き止めたのだ。

僕は、その場所に関して多少の下調べを済ませてから、彼女のかつての住まいを見つけ出しに行くことにした。

いまから書くのは、その下調べの折に出会った不思議な話だ。ちょっとびっくりするような話だったので、こうして書き残しておこうと思った。むろんすべて実話である。

これは僕が体験した出来事ではない。彼女の住んでいた町を調べているうちにこんな出来事があったことを知ったというに過ぎない。だから、知っている人はとっくに知っていただろうし、もしかするとよほど大勢の人がこの事件のことをすでに知っているのかもしれない。

だが、僕はまったく知らなかった。

そして、知って驚愕《きょうがく》したのである。

彼女が十数年前に住んでいた町の最寄り駅は、ＪＲ神戸線の「住吉駅」。そこで僕は、まず住吉駅について調べることにした。「住吉駅＋神戸」でネット検索をするとウィキペディアの「住吉駅（ＪＲ西日本・神戸新交通）」という項目が真っ先に出てくる。さっそくそれに目を通してみた。

1乗り入れ路線、2駅構造、3利用状況、4駅周辺、5バス路線、6歴史、7隣の駅というように目次はつづいている。

ところが8番目の項目を見て、おやと思った。

〈8新快速飛び降り事件〉

となっていたのだ。そしてそのあとは9脚注、10関連項目、11外部リンクだった。

ということは住吉駅にとって、この8は特筆すべき事件だったのだろう。

新快速飛び降り事件って何だ？

ふつうに想像すれば、走ってくる新快速の通過列車に向かって自殺志願者がホームのへりからダイブした、といったような事件かと思われる。

しかし、そのたぐいの事件を駅紹介のページでわざわざ特記しているというのも面《めん》妖《よう》だった。それに「新快速飛び降り」という言葉遣いがいささか奇妙だ。もし誰かが新快速列車にホームから身を投げたのならば「新快速飛び込み」と素直に書くのではなかろうか？

さっそく「8新快速飛び降り事件」の項目を読んでみた。それは次のような内容だった。

〈2002年7月2日午前10時45分頃、当該駅（住吉駅のことだ）ホームにて、約100㎞／hで通過中の新快速電車から赤い服を着た若い男がホームに飛び降り、その勢いからホーム端の鉄製フェンスに激突するも、何事も無かったように歩いて立ち去るという、単なる危険行為以上の不可解な事件が発生した。

問題の男は車両間の連結面にしがみついていて、そこから飛び降りたとおぼしい。男が歩き去る姿は現場で複数の利用客が目撃しており、新快速電車の乗客にも連結面にしがみつく男の姿を車内から目撃した者があった。更に男の激突したフェンスは衝撃を受け損傷を被っていたことから、男が住吉駅で列車飛び降りの挙に出たことは事実と見られている。兵庫県警は鉄道営業法違反で、改札から駅外に去ったらしい男の行方を探したが、2011年時点に至るまで男の消息は不明である。

人間が100km／h走行する列車にしがみついていて飛び降りた場合、その瞬間には列車の速度に近い慣性が身体に働いており、フェンスへの激突は通常であれば瞬間的な減速を伴って、飛び降りた者の身体に著しいダメージを与えることになる。そのような衝撃を受けた男が、即座に立ち上がって無事に歩き去ったという目撃情報は、通常ならあり得ないような事態であり、男の消息不明も伴って、奇怪な未解決事件となっている。〉

そしてこのウィキペディア記事の「9脚注」には、事件を報じた地元紙の記事がリンクされていた。

それが神戸新聞二〇〇二年七月四日付（事件の二日後だ）の以下の記事である。

〈時速100キロの新快速から飛び降り、平然と去る　JR住吉駅
神戸市東灘区のJR住吉駅で、時速百キロもの猛スピードで通過する新快速電車から男がホームに飛び降り、立ち去っていたことが三日、兵庫県警の調べで分かった。男は居合わせた客の視線を気にせず、何事もなかったように歩いて姿を消したという。

県警は、鉄道営業法違反の疑いで行方を探しているが、警官らも「こんな『途中下車』は聞いたことがない」と首をかしげるばかりだ。

二日午前十時四十五分ごろ、同駅ホームで、近江今津発姫路行き新快速電車から、赤い服を着た若い男が飛び降りるのを複数の人が目撃。男は勢いで鉄製フェンスに激しくぶつかったが、そのまま改札口の方に歩いていったという。

一方、電車内では、連結部付近で人の手や足が見えているのに気付いた乗客がいたが、「ドン」という音とともに姿が消えたという。

JRから通報を受けた東灘署や県警鉄道警察隊などが周辺を捜索。病院や医療機関にもあたったが、該当する人物はいなかった。

JRによると、新快速の最高時速は約百三十キロ。駅の通過時はややスピードダウンするが、それでも百―百十キロは出る。車両は窓が開かず、停車駅で連結部にしがみついたとみられる。担当者は「新快速から飛び降りて大きなけがもないなんて…。

ミステリーだ」と目を白黒させている。〉

百キロ超で住吉駅を通過しようとしていた列車（！）からホームに飛び移り、勢い余って（当然だ！）ホームの突端の鉄製フェンスに激突し、にもかかわらず何事もなかったかのように立ち上がり、すたすた歩いて駅を立ち去る——そんな芸当ができる人間はおそらく世界中に一人もいないと思う。

しかし、神戸新聞の記事にもあるとおり、これは現実に起きた事件だった。そして多くの人がその目ではっきりとこの〝超人＝赤い服の青年〟を目撃しているのである。

僕がＪＲ神戸線「住吉駅」のホームに降り立ったのは二〇一二年三月二十一日。春分の日の次の日だった。

目的は、くだんの女性が昔住んでいた家を探し出すことだったが、まず最初に「新快速飛び降り事件」の現場検証を行うことにした。住吉駅で下車して初めて分かったのだが、駅のホームは上下二本あった。僕の降りたホームは1、2番線（大阪方面）だったが、左片側1番線にはロープが張られていた。客が乗り降りするのは右側の2番線だけのようだった。

飛び降り事件が起きたのは姫路行きの新快速電車だ。現場は線路を挟んで向かい側の3、4番線下りホームである。僕は跨線《こせん》橋を渡って隣のホームへと移った。昼時とあって下りホームにほとんど人はいなかった。がらんとしている。
3、4番線ホームも片側4番線にはロープが張られている。
電光掲示板を見ると、住吉駅に停車する「普通」と「快速」電車は三番ホームに必ず入り、4番線側は「通過列車が通過します」の電光掲示のみだった。

ホームの屋根を支える何本かの太い柱にも、

――「4番のりば」は新快速電車が通過します。ご注意ください。

と記された張り紙が貼ってあった。

ウィキペディアや神戸新聞の記事でいまひとつイメージできなかった「ホーム端の鉄製フェンス」はホームの両側に設置されていた。

赤い服の男は、下りの新快速列車の連結部からホーム上に飛び降りたというから、彼がぶつかったフェンスというのは、おそらくは姫路方向のホームの突端についているフェンスであろう。

僕は長いホームを歩いて、屋根が途切れてさらに三十メートルほども先にある、西側の端まで辿り着いた。

男がぶつかったと推測されるフェンスを間近にし、手でも触れてみて、唖然《あぜん》とするしかなかった。

それはJRのどの駅のホームにも設置されている鉄パイプ製のフェンスだったが、改めて実見してみると、フェンスというよりも強固な鉄柵《てっさく》と表現した方がずっと似つかわしいものだった。

もしも人間が、時速百キロ以上で走る電車から飛び降りて、この鉄柵に激突したのだとすれば、たとえどのようなプロテクターを装着していたとしても、また身体のどの部分を打ちつけたとしても、骨がバラバラに砕け散るのは確実だと思われた。

万が一に一命を拾ったとしても、激突した直後に立ち上がり、目を白黒させて見つめる人々を尻目《しりめ》にすたすたと歩いて改札口の方へ消えていくなどということは、生身の人間であれば金輪際できるはずがなかった。

もちろん十年前の鉄柵がこれと同種のものだったかどうかは定かではない。ただ、十年前の事件を契機にこのフェンスの強度を下げることはあっても、上げることはなかったであろうから、察するに現在のフェンスと同様かそれ以上に頑丈なものが取り付けられていたに違いない。

ホームにある時刻表示板を見ると、姫路行きの新快速電車が停車する駅は少なかった。大阪駅以降、住吉の手前だと尼崎、芦屋にしか停車しない。芦屋駅からは甲南山手、摂津本山駅をそれぞれ通過して住吉駅へと列車は走り込んでくる。加速は充分だし、仮に赤い服の青年が車両の連結部に取りつくことができるとしたら、一番近い駅でも三つ手前の芦屋駅ということになる。

誰にも見つからずに連結部にしがみつくとなれば、おそらく電車の最後尾付近を選んだであろう。そして猛スピードでこの住吉駅を走り抜けていく車両から、彼は思い切ってホームへと飛び降りた。最後尾の連結部がホームの切れ目に達する直前にジャンプすれば、たしかにこの突端の鉄製フェンスで身体を止めることはできるかもしれなかった。

だが、フェンスに激突した瞬間、普通の人間ならば即死するのは間違いない。

僕はそうした光景を思い描きながら、実際の新快速電車が4番線ホームを通過するのをフェンスのそばで待ち構えた。

数分後、「列車が通過いたします。ご注意ください」というアナウンスがあり、三十秒もしないうちに新快速がやって来た。

ホームにすべり込んできた電車が僕の目の前を通り過ぎていくのに要した時間はほんの数秒だった。

その余りのスピードに呆気《あっけ》にとられたくらいだった。

これほどの速度の電車の連結部にしがみつくこと自体がまったく不可能と思われた。芦屋駅で取りついたとしても住吉駅までのあいだに二つの通過駅があるのだ。それほど長時間、彼は一体どうやって我が身を連結部にはりつけていたのか？

ただ、これだけのスピードで走り抜ける電車であれば、甲南山手駅や摂津本山駅のホームにいた乗降客は、たとえ車両の連結部に人間がしがみついていたとしても気づくことはできなかっただろうと思われた。

記事にもある通り、男の存在を目で確かめることができたのは、車内の乗客たちだけだったに相違ない。

僕の印象では、たとえ列車にしがみついたまま住吉駅まで到達できたとしても、一瞬の判断でホームへと着地し、突端のフェンスにぶつかって身体を止めるというその行為自体が神業に近いものだった。どれほど動体視力に優れ、身体能力に秀でていた人間だったとしても、ホームに足をかけることさえままならないのではないか？

あっと言う間に過ぎ去って行った新快速電車を目で追いながら呆然としていた。

ふと、これは何かの啓示ではないのか、という気がした。

この世界には〝超人〟が存在するという確かな証拠をいま自分は、この何の変哲もない駅で何者かに明示してもらったのではないか……。

どうしてそんなことを思ったかといえば、実は、これから昔の家を探し出そうとしている、当のその彼女もまた超人的な力の持ち主だったからだ。

否、少なくとも僕はそう信じていたし、信じたいと願っていた。

鉄柵に手を載せてその冷え冷えとした感触をしばし味わったのち、気持ちを切り換えて住吉駅をあとにした。

それにしても、この赤い服の青年というのは、一体誰なのだろう？

十年の歳月が過ぎ、彼はいま一体どこで何をしているのだろう？

第三部

理彩の手のひら

五月三十一日の午後十一時過ぎ。

兄の喜一郎が電話をかけてきた。病院からだった。風呂場で倒れた母の道子をついいましがた救急車で運び込んだという。兄の声を聞くのは二年ぶりくらいだろうか。

「怪我は？」

訊ねると、

「そっちは大丈夫なんだが、どうも脳溢血らしい」

「えっ」

のんびりした兄の口調に気安く考えていたのが、一気に目が覚めたようになる。

「意識は？」

「それがまだ戻らん」

そこでまた驚く。

母は今年で八十一歳だが、壮健な人で、仕事に出ている兄夫婦にかわっていまでもおおかたの家事を引き受けていた。

「頭を打ったのか」

「いや。先生の話だと脳溢血が先らしい」

入浴中に脳溢血を起こし、それで転倒したということか……。

「で、医者は何て？」

「出血はさほどでもないそうだ。このまま様子を見るしかないと言っとる」

歳が歳だから即刻手術ともいかないのだろう。

意識不明とすれば病状は深刻だが、胸が潰れるほどの心地にはならない。八十一という年齢もあるし、自分だって最末期のがんだというのもある。ちらと脳裏をよぎったのは、ここで母を見送れば、逆縁の不幸を避けられるということだった。

「数日が峠だそうだ」

兄がそう言ったときには気持ちを固めていた。痩せてもいないし、顔色も悪くはない。いまならばまだ高崎に帰っても誰も怪しまないだろう。

「明日早くの新幹線でそっちに行くよ」

都内だったらすぐに車を飛ばして駆けつけられるが、神戸だとそうはいかなかった。

「そうか……」

「容体に変化があったらいつでも電話をくれ」

と言って自分から携帯を切った。

翌朝、始発ののぞみに乗って九時前には東京駅に降り立っていた。

去年の八月二十九日に離れて以来、実に九カ月ぶりの東京だった。あのときは、数カ月もすれば病状が悪化し、すごすごと舞い戻ってくるとばかり思っていた。それが、野々宮の女将の口から「神戸で死ねたら」という曲名を聞き、今度は神戸で最期を迎えようと思いついた。もう二度と帰ることはあるまいと腹をくくっていた。

まさかこんな形で上京するなど思いもよらなかった。

新横浜を過ぎて、見慣れた景色が車窓の向こうに広がり始め、品川のあたりで圧倒的な超高層ビル群を目にすると、ぐっと込み上げてくるものがあった。

乗り換えがあるから外に出るわけにもいかなかったが、人、人、人でごった返す駅構内はやはり東京だ。

上越新幹線のホームに移動して、長野行きのあさまに乗った。高崎までは一時間足らず。

時刻は九時を回ったばかりだが、発車するとすぐにデッキから兄に電話した。あれから連絡はなかったので容体に変化はないのだろう。

「今朝もこっちに来る前に寄ってきたが、静かに眠っとる」

兄も兄嫁もいつも通り出勤しているようだ。

母の入院先は市役所の裏手にある高崎総合医療センターだった。かつての国立高崎病院で、三年前の新病棟落成と同時に名称が変更された。高崎市役所も病院も城址公園に隣接した場所にあり、その城址公園を挟んでそれらと向かい合う下横町《しもよこちょう》一丁目に私のかつての生家があった。

菊池家は祖父の代から富岡市でメリヤス工場を経営し、父の喜十郎も兄の喜一郎もそこを継いだ。兄夫婦はいまでも車で一時間程度の富岡に毎日出勤している。「キクチテキスタイル工業」の本社兼工場は、重要文化財の指定を受けているあの富岡製糸工場のすぐそばに建っている。

父が亡くなったのは十一年前だが、それから三年ほどして、兄は下横町の屋敷を売却し、高崎駅からは少し離れた本町《もとまち》二丁目に家を新築した。真尋や千晶が小さかった時分は、多忙な藍子を東京に残してしばしば帰省していたが、兄が本町に転居してのちは一度も子供連れで帰らなかった。

本町の家が気づまりというわけではないが、高校を出るまで暮らした下横町の広い屋敷とではやはり何もかもが違った。私自身も高崎に行くと、最近は駅前のホテルを利用している。

電話を切って自席に戻り、車窓の景色をぼんやり眺める。

神戸もよく晴れていたが、こちらも晴天だった。今年は梅雨前線が日本の南海上に停滞していて空梅雨の気配だ。昨秋のもみじが最後のもみじと思い、今春の桜が見納めの桜だと覚悟した。それがいまこうして梅雨の空模様に当たり前に思いを巡らせている。不思議な成り行きだと言うしかない。

三時間以上、狭い座席に腰を張り付けているが、痛みどころか違和感もない。規則正しい食事と睡眠、毎日欠かさぬウォーキングの成果もあって体調はかつてないほどよかった。まっすぐに背筋を伸ばしていると、疲れが体幹を通って地面にすんなり抜けていくのが分かる。「姿勢」の大切さに五十歳を過ぎて気づかされた感がある。

明るい景色と重ね合わせるように病室のベッドで深い眠りを眠る母の姿を想像する。

夢は見ているのだろうか？

緩和ケア病棟で働くオーストラリアの看護師が、死ぬ間際の患者たちが口にした〝後悔〟をランク付けしたという記事をずいぶん前に読んだことがあった。

トップ5はこんなふうだったと思う。

1「自分自身に忠実に生きればよかった」
2「あんなに一生懸命働かなくてもよかった」
3「もっと自分の気持ちを表す勇気を持てばよかった」
4「友人関係を続けていればよかった」
5「自分をもっと幸せにしてあげればよかった」

記事を一読して、自分だったら五つのうちのどれを選ぶだろうかと考えた。一番しっくりきたのは、二位の「あんなに一生懸命働かなくてもよかった」だ。会社から離れてみて、あまりに多くの時間を仕事に奪われてしまったと私は後悔している。

母は、何を選ぶのだろうか？

彼女は自分自身に忠実だったろうか？　自分の気持ちを抑えてはいなかったろうか？

忘れがたい友はいるのだろうか？　自分の幸せをちゃんと生きることができただろうか？　そして、父と一緒になり、兄や私を産み育て、ずっと菊池の家を守ってきたその一生に心からの安息の時間はどれほどあったのか？

そうやって想像してみると、深い愛情で結ばれていたはずの母でさえ、自分自身と比べれば遠く隔たった存在なのだと気づく。私は母の人生のほとんどを知らない。

高崎駅には十時過ぎに到着した。

神戸に移る前に一度、墓掃除に来ようかと思って断念した。

最後に帰郷したのは、千晶が結婚してローマに発《た》った年の暮れだからもう二年半も前になる。

西口デッキに出て、タクシー乗り場やバス乗り場の上を通り過ぎ、階段を使って駅前通りの交差点に降りた。医療センターまでは一キロ足らずだ。歩くのが手っ取り早い。

広い通りは、通行人もまばらで、行き交う車の数も少ない。

東京はともかく神戸と比較してもひどく閑散としている。真っ青な空がやけに大きい。日射しはまるで真夏のような強さだ。百メートルも歩くと額に汗がにじんでくる。こんなことなら帽子をかぶってくればよかった。

あら町の四つ角まで来ると、もう目の前に巨大な高崎市役所の建物が見えてくる。どの地方都市でもそうだが、ひときわ豪華なビルがあればおおかたが市庁舎や県庁舎だ。三十七万人余りと県内最大の人口を擁する高崎市といえども例外ではない。二十一階建ての市庁舎の陰に隠れて見えないが、その裏手に高崎総合医療センターがある。

病院の正面玄関をくぐってエントランスホールを真っ直ぐに進んだ。平日の面会時間は午後三時からのようだが、急患であればその限りではあるまい。総合案内の受付を通り過ぎてエレベーターホールに入る。製薬会社の営業マンらしき男と二人で上階行きのエレベーターに乗った。

母の病室は五階北側だと兄に聞いていた。

病室の番号を確かめてから静かにドアレバーを引いた。スライド式の扉が音もなく開いていく。

大きな窓があって、その手前、枕側を壁際につけてベッドが置かれている。ベッドサイドには人がいた。背中を向けていた彼女がドアの音に振り返る。先に無言で手を上げると、小さく頷いてみせた。しばらく会わないあいだにずいぶん背が伸びている。丸みを帯びていた体形もほっそりしていた。

私が近づくと理彩《りさ》はその場を離れ、母の足元を回って窓側に立った。

眠っている母の顔を見る。「静かに眠っとる」という兄の言葉が脳裏によみがえってくる。

　夢は見ているのだろうか？

　また同じことを思った。

「学校は？」

　顔を上げて理彩に言う。たった一人の姪《めい》は私服だった。

「おとうさんが休めって」

「そうか」

　兄嫁の素子《もとこ》さんに似て、理彩は整った顔立ちをしている。前回会ったときは高校受験を翌春に控えてあっぷあっぷしていた。幼い頃のおもかげをいまだ残していたが、もうすっかり大人の女性の顔だった。可愛らしさが美しさへと移り変わろうとしている。真尋や千晶にも似たような時期があった。

　兄の喜一郎は私より三歳年長で、今年五十七になる。藍子と同年だ。十年暮らした最初の妻と離婚し、工場の従業員だった兄嫁と再婚した。それもあって一人娘の理彩がまだ高校生なのだ。最初の結婚で子供はできなかった。

　兄も前妻に三下り半をつきつけられて離婚していた。といっても兄の場合は自分の浮気が原因だったが。私が藍子と別れたときも、彼は「そうか」と言ったきりだった。

母は、「あんたまで兄ちゃんと同じことしてどうするの」と嘆いていた。めったに会えない嫁だったが、母はむかしから藍子のことを気に入っていた。

「どっか怪我はしてるのかな」

呟くように言うと、

「小さな打撲くらいだって。お風呂椅子に座って身体を洗ってるときに発作が起きたみたい。風呂桶《おけ》が床にぶつかるすごい音がしておかあさんが駆けつけたら、ばあちゃんが椅子から落ちて倒れてたの」

「そうか」

「なんか気持ちよさそうに眠ってるね」

理彩はのばした右手を母の額のあたりにかざした。そのまま手のひらをすぼめて頭部全体を触れずに撫《な》でつけるようにする。私はゆっくりとした彼女の手の動きをしばらく眺めていた。

「理彩は気功でもやってるのか？」

彼女は首を振った。

「友だちにそういうのがちょっとできる子がいて、捻挫《ねんざ》とかしたときよくこんなふうにしてもらうの。それが結構、効くんだよね」

理彩は中学からずっと陸上をやっていたはずだ。兄が大学まで中距離の選手で、高校時代は一五〇〇メートルの県内記録を持っていた。そのあたりは父親に似たのだろう。


理彩は黙々と手を回しつづける。

「効いてるのかな?」

訊くと、

「さあ……」

首を傾げる。

手を止めて母に注いでいた視線を私に向けてきた。

「でも、こんなことでばあちゃんは死なないよ」

理彩は、はっきりと言う。

死者の目

夕方、兄と二人で主治医と会った。画像で見る限りは致命的な出血とは思えないが、意識が戻っていない現状は予断を許さないと彼は言った。ただ、慎重に言葉を選びな

がらも、

「このまま昏睡《こんすい》状態がつづくというのはあまり考えられませんね」

とも言う。果たしていつ目覚めるかは皆目見当がつかないようだ。

「明日かもしれませんし、一週間後かもしれません」

そう付け加えるのを忘れなかった。

その晩は本町の家で食事をした。

「今日は泊まっていけるのか？」

相変わらず多忙な日々を送っていると思っているので、兄の方が先に気を回してくる。兄たちにすれば大手の出版社で各誌の編集長を歴任し、いまや取締役に名を連ねる私は、途方もなく過密なスケジュールで動き回る派手な世界の住人に見えるらしい。

「今夜は駅前のホテルに泊まって、早朝の新幹線でいったん帰るよ」

こちらも調子を合わせる。

彼らがいまの私の本当の境遇を知ったら、一体どう思うだろうか？

私が母のことを何も知らないように、兄もまた弟のことを何も知らない。そして、私もまた目の前の兄のことを何も知らない。それでも五十年以上の歳月を同じ家族の一員として過ごしてきた。

つくづく誰のこともよくは知らずに人間は生きているのだと思う。親兄弟であれ、配偶者であれ、我が子であれ、煎じ詰めていけば他人とさほど変わらない。

その罪滅ぼしに、人間はもっともっと自分自身を知らねばならないのではないか――最近の私はそんなふうに考えるようになっていた。

これまで見聞してきたあれこれを文章に綴りだして尚更強くそう思い始めている。何かを書くというのは、忘れていた自分を取り戻し、まとめずにきた乱雑な自己をきちんと再構成する行為なのかもしれない。身の回りに起こった出来事を淡々と書き連ねているつもりでも、事々を自らがどう受け止めてきたかがおのずと透けて見えてくる。興味が尽きない作業だった。

十時過ぎには予約しておいたホテルに入った。デラックスツインのシングルユースで一泊一万円。夕方以降のチェックインという条件付きだが、それにしても安い。親しかった自民党の幹事長経験者が「デフレもインフレも最悪だが、どちらか選ぶなら陰気なデフレより陽気なインフレだよ」と口癖のように言っていたが、たしかにモノやサービスの値段があまりに下がり過ぎると社会全体の活力が失われてしまう。

さすがに疲れていたので、すぐにシャワーを浴びてベッドにもぐり込んだ。眠気がやって来るまで、今日一日のあれこれを思い出す。

「ところで理彩の手かざしってのは効果あるのかな？」

彼女も交えて出前の寿司をつまみながら、私は兄夫婦に訊ねた。二人ともきょとんとした顔をしていたので、

「いや。病室で理彩がこんなふうにおばあちゃんの頭の上でぐるぐるやってたんだよ」

私が手真似をしてみせると、

「お前そんなことしたのか」

兄は笑いながら理彩に訊ねる。

「マネージャーの友里ちゃんがときどきしてくれるんだよ。だから私もやってみたの。ばあちゃんの意識が早く戻りますようにって」

「友里ちゃんって、あの澤田さんとこの」

兄嫁の素子さんが言った。彼女は兄より十五歳も年下だった。きれいな人だが、離婚の原因を作った女性でもある。まあ、それも今は昔の話ではある。

「うん」

「澤田さんって？」

何となく引っかかって私は素子さんに訊いた。

「友里ちゃんは気の毒な子なんですよ。おととし、ご両親と下の弟さん二人がいっぺんに交通事故で亡くなって、いまは父方の叔母《おば》さんと一緒に暮らしてるんです」

「でも、すっごく明るい子だよ」

理彩が母親の物言いに少し反発するように言った。

「じゃあ、その友里ちゃんにヒーリングの力があるんだ」

「軽い打撲とか突き指とかだったらあっという間に痛くなくなるよ」

理彩はそう答え、

「結構すごいよ」

と付け加えた。

翌朝は五時過ぎに目覚めた。ホテルを出て、城址公園まで歩き、広い園内を散策した。子供の頃からよく遊んでいた場所だけにどの景色にも懐かしさを覚える。そこここに丈高い木々が植わっていた。ことに管理事務所脇のシラカシはそれは見事だった。小学校の頃は、みんなでこの巨木の周囲に集まって助け鬼をして遊んだ。幼い私たちを見守っていたシラカシが、今朝も当時とまったく同じように五十を過ぎて死病にとりつかれた私を見下ろしている。カシのごつごつした木肌に両手をあて、幹にそっと顔を近づけてみた。ひんやりとした感触が手のひらや頬に伝わる。

陸上部のマネージャーをやっている澤田友里という娘は両親と二人の弟を事故でいっぺんに失ったのだという。その話を聞いたとき、私はすぐに山下やよいを思い出した。三月に魚崎本町の新聞販売所でやよいの消息を耳にして以降、彼女の所在を知る手がかりは何一つ見つかっていない。

大震災で夫と双子の息子を失った彼女は、義父母を看取ったあと神戸の町を出たという。だとすれば、ふたたび神戸に舞い戻っている可能性はかなり低いと見るべきだろう。

それでも一つ不確定要素があるとしたら前夫とのあいだに生まれた女の子の存在だった。やよいは山下実雄と一緒になったとき、四歳になるその子を「思い切って養子に出した」という。

山下実雄も義父母の国雄や正子も喜んで迎え入れると言っていたのに、なぜ娘を手放したのか？

そのあたりの事情次第では、彼女が神戸周辺に戻っている可能性も皆無とは言い切れなくなる。

昨夜も、理彩の話を聞きながら、山下やよいはきっとあの町のどこかにいると強く感じた。なぜそう思うのか自分でも理由は分からない。しかし、私はずっとそう思いつづけ、その気持ちは決して揺るがない。唯一不安なのは、やよいがすでにこの世の人でないのではないか、という一点だけだった。

九時六分発のMａx とき308号に乗り、十時四分に東京駅に着いた。丸の内口を出てタクシーを拾う。土曜日の午前中とあって道は空いている。二十分ほどで神楽坂のマンションに到着した。不在中、部屋の風通しと掃除、郵便物の保管は管理室に頼んであった。会社に届いた郵便物はすべてここに転送させている。受付でコンシェルジュの兼平《かねひら》さんから退去手続きのための書類を受け取った。

昨日のうちに電話して、退去したいむねを伝えておいたのだ。通常は通告から二カ月後の転居が決まりだが、家賃さえ余分に支払えば即刻出て行くことができる。荷物はレンタル倉庫にとりあえず運び込むつもりで、その倉庫探しもあわせて依頼しておいた。

「飯田橋にあるうちの系列の倉庫に空きが一つありましたので、そこでよろしければいつでもご契約は可能です」

兼平さんは普段通りの笑顔で言った。

「じゃあ、急で申し訳ありませんが、月曜日に荷物を運び出すことにします。月曜からの契約とさせてください。あと引っ越し屋さんの手配も頼みます」

「承知いたしました」

　久方ぶりに戻って来たと思ったら、荷物を倉庫に預けてさっさと出て行くというのだからさぞや奇異に感じているだろうが、兼平さんは何も訊いてはこない。

　預かってもらっていた郵便物を受け取って十六階の自室に向かった。郵便物は小さな箱に一つ分で思っていたよりも少なかった。雑誌や書籍、ＤＭの類は間引いてくれるように頼んでいたせいだろうか。

　部屋は、出て行ったときのまま時間が止まっていたかのようだった。

　閉じられていたレースのカーテンを引く。

　明るい日射しとともに高層ビルで埋め尽くされた浩々《こうこう》たる東京の風景があらわれる。見慣れた景色のはずだったが、目に飛び込んできた瞬間、胸をつかれたような衝撃があった。

　この大都会には、親しく付き合ってきたさまざまな人たちが生きている。

　藍子も小山田貴文《おやまだたかふみ》も高木舞子も、そして坪田社長をはじめとした会社の面々も、みなそれぞれが九カ月前と同じようにここで暮らしている。

　その事実に強烈な違和感を覚えた。

　自分が存在しなくても何一つ変わることなくつづいていく世界がある。いまの自分はあたかも死者の目でその世界を見ているに過ぎない――想念ではなく現実として、私は痛切にそう感じた。

もはやここに私の居場所はない、と思う。

だとすれば、私には新しい居場所があるのか？　その居場所を見つけることができれば、私はこれからも生きていくことができるのだろうか？

自分がなぜ、山下やよいを探し続けているのか、その意味がはっきりと分かった気がした。

きっと……。

新しい居場所を探し出すことができれば、この私自身が新しくなれるのだ。

奇妙な街角

三日間で荷造りを済ませた。

といっても、神戸で必要なものだけ自分で段ボールに詰め、倉庫へ運ぶ他の荷物はすべて引っ越し屋に梱包《こんぽう》を頼んだ。土曜日の夕方、営業マンに見積もりを出させて、日曜日にはさっそくスタッフを寄越してもらった。

げていった。

1LDKの狭い部屋だから、二人のスタッフはあっという間に作業を終えて引きあ

私は細々《こまごま》したものをのんびりと箱詰めしたので、結局、六月四日月曜日の午前中いっぱいかかって神戸行きの荷物をまとめあげた。

午後から始まった搬出作業が終わったのは夕方だった。

空っぽになったリビングの床に座って、傾いていく夕日を見つめながらしばらくじっとしていた。

藍子に去られ、自宅にいたたまれずにここに越してきた。離婚が成立する半年近くも前だった。この部屋で離婚届に署名し、この部屋で世田谷の家の売却書類に捺印《なついん》した。この部屋で最後の編集長職をまっとうし、この部屋で取締役になった。娘たちの卒業式には出なかったし、千晶の結婚式にも出なかった。どちらも藍子が出席した。当日はこの部屋でただ黙々と過ごした。自分で食事を作り、ワインをあけて娘たちの門出を祝福した。

そうやって少しずつ、私は家族との別れを積み重ねていった。

そうやって少しずつ、私は人間として強くなっていったつもりだった。

その結果が、末期の膵臓がんだった。

四日の晩は、マンションの二十五階にあるゲストルームを借りた。たまに行っていた近所の小料理屋で簡単に夕食を済ませ、部屋に戻ってシャワーを浴びるとベッドに座って、窓から夜景を眺めつづけた。

仕事を辞めて、時間を静かに見送る術を手に入れた気がする。時間に緩急をつけることの心地良さを知ったというべきか。

ただ細分化し、それぞれの小さな升目に仕事や趣味、生活の必須事をやみくもに詰め込むだけが有意義な時間の使い方ではない。ちょっと距離を置いて、それこそ近視の人が眼鏡を外してモノを見るような具合に、ぼんやりと時の流れを眺めやる。そういう使い方もなかなかに乙なものだった。

眠気が訪れるまで、独り、じっと外の景色を見ている。余命一年の宣告を受ける前は、そんな贅沢《ぜいたく》があることにまったく気づかなかった。

たっぷり眠った気がして目覚め、時間を確かめると九時を回っていた。

驚いて飛び起きた。飛び起きた後で、何をそんなに驚いたのかと苦笑する。

それにしてもこんな時間まで眠っていたのはめずらしかった。神戸では規則正しい暮らしが身についていた。朝は大体六時半に目が覚める。あたたかくなってからは、起きるとすぐに野菜ジュースを飲むようにしていた。緑黄色野菜にりんごを合わせてミキサーで粉砕攪拌《かくはん》する。身体が熱を持っている朝は水のほかに氷も少し混ぜる。そのジュースを大きめのグラス一杯飲み干して、雨の日以外は必ず散歩に出る。三宮から元町へと歩いたあと、山側コースの日は北野の町を回り、海側コースの日はメリケンパークを経由して部屋に戻る。ごくたまにフラワーロードを直進して新神戸駅まで行くこともある。そういうときは、新生田川《しんいくた》の向かいへと足をのばし、大安亭《おおやすてい》市場の周辺をぶらぶらしてから帰ることにしていた。所要時間はどのコースでも大体一時間。帰宅後、三十分くらいぬるめのお湯で半身浴を行い、それから食事の準備をするのだ。

いま時分はちょうど朝食を食べている頃だろう。

私は身支度をととのえると九時半過ぎにマンションを出た。昼前の新幹線に乗るつもりなので、まだ余裕がある。近くを散歩するくらいはできそうだった。

倉庫に昨日預けた荷物を私がふたたび使うことは恐らくない。あれは遺品として娘たちに処分を任せることになる。さほどのものはないが、海外に行くたびに買い集めた絵画や骨董《こっとう》のたぐいの中にはそこそこ値の張る品もあった。体調が悪化してきたところで、そういう品々の来歴くらいは書き残しておくつもりだ。

そんなことを考えながらゆっくりと歩く。

東京の町もおそらく今日で見納めだった。目に焼き付けておこうとまでは思わないが、長い年月を暮らした町に愛着がないとは言えない。

水道町《すいどうちょう》の交差点を神楽坂方向へと曲がる。

去年の一月、今日と同じ月曜日にここで高木舞子と別れた。東西線で大手町へと向かう彼女はこの坂を上っていった。後ろ姿が小さくなるまでずっと見送った。

あの日、舞子は何度も振り返り、そのたびに私は手を振った。

あれが一年半足らず前の出来事だったとは到底思えない。はるか遠い昔のことのようだ。

そういえば舞子は今月、結婚式を挙げるはずだった。日取りを知っているわけではないが、去年の十二月に神戸で再会したときに直感した。

たぶん次の日曜日だろう。そんな気がする。

赤城《あかぎ》神社の脇を抜けて神楽坂に出た。坂上から坂下へと下っていく。通勤時間が終わって、通行人は多くなかった。これが昼どきになると狭い歩道は人であふれんばかりとなる。日曜日は坂全体が歩行者天国となるが、休日の三宮センター街を超えるほどの混雑ぶりだ。出版局長になってからはよく人波をかき分けるようにして歩いた。年甲斐もなく舞子と手を繋いで歩いたこともあった。

飯田橋の交差点まで出ると、目白通りを九段下方面へと向かった。

兼平さんをはじめ、この五年間お世話になったコンシェルジュや管理室の人たちにお礼を渡したい。神楽坂の店々の看板を見ながら歩いているうちに図書カードにしようと思いついた。仕事柄、それが一番しっくりするだろう。

九段下経由で神保町《じんぼうちょう》まで行けば、三省堂本店や東京堂をはじめ数多くの書店が軒を連ねている。休みの日はたまにぶらついていたし、神田の古本屋街は学生時代からの馴染みでもあった。

九段下の交差点まで十分くらいだった。さすがに人通りも車の量も多い。左折して靖国《やすくに》通りに出る。俎橋《まないたばし》の手前にスターバックスがあったので寄り道をした。サーモンマリネのベーグルサンドとソイラテで簡単な朝食を済ませる。

スタバを出たのは十時半だった。預けてきたキャリーバッグを受け取り、お礼を渡すには一度マンションに戻らなくてはならない。午前中の新幹線に乗るのであれば、少し急いだ方がいいだろう。

まあ、何時の新幹線でも別に構いはしないのだが……。

今日中に神戸に帰る必要さえ、本当はない。

首都高速五号線の高架をくぐり、左側の歩道を進む。今日も東京はよく晴れていたが、朝のニュースによると大阪は雨だった。神戸もきっと降っているのだろう。あと

四、五日もすれば梅雨入りの発表があるに違いない。
　靖国通りもたくさんの車が行き交っている。人通りはさほどではない。店舗以上に企業や学校が密集している地域なので通勤通学の時間帯を過ぎて、どちらかというとがらんとした風情だった。

　専大前の交差点まで来たところで、斜《はす》向かいの信号機のたもとに人だかりができているのに気づいた。直進方向の信号は青だったが、つい足を止める。前を歩いていた何人かも横断歩道を渡るのをやめて私同様にそちらに視線を向けていた。

　この四つ角は、私の立っている背後には「天丼てんや」、専大通りを挟んだ先にはみずほ銀行、靖国通りの向かいは城南信用金庫、そして人が集まっている対角には事務用品の「武蔵屋《むさしや》」のビルがあった。その武蔵屋の茶色のビルの隣は有名な「芳賀《はが》書店」だ。

　右手の信号が青に変わるのを待って、私はとりあえず靖国通りを渡った。城南信金九段支店の前から正面の信号機の方を見る。

　どうやら誰かが武蔵屋の前の道に寝そべっているようだった。

　すぐそばには競技用自転車が倒れたままになっていた。よく見ると寝ているのは男性で、白い自転車用のユニフォームを着ている。黄色いヘルメットがそばに落ちていた。

数人の人たちが彼を取り囲んでいる。

さらに目を凝らすと、男性の顔が赤く染まっているのが見える。落車して、どこかに顔面を激しく打ちつけたのだろう。

誰も電話している様子はないので、一一九番通報は終わっているようだった。

また信号が変わって、待っていた五、六人は人だかりの方へと渡っていく。私はそのままじっとしていた。

ユニフォームの男性はしきりに首を振り、半身を起こしてはふたたび横になる動作を繰り返していた。意識ははっきりしているふうだが、起き上がったときつぶさに見える顔面はひどく出血している。

正面の信号が赤に変わる。次に青になったら私も横断歩道を渡ろうと思った。一応、取り囲む人たちに事情を聞いてみた方がいい。

その和服姿の女性が現れたのは、赤信号が灯ってすぐのことだ。

神保町方向から真っ直ぐに交差点へと近づいてきた。

彼女はためらう気配もなく人の輪へと分け入り、倒れている男性のそばへと歩み寄った。あまりに自然な様子に、知り合いが駆けつけたのかと一瞬思ってしまった。

人垣のせいでしかとは見えなかったが、持っていた日傘をたたむと、着物の合わせ目をおさえて男性の脇にしゃがみ込む。

医師か看護師だろうか？

私は、歩道の際《きわ》まで進んで、人々の足の隙間から見えるその所作を注視した。

彼女に目を奪われたのは、野々宮の女将、野仲さつきによく似ていたからだ。まさかさつきがこんな場所にいるわけもないのだが、しかし、遠目に見てとれる雰囲気や顔立ちはまるでそっくりだった。

そして、彼女は奇妙なことを始めた。

仰向けになっている男性の顔のあたりに手のひらをかざし、ひらひらと揺らしているのだ。こちら側に手を向ける形になっているので見間違いではない。

四日前、母の病室で姪っ子の理彩がそうしたのと同じことをしている。

寝たり起きたりをつづけていた男性がおとなしくなった。

信号がふたたび青に変わった。私は横断歩道に一足踏み出す。

とそのとき、彼女がすいと立ち上がった。あれよという間に人の輪から外れ、日傘を開いて右手の方へと歩き去っていく。

やはり野仲さつきに似ていた。体型も歳の頃も、つんと尖《とが》った鼻が印象的な横顔もそっくりのような気がする。ただ顔立ちは日傘にさえぎられてちらちらとしか確認できない。

私は早足になる。

さつきは武蔵屋の壁際に並んだ自動販売機の前を通過し、専大通り沿いの歩道を歩いていく。

どうして彼女は東京に出て来ているのだろう？

野々宮を開くまでは東京暮らしをしていたという。こちらに親類縁者でもいるのだろうか？　今回の私のような理由で上京してきたのか？

野々宮に最後に顔を出したのは、先週の木曜日だった。

そうだった。野々宮から戻ってシャワーを浴び、そろそろ寝床に入ろうかとしていた時分に、兄から電話が入ったのだ。

あの晩は客が少なくて、女将と割と長いこと喋ったが、東京に行く用事があるとは言っていなかった。

やはり他人の空似なのか。たとえさつきがこちらに出て来ていたとしても、こんなふうにばったり出会う偶然などあるはずがない。

とにかく、近くまで寄って確かめてみるしかなかった。

女性は、タリーズコーヒーの前を通り過ぎると、脇の路地へと入っていった。

私は駆け足になって横断歩道を渡り切る。

細い路地を遠ざかっていく後ろ姿を追いかけようとした刹那《せつな》、上着のポケットに入れていた携帯が鳴った。取り出してディスプレイを見る。兄の喜一郎からだった。

足を止めて「応答」の表示をタッチし、アイフォーンを耳に当てる。

母に何かあったのかもしれない。

野仲さつきによく似た女性の背中が、どんどん小さくなっていく。

雨の予感

午後一時過ぎののぞみで神戸に戻った。新神戸駅からタクシーを使い、アストラルタワーには四時過ぎに着いた。

予想に反して雨は降っていなかった。いまにも降り出しそうな曇り空だった。

五日ぶりの神戸だが、ホームタウンに帰って来たという実感がある。

風に混じるかすかな海の香りが懐かしかった。

新幹線の中では眠れなかった。

さまざまな思いが去来し、頭の中に小さな興奮の渦が生まれ、考えを煮詰めていくうちにその渦は次第に大きくなっていった。

兄からの電話は、母の意識がたったいま戻ったという一報だった。日頃、感情をたかぶらせることの滅多《めった》にない兄が、さすがに声を震わせていた。

私は兄の声を耳に入れながら、さらに驚くような光景を目の前にしていた。

信号機のたもとに寝そべっていた白いユニフォームの男性が、和服姿の女性が離れ去った直後、ふいに立ち上がったのだ。顔は血糊《ちのり》で赤々としていたが、しかし、それまでの様子とは明らかに異なって、彼はとてもしっかりしていた。

この二つの出来事が、私の意識を揺さぶった。

細い路地を遠ざかっていったあの女性は果たして野仲さつきだったのだろうか？

思い出してみるに、そうであるようにも、まったくの別人であるようにも思えた。

ただ、彼女が男性のそばにしゃがみ込んで手をかざしていたのは事実だった。だとするとあの手かざしが、男性の急速な回復を促したのか。それとも男性がいきなり立ち上がったのは単なる偶然だったのか。

そうやってぐるぐると考えを巡らせているうちに、私はこれまで抱いたことのない思念に行きついたのだった。

もしかしたら、神戸で出会った人、見聞きした話のすべてが実は一本の線で繋がっているのではないか?

新幹線の中でも、その一本の線のことをずっと考えつづけた。

自室に入るとシャワーで汗を流し、あたたかいビワ葉茶を一杯飲んでベッドに入った。携帯のアラームを八時にセットする。過熱した頭を仮眠でクールダウンしたかった。

アラームの音で眠りから醒《さ》める。

寝室の明かりをつけ、カーテンを引いた。街灯の光に照らされた路面は乾いたままのようだ。通行人の中にも傘を広げている者は見当たらなかった。

だが、どこかしら雨の匂いがした。

窓を開けて夜風を招き入れる。海の匂いとは違う、水の気配のようなものを感じた。空気が湿気を吸ってふくらんでいる。夜半からきっと降り始めるだろう。

茶葉を交換して、もう一度ビワ葉茶を淹れる。

リビングルームのテーブルの前に座り、熱いお茶を息で冷ましながら時間をかけてすすった。雨を待つ部屋はいつも以上に静穏だ。

湯呑みを洗い、出かける支度をした。

マンションを出たのは八時半。半袖のポロシャツにチノパン、レインシューズを履いてビニール傘も持った。

フラワーロードから三宮センター街に入る。センター街は八時を過ぎるとめっきり人の数が減る。閑散とした大きな通りを真っ直ぐに進む。トアロードで右折して鉄道の高架下を過ぎて、さらに直進。すっかり通いなれた道筋が今夜は違った気配を漂わせている。景色や人通りが変わったのではなく、私の心持ちの方に大きな変化があるのだ。背筋のあたりにピアノ線でも一本通したような緊張が生まれていた。

手前の駐車場もがらんとしていた。野々宮のビルの側壁に描かれたグラフィティもいまは闇に溶けてしまっている。

暖簾《のれん》をくぐり、格子戸を引いて店に入った。

「いらっしゃい」

女将が小さく微笑《ほほえ》む。

「こんばんは」

私は会釈を返して、いつものカウンター席に向かう。谷口里佳に初めて案内されたときに座った奥の席だった。この時間帯にしては空いている。テーブル席に二人、カウンターに一人いるきりだ。今夜はみんな雨の予感に帰宅を急いだのだろう。

腰を落ち着けると、すぐにおしぼりが出てきた。受け取りながらさりげなく女将の顔を上目づかいに見る。

一目で、和服姿の女性とは全然違うと感じた。

当然だろう。昼まで東京にいた人が、一人で仕込みをしているこの店を夕方から開けるなんてそもそも無理な相談だ。

あの女性は、目の前の女将とは似ても似つかぬ人だったのだ。年恰好も上背も、そして顔立ちも……。それがどういうわけか、私にはそっくりに見えてしまった。

なぜそんな錯覚に陥ったのか？

その理由こそが重大なもののように思える。

母の病室で見た理彩の手かざし、理彩から聞いた澤田友里という同級生の話、友里の境遇から連想した山下やよいのこと、そして今日遭遇した手かざしの女性。

理彩→友里→やよい→手かざしの女性とつづいてきた流れが、なぜ、野仲さつきへと意識の中で繋がっていったのか。

理彩→友里→やよい→手かざしの女性→野仲さつき
神戸へと帰る車中でもずっとそんなふうに順に名前を並べて、そこに隠されている意味の有無を探った。

美しい富士山を車窓の外に見送った直後だった。

ふと二つの名前が気になった。

やよいとさつき。

やよいは三月、さつきは五月。どちらも陰暦の月の呼び名だった。しかも、ともにひらがなの名前。

苗字《みょうじ》の「山下」は嫁ぎ先のもので、やよいの旧姓が何だったかは新聞販売所の黒沢夫妻も知らなかった。

もしやと思った。

山下やよいと野仲さつき。

この二人には他にも共通点があるのではなかったか？

そう考えたとき、真っ先に脳裏に浮かんだのは谷口里佳の顔だった。

私を野々宮に連れて行ってくれたのは彼女だ。

山村はるかと出かけた居酒屋で初めて里佳と会った。三週間ほどのち、いくたロードで見かけて声を掛けた。話しているうちに、私と里佳がその朝、まったく同じ夢を見ていることを知った。奇妙な偶然に興味をそそられ、彼女の案内で野々宮の暖簾をくぐった。

女将の野仲さつきは西田佐知子によく似ていた。

だが、里佳がアイフォーンで見つけた西田佐知子の画像を見ると、里佳の方がさらに似ていたのだった。

西田佐知子によく似た野仲さつきと谷口里佳……。

里佳は職場の先輩から野々宮を教えられたと言っていた。神戸本社に配属されて半年なのにいかにも常連のふうだった。その後、野々宮で〝職場の先輩〟を見かけたことは一度もない。

谷口里佳は一九八六年の十二月生まれ。出身は京都で大学は阪大だった。

今年二十六歳。同年十一月生まれの真尋や千晶とは同学年だ。

「菊池さんが、この写真は私に似てるって言うんですよ」

そう言って里佳が差し向けたアイフォーンの画像に野仲さつきは熱心に見入り、

「ほんまやねえ。里佳ちゃんによう似てる」

と呟いた。あのとき画像と見比べるように里佳に注いでいた視線はまるで母親のそれのようではなかったか？　「そうかなあ」と甘えた声で返した里佳の目線は娘のそれではなかったろうか？

やよいと山下実雄が結婚したのは一九九一年の四月六日土曜日だった。

その際、親戚の家に養子に出した一人娘は四歳。

谷口里佳と同い年だ。

魚崎本町の新聞販売所の所長は、山下やよいのことを何度も「別嬪さん」と言った。

「あんだけの別嬪さんやし、年上っていうても、とにかく実雄ちゃんの方がべた惚れやったな」

死んだ山下実雄は、東門街のスナック「つゆくさ」に通い詰めてやよいを口説き落としたのだった。

一九九五年の一月に震災に見舞われ、やよいは夫とまだ二歳の双子の息子たちを失う。一年後には義父の国雄を見送り、さらに翌年、九七年の四月に義母の正子を脳溢血で失った。正子の葬儀の直後、彼女は神戸の町を捨てた。

野仲さつきは、五年ほど前に野々宮を開くまでは東京住まいだったという。

私が藍子と離婚したのは二〇〇六年の三月だったが、そのあとくらいに、彼女は神戸に舞い戻って来たことになる。

初対面のとき、私は名刺をさつきに渡した。彼女は顔色一つ変えなかったが、西田佐知子の話題のあと、じっと私の顔を見て、

「菊池さん、西田佐知子がこの神戸の町の歌を歌ってるのご存じですか」

と訊いてきた。首を振ると、いまの私にとってあまりにも似つかわしい曲名を口にして、

「いっぺんぜひ聴いてみてください」

彼女はなぜだかとても強い口調で言ったのだ。

あの日は、久々の血尿を見て気持ちがぐらぐらしていた。半ばやけっぱちで里佳と酒を酌み交わし、野々宮のトイレに入った。すると、出血はきれいになくなっていた。

スティーブ・ジョブズ氏の訃報に接したのは、その翌日のことだった。

野仲さつきの本名は野仲やよいではないのか？

四歳の娘を養子に出した相手の苗字は「谷口」ではなかったのか？

山下やよいは現在、五十八歳になっているはずだが、野仲さつきは幾つなのだろう？　ずいぶん若く見えるが、案外それくらいなのかもしれなかった。

彼女はいまも美しいが、若い時分はさぞや「別嬪さん」だったに違いない。

いつも通り、女将は酒もつまみも適当に出してくれる。今夜はビールは抜きで、最初から熱燗《あつかん》だった。

三十分ほどでテーブル席の二人連れが帰った。格子戸を引いたあとで二人は慌てたように傘を開き、

「こら、えらいぎょうさん降ってきよったな」

「ほんますごいわ」

と言い合った。戸が開いたとたんに雨音が店内に流れ込んできた。

午後十時を少し回ったところで、カウンターにいた常連客も席を立った。

「お足もとにお気をつけて」

女将はそう言って笑顔で彼を見送った。雨音はさらに激しくなっていた。

まるで何者かに仕組まれたかのように、私と野仲さつきは二人きりになった。

山下やよい

「すごい降り」

暖簾を手にして女将が戻って来た。着物のたもとから出したハンカチでテーブル席に置いた暖簾を拭き、それから頭や肩口の雨滴を払っている。

「しばらく雨宿りしていってくださいね」

カウンターの中に戻った彼女が目の前にやってくる。空のお銚子《ちょうし》を取って、

「もう一本つけますすね」

と言う。

「お酒はもういりません。それよりあったかいお茶をいただけませんか」

「あら、そうですか」

女将はちょっと意外そうにして、

「じゃあ、おいしいお茶を淹れますね」

と笑みを浮かべた。

茶道具は厨房《ちゅうぼう》の入り口脇に置かれた背の低い食器棚の上に置かれている。茶筒、急須、それぞれ形の違う湯呑み、それに年代物らしい角ばった電気ポットが一台。

私は女将がお茶を淹れているさまを黙って見ていた。

「どうぞ」

ややあって大ぶりの湯呑みを差し出してくる。受け取って一口すすったあと、

「いよいよ梅雨入りですね」

と言った。

「ほんまにねえ」

女将が頷く。

私はもう一口すすって、湯呑みをカウンターに置いた。香ばしくてうまいお茶だ。

「やっぱりおでんやさんだと、梅雨から夏にかけてはお客さんが減るものですか？」

「そうでもないんですよ。うちは他のもんも出してますし。夏場も客足に変わりはないんです」

女将はちょっと誇らしげな口調になる。

「そうですか」

雨脚はどんどん強くなっているようだった。格子戸を通しても雨音がはっきりと聞こえてくる。

「おでん、もそっとよそいましょうか？」

「いや、今日はもう充分です」

「そうですか」

こうして看板後に二人きりになるのは初めてだった。

「五日間ほど高崎と東京に出かけて、今日帰って来たんです」

「そうやったんですか」

「高崎に住んでいるおふくろが脳溢血で倒れてしまって。さいわい大事に至らなかったんですが。それでついでに東京にも寄ってきました」

女将がびっくりした表情になる。

「そらたいへんやわ」

声に驚きを滲《にじ》ませ、

「でも大事にならんで何よりでしたねえ」

しみじみとした口調で付け加えた。

「はい」

「お幾つでいらっしゃるんですか」

「八十一です。その歳まで病気らしい病気はしたことがなかったんですけどね」

女将は何か思い出すような顔つきになっている。

「今回、本格的に東京を引き払ってきました」

私は言った。

「もともと神戸に来たのはまったく個人的な理由なんです。仕事もすでに辞めているようなものですし。誰かに訊かれたら、会社が抱えている訴訟沙汰《ざた》で証人探しをしているなんて説明してたんですが」

「そうやったんですか」

またまた意外そうな顔になった。

「はい」

私はそんな女将の顔をまじまじと見る。

「ただ、人を探してるのは本当なんです」

「はぁ」

「この九カ月間、ずっと或る人を探しつづけてるんです」

「或る人？」

「その人とは二十一年前に一度だけ電話で話したことがあるんです。名前と年齢、当時の勤め先は教えてもらったんですが、あとは何にも手がかりがなくて。もちろん顔も知りませんし」

「なんでまた、その人を探してはるんですか？」

「見つけ出して、どうしても彼女に頼みたいことがあるんですよ」

「頼みたいこと？」

「はい」

それは何か、とは女将は訊いてこなかった。

「手がかりはほとんどないので、最初は雲をつかむような話だったんですが、少しずつ分かってきたこともあります。とはいえ、もうそんなに時間は残っていないんで、果たして見つけ出すことができるかどうか……」

女将は黙って聞いていた。

「そうそう」

私はたったいま思いついたという風情で、ズボンのポケットから紙片を取り出した。四つ折りのそれを開いて、びっしりと並んだ細かい文字をしばし眺めてから、

「一番の手がかりはこれなんです」

さりげなく女将の方へ差し出した。女将は一瞬躊躇《ちゅうちょ》したものの紙片を受け取る。

「二十一年前、電話が終わったあとでメモを取ったんですよ」

女将はそのB5サイズの社用箋《せん》に見入っていた。目の動きが止まったところで、

「不思議な内容でしょう？」

私は話しかける。

「そうですねえ」

少し間を置いて彼女は低い声で答えた。つづく言葉はない。

「にわかには信じられないですよね。父親や同僚の病気や怪我を治したり、自分のおっぱいを大きくしたり、小さくしたりできるっていうんですから。とてもまともな話とは思えませんよね」

私は、そこで息を詰める。

「たしかにねえ」

女将は呟くように言った。

「でも、そこに書いた通りで、僕の左足の痛みがあっという間に取れたのは事実なんですよ」

「そうなんですか」

訝《いぶか》しげな瞳で見返してくる。

「神様の存在を一人でも多くの人に知ってもらいたい、なんてね。幾らなんでも大袈《おおげ》裟《さ》過ぎるとは思いますけどね」

女将はもう一度、文面に目を落としていた。小さく首を傾げるようにしている。

「そこに書いてあるつゆくさというスナックは、震災前まで東門街にあったんですよ」

へぇという顔で女将がちらっと私を見た。

いよいよここからが勝負だと私は腹を固める。

「女将さんはご存じありませんか？」

「さあ、聞いたことありませんねえ」

「いや、つゆくさのことではなくて、その紙に書いてある、山下やよいさんという名前にご記憶はないかとお訊ねしているんですが」

女将はメモ書きの頭の方へと視線をやり、

「さあ……。心当たりはありませんねえ」

さして間を置くでもなく、あっさりと言った。

「そうですか」

「はい」

女将は頷くと、すかさず手にしていた紙をこちらに返してきた。カウンター越しに受け取ってあらためて見直す。

「だけど、本当にこんな神がかったことってあるんだろうか」

独りごちるように言ってみる。

「女将さんはどう思いますか？　この山下やよいっていう女性が二十一年前に話したことって真実だと思いますか？」

「さあ、どうなんやろうねえ。私にはよう分からへんけど」

「彼女は、自分が神様の力を得たと思い込んでるみたいだったんですけどね。でも、こんなひどい世界にそもそも神様なんているわけがないと僕は思うな」

私は幾分声を強くして言った。メモ書きの末尾の一文を頭の中で読み下す。

――「これは悪魔の力なのだろうか？」などと神の存在を少しでも疑うと、電気ポットがシューッと音を立てて必ず沸騰するとか。

「女将さんもそう思うでしょう？」

正面に立っている彼女の顔を下から見据えた。そして、背後にある腰の高さの木製食器棚へと視線を移す。

角ばったベージュ色の電気ポットが三メートルほど先に見える。

「ねえ、そう思いませんか？」

もう一度、女将の顔を見据えて、有無を言わさぬ口調で畳みかけた。

「さあ、どうでしょうねえ。私にはちょっとよう分からへんけどねえ……」

その言葉を耳にした瞬間、私は電気ポットの方へとふたたび視線を戻した。

心の中で数を数える。

一つ、二つ、三つ……。

四つ数えたところでいきなりポットの上部から真っ白な湯気が噴き上がった。ヒューッという甲高い音が店内に響き渡る。

雨音が一瞬で遠のいた。

女将は後ろを振り返るでもなく、その場にじっと佇立《ちょりつ》していた。

一度目を閉じて開けると、口からため息のようなものが洩れた。

私は手元のメモ書きを畳んでポケットにしまい、ゆっくりと立ち上がった。静かな興奮が胸中に湧き起こっていた。

笛鳴りのような沸騰音はえんえんとつづいている。

「山下やよいさんですね」

真っ直ぐに相手の目を見ながら言う。

「とうとう見つかっちゃったわね」

やよいはかすかに笑みを浮かべていた。

「菊池さん、お久しぶりやねえ」

その一言を耳にした瞬間、篠突く雨の音が戻ってきた。

忘れられない夜

雨脚は一向に衰えなかった。

それどころか、時間が経つにつれて激しさを増していった。私と山下やよいはテーブル席に移って、熱燗をさしつさされつしながらこれまでのことを話し合った。

病気については、やよいの方から触れてきた。彼女は目を細め、どことなく恍惚《こうこつ》とした表情になると、座っている私の腹部のあたりをじっと見つめた。数秒後、目を見開いて、

「おとなしくしてくれてるみたいね、その子」

と言った。

「その子?」

「そう。がんは自分が作り出したものだから、言ってみればひとりで作った子供みたいなものよ」

私は黙ってやよいを見た。

「がんねぇ……」

私の視線を避けるようにして、彼女は嘆息めいた呟きを洩らし、

「がんはね、生まれ変われっていうサインなのよ」

と続けた。

「一番いいのは、本当に生まれ変わることかもしれないわね。死を受け入れて、もう

一度最初から新しい人生を始めるの。がんで亡くなった人や、子供の身代わりに亡くなった親は必ず生まれ変わると私は信じてるの。がんが治って、別の病気や事故で死んだ人の中には生まれ変わらなくていい人もいるんじゃないかしら」

やよいは淡々とした口ぶりで語る。

「そうじゃなきゃ、生きながら生まれ変わるしかないってことね」

生きながら生まれ変わる——たしかにそれはそうなのかもしれない……。

私の胸には、期待と失望の両方が生まれていた。

やはりこの山下やよいには常ならぬ能力がありそうだという喜び。

このところの体調から、もしやがんが消えるか、大幅に退縮しているのではないかと期待していた分、おとなしくしているに過ぎないと指摘されて生じた落胆。

だが、やよいと出会うことができて、落胆よりも喜びの方がはるかに優っているのは確かだった。

「人間は、生まれ変わるんだろうか？」

「そうよ」

やよいはあっさりと言った。

「生まれる前のことをまるきり憶えていないんだから、そんなのは生まれ変わりとは言わないだろう」

二十一年前に、たった一度だけ電話で話した相手と、いまこうして面と向かっているのが不思議でならない。あのときの私は、まだ三十を超えたばかり、やよいも三十代の後半と若かった。

その一度きりの会話以外に私たちの間には何もない。にもかかわらず、すっかり打ち解けているのは、この数カ月、私が野々宮に通いつめたゆえもあるだろうし、一番の理由はやよいの正体を見破ったからであろう。彼女は、心の防壁をきれいさっぱり取っ払ったかのように見える。

「私たちは生まれる前のことをしっかり憶えてるわ。あなたが私を探しに来たのも、きっと私を憶えていたからよ」

「だったら、きみが僕に電話をしてきたのも、僕を憶えていたから？」

問い返すと、

「そんなはずないわよ。あれはただの偶然」

やよいはおかしそうに笑った。

結局、土砂降りの中を帰る羽目になった。タクシーを呼んで、やよいを送ってアストラルタワーに戻ろうと思ったが、なかなか配車の手筈《てはず》がつかなかった。

「私のマンションはすぐそこだから、一緒に帰りましょう」

誘われて肯《うなず》いた。

外に出てみれば、まさしく滝のような雨だった。トアロードに出るまでのほんの数十メートルのあいだに二人ともずぶ濡れになった。これでは車を呼んだところで意味はなかったろう。強風で傘はまったく用をなさなかった。

私が折れそうな傘を畳むと、やよいもそれにならった。雨の強さに目を開けていられないほどだ。やよいが隣で何か叫んだ。よく聞こえなかったので聞き返すと、

「今夜は忘れられない夜になるわ」

大声でまた叫ぶ。

やよいの住まいは店から目と鼻の先だった。

トアロードを山側に百メートルほど上がり、中山手通三丁目の交差点を渡ってすぐ、NHK神戸放送局の対面にある背の高いマンションだった。散歩のときによく前を通っていたので見覚えがあった。

七階でエレベーターを降り、内廊下を右に進む。やよいの部屋は突き当たりの七〇一号室だった。

玄関を入ってすぐが浴室と洗面所になっていた。洗面所の中にあるもう一つのドア

を開けるとそこがトイレ。脱衣スペースで濡れそぼった服を全部脱いだ。大事なメモ書きは野々宮に置いてきた。あのままポケットに入れていたらボロボロになっていただろう。

渡されたバスローブを羽織って洗面所を出ると、やよいも着物を脱いで薄手のワンピースに着替え、頭にタオルを巻いていた。

「すぐにお風呂を沸かすわ」

リビングダイニングのテーブルの前に私を座らせ、やよいはそそくさと浴室に向かった。

「お湯はりをします」という自動音声が聞こえ、すぐに水音が立った。

私は椅子に腰掛けたまま、部屋を見回す。このリビングダイニングは十五畳足らずの広さだろうか。壁際にシステムキッチンがあって、その左に3ドアの冷蔵庫、右には天井まで高さのある大きな収納棚が作りつけられている。収納棚の右側が山手幹線に面したバルコニー付きの二枚窓だった。

左手、この部屋の入り口側の壁にはガラス扉のサイドボードが二台据えられている。それぞれの上に小型の液晶テレビとファクシミリ付きの電話機が載り、サイドボードの中には雑然といろんなものが詰め込まれていた。本やＣＤ、ふくろうや猫の置物、何本かのサングラスがおさまった眼鏡スタンド、セロテープ台やペン立て、かなりの数の洋酒や焼酎のボトルもあった。

ただ、写真立てのたぐいは一切飾られていない。

私の座っている椅子の背後には引き戸があって、いまは二枚とも開いていた。引き戸の向こうは六畳の和室になっている。畳の上に座卓のたぐいはない。窓側の引き戸のすぐそばにもう一枚ドアがはまっていた。それを開ければ二つ目の部屋があるのだろう。やよいの寝室なのかもしれない。

少し間があってやよいが戻ってくる。

「沸いたからお先にどうぞ」

やよいは藍子よりさらに二つ年長だから、私とは五つの年齢差があった。すでに五十八歳だ。だが、ノースリーブのワンピースを着たその容姿はとても六十間近の女性には見えなかった。

やよいを見ながら、藍子を思い出す。彼女と一緒だった時代の暮らしが自然と思い出されてくる。藍子が家を出たのは二〇〇五年の九月、私たちの二十回目の結婚記念日の前日だった。目の前の山下やよいはまるでその頃の藍子のようだ。

別れて七年が過ぎ、自分が藍子を上手く思い出せなくなっているのを痛感する。

「着替えが何にもないけど」

私が言うと、

「そんなこと、あなたが心配しなくていいわ」

やよいは苦笑した。

窓の外の雨音は轟《とどろ》くというレベルになっていた。いましがた遠くで雷鳴がした。まさしくゲリラ豪雨というやつだろう。一緒に帰ろうとやよいに誘われたときから、帰宅する気持ちはとっくに失せている。

あたたかい湯に身を浸すと、身体の芯にこもっていた冷えがゆっくり溶けていくのが分かる。いま何時頃だろう？　店を出るときすでに十一時を回っていた。日付が変わった時分だろうか。ここ数カ月、こんなふうに夜更かしをしたことはない。

変われば変わるものだと思う。告知を受けるまで、当日のうちに眠ったことなどなかった。十年遡《さかのぼ》ってみても、ただの一日として十二時前に寝床に入った晩はなかった気がする。

これも、生きながら生まれ変わることの一つなのだろうか？

そんな単純なものでもあるまい、と思い、いや案外そういうものかもしれない、と思い直す。

数年前、大腸がんになった懇意の作家を見舞ったことがある。退院した直後だったが、かなりやつれていた。還暦をとっくに過ぎていたし、大きな仕事を幾つもして、いわゆる功成り名遂げている人だった。

「いつ死んでもいいと思っていたし、その気持ちにさほどの変化はなかったけれど、いざ死ぬとなったら急に、このオンボロ車のことが愛おしくなって、ああ、もっと大事に乗ってやればよかった、本当に申し訳ないことをしてしまったと思ってね。俺は消えようが冥途《めいど》に行こうがそんなのどっちでもいいんだが、この世に残していくこのボロ車が不憫《ふびん》で仕方ないんだ。ものすごく世話になったのに、何にもいいことをしてやれなかったと思うと、それが悔しくて、すまなくって……。もしもがんが治って、あと少し長生きできるなら、これからはもっともっと大事に乗させてもらおうと思ってるよ」

手術した下腹のあたりを愛《いと》おしそうに両手でさすりながら、しみじみとした口調で語っていた。

その後、彼は、拠点を都内の仕事場から那須《なす》にある別荘に移していまも元気で書いている。ただ、去年の原発事故で那須近辺の放射線量も上がったようだから、今頃、どうしているのか?

私も、自分の肉体をずいぶんおろそかにしてきた。

腹の中に致命的な病巣を抱えてしまったのも、長年の忘恩の報いではあるのだろう。その意味では、我が肉体を愛おしく扱うというのは、生きながら大きく生まれ変わるための重要な要素の一つなのかもしれない。

浴槽はそれほど大きくはなかったが深かった。腰を落として足を伸ばすと首の付け根まで湯に浸《つ》かる。最近はずっと腰湯に近い半身浴ばかりだったが、しっかり身体を湯の中に沈めるとそれはそれで心地よい。

五分ほどしたところで、浴室の扉が開き、やよいが入ってきた。全裸だった。シャワーを開いて簡単に身体をすすぐと、迷うことなく湯船に入ってくる。

私は声を失って、ただその全身を見ていた。

肌は白く、四肢も胸も下腹部もつやつやとしている。非常に均斉のとれた身体だった。とても年齢相応には見えない。

――12歳年下の恋人と結婚することになった。女性誌の「微笑」を読んでいてマジカルグッズ・セットを取り寄せた。あそこや乳首をきれいにできる（乳首の色をきれいにできる、しまりがよくなる）と書いてあった。それが五日前に届いた。中にピラミッドの絵を描いた紙が入っている。喉がちょうど痛かったのでためしに当ててみると、あっと言う間に痛みが消えた。そのあと紙を外して素手でやってみると、乳首はきれいな色に変わり、あそこもしまる。それどころか乳房そのものを大きくしたり、もとに戻したりできた。


メモ書きの一節が脳裏に浮かぶ。

彼女の力をもってすれば、こうやって肉体の若さを保つことは造作もないということか……。

だが、私が声を失ったのはそのためではなかった。

特殊な力などなくても、日頃の努力や生まれ持った体質のおかげで年齢よりもはるかに瑞々《みずみず》しい身体を手に入れている人は決して少なくない。まして歳を重ねてくれば肉体年齢は人によって大きく異なってくる。

私が驚いたのは、やよいが全身無毛だったからだ。

体毛は処理していたとしても、局部の毛がないのは異様だった。それだけでなく、彼女には眉毛もまつ毛もなかった。

頭髪も一切ない。

「びっくりした？」

浴槽の中で向かい合うとやよいが笑みを浮かべる。

それまでとは全く印象の異なる素顔を前にして返事ができない。

「十七年前の地震で家族を全部亡くしたの」

やよいが言う。

「そのことは知ってる」

私は言った。

「そう……」

やよいは呟くように言い、

「半年経ってみたら、こんなふうになってたの」

まるで当たり前のことのような口ぶりでそう付け加えた。

受容

無毛のやよいは、肌の白さとあいまって、なにか人ならぬ生き物のように見えた。

巨大な白蛇を連想させる。

風呂を出ると男物の浴衣を渡してくれた。帯はなかった。やよいは顔を描くことはせず、かつらもつけなかった。彼女も帯は締めずに浴衣だけを羽織っていた。壁に掛かった時計の針はすでに午前一時を回っている。

和室に入り、彼女は着物の前がはだけるのも構わず、押し入れから出した一組の布団を畳の上に敷いた。

私はダイニングテーブルの前の椅子に腰掛けて、手伝いもせずにぼんやり見ていた。するとやよいはその布団の上に横になった。

「寝ましょう」

と言って薄い上掛けをめくった。

「その前に電気を消してね。ドアのところにスイッチがあるから」

立ちあがって明かりを落とし、暗闇の中を布団の方へと近寄った。

昨日の昼まで、東京にいたのが信じられない。神保町へと向かう路上で和服姿の女性を目撃したのがわずか十数時間前だとはとても思えなかった。深く酔ったときのような疲れが全身を覆っている。

そばまで来ると「おいで」と呼ばれた。膝をついてにじり寄り、やよいに抱きつくようにして隣に身体を滑り込ませた。彼女が手をのばして抱き取ってくれる。

やよいの肌はしっとりと柔らかく、触れた部分が吸いついてくる。

背中を丸めて、その大きな乳房に顔を埋《うず》めた。

人肌のあたたかさをすっかり忘れ果てていた。舞子と別れてからでもすでに一年半近くが過ぎ、立場も、状況もすべてが一変し、彼女の身体を思い出すことなどなくなっていた。

なぜ、やよいが自分をこうして受け入れてくれるのかがよく分からなかった。その分からなさこそが、かけがえがなかった。

根拠や理由が不分明なままに、すべすべしたあたたかで柔らかな女体に包み込まれている。

とてつもなく大らかで寛容なものに受容されている気がした。

生まれたての赤ん坊のようだった。

乳房を鼻先でまさぐり、乳首を探り当てると口にくわえた。

やよいの手で浴衣が剝ぎ取られる。そして彼女自身も裸になった。私の背中に腕を回し、足をからめてくる。熱を帯びた身体同士がぴったりとくっついた。

「こんなに遠くまでよく来たわね」

私は黙って首を縦に振る。

泣いてしまいそうだった。

人生で初めて、ちゃんと褒められたような気がした。

ほんとうにえらかったね、と言われた気がした。

さきほど野々宮で燗酒をすすりながら話しているとき、やよいは言った。

「名刺の名前を見た瞬間に、あの人だと思ったわ。ずっと憶えていたし、ときどき思い出していたから」

「どうして言ってくれなかったの？」

訊ねると、

「さあ、どうしてかしら」

彼女は一度遠くを見るような目になり、視線を元に戻して、

「この人はきっと私を探しに来たんだって思ったからかな」

からかうような口調で言ったのだった。

やよいの熱い手が股間《こかん》に伸びてくる。なめらかな指にからめとられ、下腹に思わず力が入った。

「息を止めないで」

やよいは存外厳しい声で言った。

「あなたがあなたである限り、よくなるのはむずかしいの」

やよいの手は私のものを握りしめ、圧を加えたり緩めたりを繰り返していた。あぶらかゼリーでも塗られたように潤った感触がある。

眉間の中心と尾てい骨の先端に鋭い快感が生まれていた。そういう感覚は初めてだった。

「我慢しちゃ駄目。息を止めるくらいなら大声を出しなさい。呼吸を早くするの」

下半身全体を白い蛇が這いまわっているような感覚に見舞われ始めていた。

息を止めないでいると、自然に呼吸が早くなっていく。口から自分のものとも思えない喘《あえ》ぎ声が洩れる。

「我慢しないで」

手の動きを速めながらやよいは言う。

いままで長年抑えつけてきたものが、タガが外れるように、防波堤が決壊するように溢れ出てくるのを感じた。徐々に自分の声が高く、大きくなっていく。

「そう。もっと、もっと声をあげて」

耳元でやよいが囁《ささや》く。

「今夜から、明かりが消えたらあなたはおんなになるのよ」

と言った。

二種類の時間

私に必要なのは新しい居場所だ。

山下やよいと初めて会った翌朝、目を覚ましてすぐに思ったのはそれだった。

明け方、半睡状態のまま、もう一度やよいに精を抜かれた。

二回とも精液を手のひらで受け止めると、やよいは布団を抜け出し、熱い濡れタオルを持ってきて私の下半身をていねいに浄拭してくれた。それは射精の瞬間の快感をしのぐほどの心地よさだったが、振り返ってみれば、事を終えたあとにそういった気遣いをされたことはほとんどなかった。

セックスのあとは案外に殺伐としている。一緒に入浴したりシャワーを浴びればいい方で、互いが互いのいつくしんだ場所をきれいにするといったことはやらない。

私には、射精後のものを口で清めてもらった経験もろくになかったし、逆に射精後の相手の身体を、こぼした精液も含めてしっかり舐《な》め清めてやった経験もなかった。互いの体液にまみれたまま抱き合って深い眠りに落ちるのがせいぜいだった。

もともとが色白なのだろうが、体毛のないやよいの身体はなおさらに真っ白に見えた。その白い身体がカーテン越しに差し込む朝日に照らされて煙るように光っている。

目の前の光る肉体を新しい自分の居場所にしたいと思った。

生きながら生まれ変わるには、ここはもっともふさわしいような気がした。昨夜や今朝がたのように、この光る場所で赤ん坊同然の無防備な自分自身を味わいつづけられれば、やがて私は、本当に生まれ変わることができるのではないか？

目覚めて三十分ほどするとやよいも目を開けた。

「起きてたの？」

寝そべったまま天井を見ていた私に、やよいが声をかけてくる。

「はい」

なぜだか、そう答えていた。

やよいは布団から出て、バルコニーの窓のカーテンを引いた。

まぶしいほどの陽光が一気に室内を充《み》たす。昨夜の豪雨がまるで嘘のようだ。

「いいお天気」

独り言のように呟くと、彼女はさっさと洗面所へと向かった。

私はダイニングテーブルの前の椅子に座って、ぼうっと部屋の中を見回していた。

しばらくしてやよいが戻ってくる。かつらをつけ、メイクをほどこしていた。浴衣姿のままだが、きちんと帯を締めていた。すっかり野々宮の女将の顔になっている。さきほどまでとは別人のようだった。

やよいは和室の引き戸の脇にあるドアを開けた。隙間から中を覗くと和箪笥《だんす》や洋箪笥が並んでいる。仏壇のようなものは見当たらず、そういえば彼女はクリスチャンだったのだと思い出した。

ドアが閉まり、数分すると着替えたやよいが出てきた。ベージュのフレアスカートに白いカットソーという簡単な服装だが、着物のときよりもさらに二、三歳は若く見える。

手にはジーンズとTシャツを持っていた。

「旦那のなんだけど、背格好が似てるから着られると思うわ」

彼女はそれを手渡すと、ふたたび洗面所に行って、私が昨夜脱ぎ捨てたパンツとソックスを取ってきた。

「洗っておいたから」

たしかに乾燥機の余熱であったかい。

「シャワー浴びる？」

訊かれて、首を振った。彼女の目の前で素っ裸になり、服を身に着けていった。ジーンズとTシャツはぴったりだった。どちらも着古した感じも十七年も前の物という感じもなかった。ただ、身体に張りつくくらい細身のTシャツは、なるほど九〇年代を想起させる。あの頃はこういうTシャツが流行《はや》っていた。

これを着ていた山下実雄は二十九歳の若さで死んだ。

「咄嗟のことやったろうに、双子の上に実雄ちゃんが覆い被さるようにして亡くなっていたそうや。そのおかげで、信雄ちゃんも律雄ちゃんもきれいなお顔のまんまやった」

新聞販売所の黒沢所長の言葉が脳裏によみがえってくる。

「まあ、いいんじゃない」

やよいは小さく頷いた。

干物に味噌汁の簡単な朝食を差し向かいで食べた。

こんなふうに誰かと食事をするのは久方ぶりだ。舞子と付き合っているときは神楽坂の部屋でよく料理を作って食べていた。舞子はさほど料理上手ではなく、私が腕前を披露することが多かった。

しかし、今朝の朝食はさすがにおいしい。ただのわかめと豆腐の味噌汁だが、出汁《だし》のきかせ方はやはりプロの仕事だ。

食べ終わると食器を片づけ、やよいがコーヒーを淹れてくれる。

別に大した話もしない。サイドボードの上のテレビをつけて二人で黙って見ていた。時刻は九時半を回ったくらいだ。普段であれば散歩も、入浴も、朝食も終わっている時間帯だった。

やよいが不意に立ち上がり、電話機の載ったサイドボードの引き出しを開け、何か手にして戻ってくる。

テーブルの上にカチリと音がした。銀色のディンプルキーだ。

私がそれをじっと見ていると、

「この部屋の鍵よ」

と言う。

「私はいつも、もう少ししたら買い出しに行って、そのままお店で仕込みをするの。三時頃、一度戻って来てご飯を食べて、また店に戻るんだけど、あなたが食べるんだったらあなたの分も用意するけど、どうする?」

「もう野々宮には行かない方がいいのかな」

私が言うと、

「そんなことないわよ」

やよいは笑う。

「だったら、お店で食べてもらってもいいわよ。あなたのしたいようにすればいいわ」

私はテーブルの上のディンプルキーを摘《つま》み上げてジーンズのポケットにしまった。

「もし、きみが迷惑でなかったら……」

少しの間をあけて私は言う。

「これからは、そのご飯を僕が作ってもいいかな？」

やよいはちょっとびっくりしたような顔になった。

「あら、菊池さん、お料理が好きなの？」

久々に「菊池さん」と呼ばれた気がした。

「やよいさんみたいに上手じゃないけど、でも、料理は嫌いじゃないんだ。それより、僕はやよいさんと一日に一度は一緒にご飯を食べたい」

私も「やよいさん」と口にした。彼女はずっと「女将さん」だったから、こうして普通に名前を呼ぶのは初めてだ。

「やよいさん」がいずれ「やよい」になり、そのうち「お前」や「あんた」に変わっていく。そういうこれからを想像すると、気持ちが浮き立ってくるようだった。

「一緒にご飯を食べるのはいいけど、無理にあなたが作らなくたっていいわよ」

「無理にってわけじゃないよ」

自分には有り余る時間がある、と思って、いや、それは全然違うと内心で打ち消す。日々の暮らしで考えれば、これといってやるべきことのない私には十二分の時間がある。だがその一方で、私の人生はもはや一年先の生存さえ覚束《おぼつか》ない状態なのだ。一日一日の時間はたっぷりとしているのに、その集合体であるはずの人生は残りゼロに近い。

これは一体どういうことだろうか？

私たちは、そういう二種類の時間、一日という「短い時間」と一年や二年といった「長い時間」とを別々に持っているのだろうか？　そして私は「短い時間」の方はたっぷりと所有しているが、「長い時間」の方の手持ちはすでに底をついてしまっているのだろうか？

「とにかく、今日は僕が何か作っておくよ」

そう言うと、

「じゃあ、お願いしようかな」

やよいは案外あっさりと了承してくれた。

男でも女でもないもの

七月一日日曜日。私はアストラルタワーを出てやよいの部屋に移った。

六月いっぱいは賃貸契約をしていたので、正式な退去はその日になったが、実際には合鍵を受け取った六月六日から、やよいの住む「メープルハイツ中山手」七〇一号室でほとんど生活していた。

やよいは午前十時には仕入れのために家を出て、そのまま野々宮で仕込みをし、バイトの子が出勤してくる午後三時過ぎに、一度部屋に戻って私の作った食事をとる。開店は五時半からなので、五時には取って返し、その後は看板までずっと店だった。

閉店時間は日によってまちまちだったが、片づけを終えて帰宅するのはおおかた午前一時前後だった。それからは口にしたとしてもお茶漬け程度で、入浴を済ませるとすぐに布団に入った。

野々宮は日曜日のみ休みで、土曜、祝日は店を開ける。

やよいと終日一緒に過ごせるのは週に一日だけだった。

「もうすこし休んでもいいんじゃないか」

と言うと、

「忙しい方がいいのよ」

やよいは言った。

「一人きりのときって、連休が一番つらかったりするでしょ。世の中にはそういう人が大勢いるから」

それが祝日に店を開ける理由らしかった。

連休がつらいというのは、独居の長かった私にもよく分かる。ゴールデンウイークや正月休みは馴染みの店が閉じているうえに街中は家族連れで溢れるので、いつも部屋に閉じこもっていた。

私くらいの年齢になれば、孤独を呪《のろ》うこともなくなるし、いまは家族や仲間たちと華やいだ時間を過ごしている人々も、いずれは一人きりになると知っている。だが、若い頃はそんな達観した境地にはとてもなれない。私にしたところで、やよいを見つけ出すとすぐに一緒に暮らし始めたのだから、孤独を呪うことはなくとも、決してそれを愛してやまない人間だったわけではない。

「一人でもいい」と「一人の方がいい」とのあいだには相当の距離がある。

やよいの部屋に持ち込んだ荷物はほんのわずかだった。

家具、調度のたぐいは皆無。衣類にパソコン、あとは日用品と十数冊の本のみ。家電から台所用具一式まですべて揃ったサービスアパートメントを利用したのは正解だった。六月の半ばに契約更新しないむねを伝えたら、山村はるかはひどくさみしそうな顔をした。

「予定より長くなっていたので、そろそろかなあとは思ってたんですけど……」

と呟き、

「例の人、見つかったんですか？」

と訊いてきた。てっきり私が東京に帰ると思っているようだった。

「いろいろあったんですが、何とか探し出すことができたんです。でも、これで一応仕事にも一区切りついたので、そろそろ会社を辞めようかと思ってるんです」

そう言うと、意外そうな顔になった。やよいを見つけることができたのは、はるかのおかげだった。彼女が浅井本店で谷口里佳と引き合わせてくれなければ、野々宮に行き着くことはまず不可能だったろう。

「退職されるんですか？」

ますます意外そうな表情ではるかは問い返してきた。

「はい。会社のためにもう充分に働いてきましたから。最初からこの仕事が終わったら辞めようと思ってたんです」

彼女には会社が抱える裁判の証人を探していると話してあった。それはそれとして、できるだけ嘘にならないように言葉を選ぶ。

「神戸が気に入ったんで、こっちに住もうかと思ってます。今月中に部屋を探すつもりなんです」

さすがに、探し出した当人のマンションで一緒に暮らすとは言えない。

「そうなんですか。じゃあ、菊池さん、神戸の人になってくれはるんですね」

めずらしく関西弁ではるかが言う。

「そないですわ」

私が返すと、

「菊池さん、その言い方ヘンですよ」

と笑った。

やよいの部屋に引っ越した直後に「辞表」を書いて坪田社長宛てに送った。いまも神戸にいること、医師の予想を裏切って病気の進行は現在のところ止まっているように見受けられること、その状態をできる限り維持するためにも神戸に居つづける道を選びたいこと、だとすると今後も取締役に名を連ねるのは困難であること、などを綴った手紙も同封した。

私の役員任期は残り一年だった。昨年の六月からずっと銀行口座には役員報酬が定期的に振り込まれていた。業績の回復に比例して、支払われる金額も増えてきている。すでに一年近く社業から完全に離れているにもかかわらず非常勤の扱いにもなっていないようだった。

役員賞与も含めるとおよそ無役で受け取っていいような報酬額ではなかった。

定款に定める役員数ぎりぎりの体制であれば、いきなりの辞任はむずかしくなるが、おそらくそういうこともないだろう。役員退職金の返上もあわせて申し入れておいた。

総務部長の中根から電話が来たのは、辞表を送って数日後だった。

「菊池さん」

というその声が弾んでいる。

「治療、うまくいってるんですね」

「おかげさまで」

と答えるしかなかった。

今年の株主総会で三人の役員が退任し、二人が新任され、そのうちの一人が中根自身であること、役員数がさらに一人減でも定款上の問題はないが、坪田社長としては私には来年の任期切れまで取締役の座にとどまってほしい意向であること、などを彼は伝えてきた。

「現状維持で病気の進行を抑えるというのなら、社の取締役であるという菊池さんの立場も現状維持した方がいいと坪田さんはおっしゃってるんです。私の察するところ、このまま菊池さんが病気を克服すれば、社長としてはやっぱり戻ってきてほしいんだと思います。その可能性を少しでも残しておきたいんじゃないでしょうか」

中根はそう言い、

「ですから、今期いっぱいは役員をつづけていただき、そのかわり、来年、菊池さんがどうしても再任は勘弁してくれという意向でしたら、そのときは役員退職金の辞退も含めて受け入れると坪田さんはおっしゃっています」

と付け加えた。

中根の声が明るいのは、役員入りを果たしたせいもあるのだろう。言葉の端々に自信のようなものを感じるし、声の張りも格別だ。社長の最側近でもある彼の今後の会社人生は前途洋々というところか。去年のゴールデンウイーク明け、四階の社長室に招かれて取締役への就任を打診された折の自分自身の気持ちを思い出す。

あのときは、まさかわずか数カ月後に余命一年の宣告を受けるとは思ってもいなかった。

前途洋々の「前途」は、二種類の時間で言えば「長い時間」の方だ。その「長い時間」が洋々である場合、一日一日といった「短い時間」の方はどうしても雑事に追われ、余裕をなくしがちだ。家庭を顧みることも少なく、気づいてみると最も大事な人たちとのあいだに埋めがたい溝を作っていたりする。

組織の食料は社員の人生だ。我々は組織に所属し、その日の食い扶持《ぶち》をあてがわれ、生活の安定を手に入れもするが、その一方で、組織の餌《えさ》にさせられる。歳を取り使い道がなくなった組織員は、骨の髄まで吸い取られたあげく生ごみ同然に放り出されてしまう。

そしてそのときおおかたの人間は、

「自分自身に忠実に生きればよかった。あんなに一生懸命働かなくてもよかった。もっと自分の気持ちを表す勇気を持てばよかった。友人関係をもっと続けていればよかった。自分をもっと幸せにしてあげればよかった」

と嘆く。「長い時間」に拘泥しすぎた自分自身を深く悔いるのだ。

私もその一人ではあった。

ただ、あまりにも皮肉な話ではあるが、末期の膵臓がんと告知されて、私はそういう「長い時間」への執着からいきなり解放された。将来への夢や将来への不安を一瞬で失った。失ってみて初めて見えてきたのは、将来への夢も不安も、実は同じものでしかなかったということだった。夢は不安であり、不安は夢だった。

いまの私には「短い時間」しかないが、それでも不幸だとは思わない。身体のどこか片方を失った場合と同様、残ったもう一方を使って懸命に生きるしかないし、我々にはそういう力がきっと与えられている。「長い時間」がないのであれば、「短い時間」を十全に活用してやっていけばいい。それだけのことだ。

毎晩、やよいからは同じことをされた。

私が思わずやよいの中に入ろうとすると、いつもやんわりと拒絶される。

「おんなになれないなら、男でも女でもないものになってもいいの」

ある晩、やよいは言った。

「大事なことは、すべてを受け入れることなの」

やよいに言わせると、男性は女性に比べて自分の身体を「汚いもの」と思い込んでいるという。

「身体に興味があまりないから、男は精神ばかり発達させちゃうのよ。哲学なんて馬鹿みたいでしょ」

　と彼女は言った。

　一度射精したあともやよいは私の身体を愛撫《あいぶ》しつづけるようになった。最初は違和感が著しかったが、そのうち体験したことのない身体の反応に私自身が驚かされた。舐められ、吸われ、咬《か》まれ、摘まれ、入れられ、撫でられているうちに身体がとろとろに溶けていくような感覚に見舞われた。

　セックスが女性の激しい反応目がけて精を放つ行為以上のものであることに私は初めて気づかされたのだった。

　おんなになることはできなくとも、おんなのようになれると知った。

「人は生まれると、たくさんの生き物を殺して食べて、そして最後には自分も苦しみながら死んでいく。生きるっていうのはただそれだけ。私たちは生まれ変わっては、そういう人生を何度も何度も繰り返すの。その繰り返すということが一番大事なのよ。繰り返しているうちに、繰り返さなくてもよくなる瞬間がくるんだと思う」

　やよいは言った。

「繰り返さなくなる瞬間が訪れることに、一体何の意味があるんだろう？」

　私は当然の質問をしてみる。

「意味はよく分からないけど、それはきっとものすごく素晴らしいのよ」

やよいは少しうっとりした声で答えたのだった。

谷口四兄弟

七月の後半から一緒に買い出しに行くことにした。そのうち仕込みも手伝い始め、八月に入ってすぐからは店にも出るようになった。私の作る食事を二カ月近く食べて、料理のセンスをやよいは認めてくれたようだった。

谷口里佳が私たちの関係を知ったのは、私が店に立つようになってからだ。

野々宮にやって来た彼女は、白いTシャツに青い上っ張り姿で接客している私を見つけ、ぽかんと口を開けていた。里佳と顔を合わせたのは実に数カ月ぶりだった。

私の方はやよいと暮らすようになって野々宮にはほとんど行かなくなったのだが、六月に入ると入れ違いのように里佳がふたたびよく顔を出すようになった。とはいえ、彼女が母親のマンションを訪ねて来ることはなかったので、やよいが黙っている限り、何も露見しなかった。

「菊池さん、一体、どうしたんですか？」

何が何やら分からないという表情で里佳は私を見た。

「見ての通り、今月からここで働かせてもらってるんだよ」

「何でまた？」

ますます不可解な顔つきで里佳は言う。

「ずっと人探しをしているって言ってただろう。その探していた人が、きみのおかあさんだった」

おかあさんという一言に、彼女は切れ長の目を大きく見開いた。ちょうど私もカウンターの中にいたのだが、やよいはこちらを気にしてちらちらと見ていた。里佳が呆れたような面相でそのやよいに視線を送る。

神戸に来た目的が「裁判の証人探し」だというのは里佳にも話してあった。しかし、その相手の名前もかつての勤め先も伝えてはいなかった。「つゆくさ」の登記簿を調べなかったのと同じ理由で、新聞記者の力を借りるのは気がすすまなかったからだ。

自分とやよいとの関係を私が知っていると分かって、文字通り里佳は絶句した。

「誤解しないでくれ。僕はきみの父親じゃないよ」

私が言うと、彼女の緊張が幾らか解けたのを感じた。

「そのうち三人でご飯でも食べよう」

そう言って私は仕事に戻った。

メープルハイツ中山手に引っ越してすぐ、なぜ里佳を養子に出してしまったのか、とやよいに訊ねた。

「実雄さんの両親も、里佳ちゃんを喜んで自分たちの孫にするって言ってくれてたんじゃなかったの？　電話でもやよいさん、そんなふうに言ってたけど」

やよいはしばらく思案気な様子だったが、

「ある日、そういう気になったのよ」

と言った。

やよいが里佳を産んだのは、一九八六年の十二月十八日。藍子が真尋と千晶を産んでちょうど一カ月後だった。昭和六十一年。時は中曽根内閣。七月の衆参同日選挙で自民党は圧勝し、衆院で三百議席という未曽有《みぞう》の勝利をおさめた。

真尋たちが生まれた三日後には三原山が大噴火し、里佳が生まれる十日ほど前にはビートたけしが「フライデー襲撃事件」を起こしている。

だが、いまにして思えば、この年最大のニュースは四月二十六日に起きたソ連チェルノブイリ原子力発電所の爆発事故だったろう。

やよいの前夫は、彼女が里佳を身ごもっているときに愛人を作り、家を出たという。

当時やよいは三十三歳。大田区大森のアパートで産気づき、通っていた大井町の病院で、たった一人で里佳を産み落とした。

その病院の名前を聞いて、私は仰天した。

藍子が当時勤務していた、とある電機メーカーが経営する総合病院だったのだ。真尋と千晶は目黒の実家近くの産院で生まれていたが、妊娠が判明した直後、藍子も実家で産むか、それとも勤務先で産むかでだいぶ迷っていた。ことによれば、真尋たちと里佳は、ちょうど一カ月違いで同じ病院で生まれてくる可能性もあったのだ。

やよいが夫と正式に離婚し、里佳を連れて神戸に戻ったのは翌年、昭和六十二年の四月だった。

「神戸に来て、昼間の仕事を探したけどなかなか見つからないし、頼れる人も誰もいなかった。ただ、別れた旦那のお兄さん夫婦が京都に住んでいて、親身になってくれたの。子供もいなかったから里佳の面倒をよく見てくれてた。つゆくさで働くようになって、一年ぐらいは夜間保育に預けながら育ててたんだけど、里佳は気管支や肺がとても弱くて、しょっちゅう風邪は引くし、原因不明の熱もよく出してた。だったら非番の日以外はうちで預かるからってお兄さんたちが言ってくれて……。それからは休みが取れるたびに私が京都に行って里佳と会うようになったの」

谷口というのは前夫の苗字だった。やよいの本名は野仲やよい。実家は鳥取市にあったが、母親は早くに亡くなり、父親もやよいが再婚した翌年、双子を妊娠中に亡くなっていた。彼女はもとから父親とは折り合いが悪かったようだ。一人娘だったので兄弟姉妹もいなかった。

「ほんとにどうしてそんな気持ちになったのか、いまでも理由が分からないの。里佳も四歳になってしっかりしてきてたし、私もつゆくさを辞めるつもりだったから、やっと一緒に暮らせるって楽しみにしてた。なのに、里佳を迎えに行く直前になって、やっぱり京都の義理の兄のところであの子は育った方が幸せに違いないって気持ちが変わったのよ」

会うたびに里佳を可愛がってくれた実雄も義父母もひどく残念がったそうだが、やよいの決意は固く、義兄夫婦に養子として里佳を引き取ってくれるよう正式に申し入れた。

「谷口の家は四人兄弟で、夫は末っ子だったの。末っ子と言っても双子の弟なんだけどね。あとの三人はちゃんとしてるのに、谷口だけは中学の頃からグレちゃって、私と知り合ったときもろくに仕事なんてしてなかった。私がずっと食べさせてるようなもので、結婚三年目に里佳を妊娠したら、もうよそに彼女を作って大森のアパートには寄り付きもしなくなった。一番上のお兄さんと、双子のもう一人のお兄さんが東京にいたから、とても心配してくれて、何度か谷口とも話したらしいけど、すっかり相手の女にいかれちゃっててどうにもならなかったみたい。そういう経緯もあったから、京都の二番目のお兄さんも私に対しては申し訳ないって気持ちがすごくあったと思う」

結果的に、やよいの突然の心変わりが里佳のいのちを救うことになる。

もしも、里佳が山下家に入っていれば、父親違いの弟たちと同じ運命を辿っていたのはほぼ確実だったろう。

やよいの話を聞きながら、それにしてもと私は不思議な心地になっていた。

真尋と千晶も双子で、信雄と律雄も双子だった。そして、やよいの最初の夫も双子だったという。

この狭い相関図の中にどうしてこうも双子が多いのか？

阿形一平

九月二十三日日曜日。

山下家の菩提《ぼだい》寺は王子公園のすぐそばにあった。

震災から一年後、義父の国雄が肺炎で亡くなったあと、やよいたちが王子公園駅近くのマンションに転居したのは、この菩提寺に日参するためだったようだ。だが、一緒に暮らしていた義母の正子も翌年の四月に脳溢血で逝き、やよいは納骨が終わると同時に神戸の町を捨てて東京へと舞い戻ったのだった。彼女はすでに四十三歳になっていた。

今年の秋彼岸の墓参りはやよいにすれば経験したことのない大人数なのだろう……。

明け方まで降っていた雨は上がり、マンションを出る頃にはすっかり晴れていた。一雨降るごとに秋めいていく時節だが、今夜はきっとクーラー不要に違いない。遠くに浮かんでいるのは相変わらずの積乱雲だが、吹き寄せてくる風はそれに似合わないほどの涼味を帯びている。

やよいを先頭に、里佳、阿形一平《あがたいっぺい》、私とつづいて墓地の細道を進んでいく。

みんな軽装なのに、一平だけが礼服だった。

「普段着でいいって言ったのに」

菩提寺の門前で待ち合わせ、最後にやって来た一平を見てさっそく里佳が苦笑した。

黒いネクタイをきっちりとしめ、顔中に玉のような汗が噴き出していた。

「だけど俺は初めてだから……」

困ったような顔で一平は里佳を見る。

四十半ばくらいとてっきり思っていたが、聞いてみれば阿形一平はまだ三十七歳だった。それでも里佳とは一回り近くの年齢差がある。

上着を脱いで前を歩く一平の背中には、大きな汗ジミが浮いていた。

案外広い墓地の奥まった一画に「山下家」の墓はあった。

墓石はまだ新しい。実雄たちを震災で失ってから国雄が建てた墓だった。やよいは、神戸に戻って以降は頻繁に墓参しているようだ。ただ、正子の骨を納めたのち、実雄や二人の幼い息子が眠るこの墓を置いて上京できたのは、やはり彼女がクリスチャンだったからかもしれない。

手慣れた様子で墓を清め、枯れ花を新しい花と取り換え、線香を焚《た》いた。里佳も手伝い、私と一平は遠巻きに眺めているだけだった。

きれいになったところで、ぶら提げてきた四合瓶の清酒を一平が墓石のてっぺんに注いだ。

「おじいちゃんも、実雄ちゃんもお酒が大好きだったからね」

先日、私たちのマンションで一緒に食事をしたときのやよいの一言に、一平が気を利かせたのだ。お彼岸に全員で墓参りしようと言い出したのも彼だった。

墓誌には、山下実雄、信雄、律雄、国雄、正子の順で名前が刻まれている。

やよいは日頃、教会に通っているわけではない。もしも死んだときはこの墓に入るつもりなのだろうか？　私はそんなことを考えながら手を合わせていた。

「みなさん、ありがとうございました」

やよいが丁寧にお辞儀をした。一平が恐縮したようにお辞儀を返している。

時刻は一時を回ったところだ。このあとは元町の中華料理店で食事をすることになっていた。

「じゃあ、そろそろ行きましょうか」

墓に軽く一礼してから、今度は私を先頭に出口へと向かった。

野々宮には来るものの、これまで一定の距離を置いた付き合い方に徹してきた里佳がやよい宅に顔を出すようになったのは最近のことだった。

「私たちが一緒に暮らしてるって分かって、あの子、何だか大きな荷物を一つ下ろしたみたいな感じね」

とやよいは言っている。

「大きな荷物って？」

一度、問い返すと、

「さあ、何だろう」

本人も首を傾げていた。

谷口の養父母がこの春、オーストラリアに移住したのも大きかっただろう。

里佳の養父・谷口幸道《ゆきみち》は京都発祥の電子機器メーカーの技術職を長く務め、去年六十五歳で退職していた。夫婦の長年の夢だった海外移住の準備にさっそく取りかかり、あっという間に移住先を決めてしまったらしい。去年の暮れ以降、里佳の足が野々宮から遠のいたのは、渡航を前に親子水入らずの時間を増やしたかったためのようだ。

阿形一平と付き合い始めたのは養父母が旅立ったあとらしいので、私の勘は当たっていなかったことになる。

お盆の中日に初めて里佳が中山手のマンションを訪ねてきた。私の手料理でもてなしたのだが、そこでいま付き合っている彼氏の話になり、私があれこれ訊ねていると、

「だったらもう、お盆が終わったらお店に連れていきます」

酔った勢いで彼女が宣言した。そのとき「歳は結構上ですよ」という話は耳にしていたが、まさか相手が阿形一平だとは思いもよらなかった。

「どこで知り合ったの？」

という質問にも、

「取材で会った人なんです」

としか言わなかったのだ。

一平と私は顔を合わせた瞬間、互いに大きく口を開けてしばらく言葉が出なかった。野々宮に通いだしてからは浅井本店には行かなくなったので、彼とは十カ月ぶりの再会でもあった。しばらく見ないあいだに一平はすっかり痩せていた。

「見違えたよ」

私が言うと、

「結構がんばりました」

照れ笑いを浮かべた。縮れッ毛は変わらずだが、ずいぶん細くなった面立ちはよく見ると結構な美男子だ。〝四十半ばのくたびれた風情〟はどこかへ雲散霧消していた。

次の日曜日、私たちの部屋で手料理を振る舞いながら、二人のなれ初めを聞いた。

一平の会社が、四月から西宮にパティシエの養成学校を開校し、その取材で里佳は彼と知り合ったそうだ。一平は学校設立プロジェクトのプロジェクト長を務めていた。

「取材のとき、ＩＣレコーダーを止めたら、一平ちゃんが『ところで谷口さんって浅井本店にときどき飲みに来てません？』て言ってきたの。『えー、なんで知ってるんですか？』って訊き返したら、『僕、あの店の常連なんですよ』って言われて……」

西宮の学校にはフランスから世界的に有名なパティシエを講師として招聘《しょうへい》していた。

「そのパティシエの彼女にも取材したんだけど、一平ちゃんがフランス語で通訳してくれて、この人、フランス語ぺらぺらだったんです。それでちょっといいかもって思っちゃって、今度一緒に飲みませんかって誘われてついOKしちゃったんですよね」

里佳がのろけると、一平は、

「そのパティシエさんとはフランスにいる時代にもともと面識があったんです。ていうか、前の女房の友人だったってのが真相なんですけど」

と頭をかいた。聞けば一平は大学院時代に二年間パリに留学し、向こうで知り合った女性と結婚して日本に戻って来たのだという。

「二年くらいこっちで暮らしたんですが、やっぱり彼女が駄目で、それで別れたんです」

その話を聞きながら、つくづく人間を印象だけで判断してはいけないと私は改めて思っていた。浅井本店の一階カウンターで椅子を並べ、マンボウによく似てるなあ、などと眺めていた相手がまさかフランス帰りだとは思いもよらなかった。まして元妻がフランス女性だったとは。

「ある日、夜遅くに一平ちゃんが会社から戻ってみたら、奥さんがフランスに帰ってしまってたんだって」

里佳の話に、

「いまだから笑い話ですけど、そのときはさすがに落ち込みました」

一平は言った。

当時の彼は二十七歳。川崎重工の社員で、神戸工場に勤務していたという。妻のいきなりの出奔に激しいショックを受け、一年間の休職を経て退社せざるを得なかったそうだ。

「それから三年くらいは抗鬱剤が手離せなくて、バイトをしながらなんとか食いつないでいたんです」

釣りにはまったのもその時期で、最初は通っていた心療内科の医師のすすめで始めたものらしい。

三十一歳のときに薬を断って、いまの会社に再就職したとのことだった。

「もう女性はこりごりなんで、以来ずっと酒に逃げてたんですけど、里佳さんと初めて会った瞬間に、前のかみさんの記憶がすーって蒸発するみたいに消えていくのを感じたんです。何て言うんだろう、長いトンネルをふいに抜けて、明るい場所に戻ったみたいっていうか。そしたら、ダイエットなんてしてないのに、鬱時代にみるみる増えてしまった体重がどんどん減りだして、酒の力を借りなきゃ絶対に眠れなかったのが、飲まなくても眠れるようになったんです」

「それって、里佳ちゃんと正式に付き合い出す前の話？」

私は訊いた。

「そうなんです。西宮の学校で初めて取材を受けて、そのときはまだパティシエが来日してなかったんで、次の取材は半月後くらいだったんですけど……」

「ちょうど二週間後だよね」

里佳が口を挟んだ。一平は頷き、

「その二週間のあいだに体重も七キロくらい落ちて、酒もぜんぜん飲まなくて平気になったんです。自分でも信じられないみたいで。心身相関ってよく言うけれど、本当にそうなんだと痛感しました。ああ、俺はこの十年、ずっと前妻の影につきまとわれてたんだなって目が覚めたような気持ちでしたね」

私はその話を聞きながら、この阿形一平という男も、里佳を見つけたことでようやく新しい居場所を手に入れたのかもしれないと思った。新しい居場所を見つけ出せれば、人は新しい自分になれる。

「だけど、どうして向こうの人と結婚しようと思ったのよ」

やよいが一平に訊いた。やよいは野々宮で一平のことを一目見た瞬間に気に入ったようだった。その晩も、「悪くないんじゃない」と言っていた。

「里佳は私の娘だから男を見る目は全然信用してなかったんだけど、あの人なら案外悪くないんじゃない」

正確にはそう言った。

「さみしかったんだよね」

やよいの質問に里佳が答え、隣の一平へ目配せしたのを私は見逃さなかった。だが、彼の方は里佳のサインには気づかなかったふうで、

「実は、向こうに渡って二年目にひどい交通事故に遭ったんです」

意外な話を始めた。

留学中に知り合った留学仲間とフランス人の友人、一平、そして、やがて妻になる彼女と四人でパリ郊外をドライブしているときに事故は起こった。仏人男性が運転し、留学仲間が助手席に、一平と彼女が後部座席にいたが、細い田舎道でスピードを上げていると、前から来たトラックがいきなり対向車線を越えて体当たりしてきたのだと

いう。

「とにかくヨーロッパの人たちはすごい飛ばすんで、僕らの車も特別スピードを出してたわけじゃないんです。向こうはもっと出してて、運転手の居眠りだったみたいなんですが、速度も速度だったからはっと気づいたときはもう間に合わなかったみたいで……」

林道を走っていた一平たちのシトロエンは道から弾き飛ばされ、雑木林に突っ込んで止まった。前部座席の二人は即死、後ろに乗っていた一平と彼女だけが奇跡的に助かるという大惨事だった。

「彼女は運転していた彼の恋人だったんです。事故のあとすごく落ち込んでしまって、慰めるといっても言葉をかけられるのは僕くらいしかいなくて。僕と結婚してフランスを離れようと彼女が決心したのも、恋人の死んだパリにいたくなかったからだと思います」

トラックと正面衝突して前の二人が即死したほどの事故なら、後ろの一平たちも無傷で済んだはずはないだろう。

「じゃあ一平君や彼女も大怪我だったの？」

息を呑むような気配で話を聞いていたやよいが言った。

「いや、僕と彼女はどういうわけだかかすり傷程度で済んだんです」

一平は言ったが、その口調はなぜか歯切れが悪かった。

「向こうの新聞にも大きく載るような大事故だったんだって……。助かったのは本当に奇跡的だったみたいよ。怪我もほとんどなかったんだから」

里佳は言い、

「それで、彼女は一平ちゃんのことを運命の人って思ったのかもしれないね。だって、二人だけが死線をかいくぐって生き延びたんだから」

と付け加えた。

「それにしても、一平君はともかく彼女は強運の人だね」

私が言うと、みんなが怪訝そうにする。

「いや、だってそうだろう。本当だったら助手席には彼女が座るんじゃないかな。それがたまたま一平君と彼女が後ろにいたっていうのはさ」

「彼女、車が苦手だったんです。それで後ろのシートに座ってたんです」

一平がすかさずという感じで説明してきた。里佳も大きく頷いている。

「車が苦手ならむしろ助手席に座るんじゃないの」

やよいが言うと、

「人によるんじゃないかな」

里佳がそっけなく言い返したのだった。

帰京

六義園《りくぎえん》は五代将軍・徳川綱吉の側用人として権勢をふるったあの柳沢吉保が築園した大名庭園だ。明治に入って岩崎弥太郎の別邸となり、昭和十三年に岩崎家から東京市へと寄贈され、その後は国の特別名勝として東京都が管理運営を行っている。

東京に戻って来てすでに半月が過ぎていた。

明け方までは風雨ともに強かったが、家を出る頃には風も止んで、雨脚もだいぶ弱まっていた。天気予報だと今日は終日雨のようだが、梅雨に入ってからでもそんな日は滅多にない。

近畿も関東も例年より十日も早く、五月末には梅雨入りした。

私たちがこちらに越してきたのは六月五日だったが、引っ越し当日の東京の空はまるで夏空で、入道雲がもくもくと湧き上がっていた。

全国的に雨の少ない梅雨がつづいている。この分だとあっという間に梅雨明け宣言が出て早過ぎる盛夏の到来となるのだろう。

それにしても、去年、一昨年と列島を覆った節電の大合唱はすっかり鳴りをひそめてしまった。真夏のような天気が駆け足でやって来ているというのに、一基の原発も稼働させずに東京電力は安定的な電力供給を行っている。

東電の経営陣はむろん再稼働を諦めてはいないだろうが、一方においては、もはや東電の名前で原子力発電を遂行するのは不可能という現実的判断もしているのではないか？

二〇五〇年には人口が一億人を割り込み、二〇六〇年には八千五百万人程度にまで激減するこの国でそもそも原子力発電が今後も必要だとは到底思えない。しかもその少ない人口の実に四人に一人が七十五歳以上という超高齢社会がやって来るのだ。

先日、新聞のコラムで読んだのだが、全国の照明（白熱灯や蛍光灯）をＬＥＤに替えるだけで原発十三基分の電力が不要になるらしい。結局のところ、原子力発電の命運は福島の事故の有無にかかわらずとうのむかしに尽きていたのだろうと私は思う。

そういった先々について思案が及ぶのも、一昨年八月の「余命一年」の告知から二年近くが経過し、相変わらず私の体調に変化がないためでもあった。

やよいと暮らし始めてすでに一年が過ぎた。

こちらに転居した日が、ちょうど彼女を見つけて丸一年だった。あの豪雨の夜、まさかそのわずか一年後に自分が東京に舞い戻っているなどとどうして予測できたろう？

人生というのは、よくよく見つめ直してみれば不可思議なこと、説明のつかないことばかりで出来上がっている。それは当たり前で、この自分という人間に生まれついた、そのこと自体がまったくもって説明不能なのだ。ただ、日々の暮らしを具体的に積み上げていく中で、我々はそうした不可思議さから目を逸らし当面の課題に集中する術を学んでいくに過ぎない。

十時に内装業者が最後の仕上げに来るというので、今朝は一人で六義園に来た。引っ越し当日は店舗兼新居のある「巣鴨《すがも》地蔵通商店街」を二人でぶらぶら歩いただけだったが、翌朝は、さっそくやよいに連れられて六義園を訪れた。もちろん名前は知っていたが、「一度も行ったことがない」と言うと、

「あんな素敵な庭園に行ったことないなんて、一体何年東京に住んでたのよ」

真顔で呆れられてしまった。

大学進学を機に上京し、三十年以上も都内で暮らしてきたが、池袋を筆頭に大塚、巣鴨、駒込《こまごめ》といった界隈にはとんと縁がなかった。

やよいの方は、震災後の九七年、上京してしばらく巣鴨で働いていたらしい。

「谷口の長兄が当時は巣鴨駅前で不動産会社をやっていて、その手伝いを二年近くさせてもらったの。それから、やっぱりお義兄さんの紹介で上野の小料理屋に移って、そこの雇われ女将になったのよ。わりと繁盛してお金も貯《た》まったんだけど、女一人でこんな大都会で働いていると、いろいろ嫌な目にもあうし、それでもう一度神戸に戻ろうって決めたの」

やよいの言う「嫌な目」が男絡みだろうとは察しがついたが、私は深追いしなかった。彼女が神戸に帰ろうと思ったのには、養子に出したとはいえ里佳のことが気になっていた面も多分にあったに違いない。

義兄の不動産会社で働いていた時分、駒込にアパートを借りていたこともあって時間があればしょっちゅう六義園に来ていたという。

「休みの日なんてお弁当作ってよく通ってたわ」

私も一度出かけて、この大名庭園がすっかり気に入ってしまった。

以来、朝の散歩コースは六義園周辺にしていた。

新居は、「おばあちゃんの原宿」として有名な「巣鴨地蔵通商店街」の中ほどにあった。とげぬき地蔵を本尊とする高岩寺《こうがんじ》からでも「西巣鴨」方向へ徒歩数分という好立地で、休日平日を問わず目の前の細い街路は大勢の人々で賑わっている。一階が店舗で二階が３ＤＫの住居、三階が倉庫になっているが、店舗ビルというよりは店舗付き家屋の趣だ。ただ建物自体は築七年と比較的新しい。やよいが神戸に帰った年に新築され、ずっと小料理屋として営業してきたが、今年の四月に店主夫妻が郷里の鹿児島に帰ることになり店舗も二階の住居も空くことになった。そこで、このビルの所有者である義兄がやよいのところへ連絡を寄越したのだ。

それにしても、なぜやよいが野々宮を畳んでふたたび東京に出る気になったのか、私にはその理由が分からなかった。

東日本大震災から二年が過ぎた、今年の三月半ば、

「野々宮を東京に移すことにしたから」

いきなり、やよいから通告された。

「どうして？」

やや啞然として問うと、義兄の谷口正道《まさみち》から巣鴨の店が空いたから引き継いでみないかとの話が三日ほど前に舞い込んで来たのだと彼女は言った。

よくよく聞いてみれば、義兄は東京を離れて故郷の福井に戻っていて、手広くやっていた不動産業も数年前の引退と共に整理し、いまは地元で事業をやらせていた長男

夫婦と同居しつつ悠々自適の隠居暮らしを満喫しているらしかった。

「前から、その地蔵通りの店は私にくれるって正道さんは言ってくれてたんだけど、そういうわけにもいかないから断ってたの」

そもそも、上野の小料理屋をやめて神戸に戻ると言い出した頃に、当時まだ東京にいた義兄はやよいを引き止める目的もあって巣鴨の店舗を建て始めたらしい。

「だけど、なんでいまさら東京に戻るの？」

私が訊きたいのはそこだった。

「さあ、なんでだろ。何となくそんな気になったからかな」

里佳を養子に出した理由を訊ねたときと同じような言葉が返ってくる。

「菊池さんはどうする？」

やよいは、淡々と訊いてきた。

「どうするって？」

「もし神戸を離れたくないんだったら、それはそれでいいんじゃない」

「別れるってこと？」

「そうね」

十カ月近く、夫婦同然のような生活を重ねてはいたが、私たちは深く愛し合っているというわけでもなかった。一緒にいて気づまりだったり面倒だったりは皆無だったが、逆に言えばそれだけという感じもなくはない。二人で野々宮を切り盛りし、客足は以前よりも増えていた。店は順調だった。

これまでやったことのない仕事に手を染めてみて、私は、その面白さを実感し始めていた。早期退職した知人が、蕎麦《そば》屋やワインバーなど開くのを何度か見てきたが、彼らの気持ちがようやく分かった気がした。

夜の方は相変わらずだった。やよいは決して私とセックスしようとはしない。ただ、半年経ったあたりから、私が彼女を慰めるのを許すようになった。

やよいの肌は触れると吸いつくほどだが、ことに無毛の局部は手や口を使って愛撫するとまるで溶けてしまいそうだった。

私は思春期から抱え込んできた性的欲望を、いま最も大らかに解き放っている気がしている。それが腹中のがんにどのような効果があるのかは不分明だが、とはいえ身体に何の変化もなかったわけではない。たとえば、やよいと性交なきセックスをするようになって、おできやいぼの類がいつの間にか消えてしまった。なかでも十代の頃から大きくも小さくもならずに身体の一部としてずっと胸の真ん中にあった小豆《あずき》大の脂肪腫がある日気づいてみるとなくなっていた。これにはへぇーと感心した。

いつまでこうして彼女と一緒にいられるのか、私にも定かではなかった。別にやよいがこれといった特別な治療を施してくれるわけでもなく、私の方からも改まって頼んだりはしていない。

男でも女でもないものになれ、と示唆されて、私は毎夜、おんなのような嬌声《きょうせい》を上げているだけだった。それも一年もすれば板についてきて、もはや恥ずかしさも気まずさもなくなっている。闇の中では全部さらってやよいに明け渡しているし、半年前からは彼女も私に渡すべきはすべて渡してくれていた。

壮絶な過去を持つやよいと心を一つにするなど到底不可能だと私は最初から諦めている。ただし、心で結びつかずとも私たちは身体で十二分に結びついているという自負はあった。

アストラルタワーを引き払い、メープルハイツ中山手に引っ越したその日に、
「時期が来たら、あとくされなくきっぱり別れましょうね」

とやよいに言われた。

人間は歳を取ったら一人で暮らした方がいい。にもかかわらずおおかたの人は最後の最後まで別れを惜しむ者たちに囲まれて死んでしまう。

「それじゃあ、まるで死ぬのがいけないことみたいでしょう」

郵便はがき

おそれいりますが
切手を
お貼りください。

102-8790

東京都千代田区
九段南1-6-17
毎日新聞出版
営業本部 営業部行

ご記入日：西暦　　年　　月　　日		
フリガナ		男　性・女　性 その他・回答しない
氏　　名		歳
住　　所	〒　　　- TEL　　　（　　　）	
メールアドレス		

ご希望の方はチェックを入れてください

毎日新聞出版からのお知らせ ………… ✔	毎日新聞社からのお知らせ（毎日情報メール）… ✔

毎日新聞出版の新刊や書籍に関する情報、イベントなどのご案内ほか、毎日新聞社のシンポジウム・セミナーなどのイベント情報、商品券・招待券、お得なプレゼント情報やサービスをご案内いたします。

ご記入いただいた個人情報は、(1)商品・サービスの改良、利便性向上など、業務の遂行及び業務に関するご案内(2)書籍をはじめとした商品・サービスの配送・提供、(3)商品・サービスのご案内という利用目的の範囲内で使わせていただきます。以上にご同意の上、ご送付ください。個人情報取り扱いについて、詳しくは毎日新聞出版及び毎日新聞社の公式サイトをご確認ください。

本アンケート（ご意見・ご感想やメルマガのご希望など）はインターネットからも受け付けております。右記二次元コードからアクセスください。※毎日新聞出版公式サイト（URL）からもアクセスいただけます。

この度はご購読ありがとうございます。アンケートにご協力お願いします。

本のタイトル

●本書を何でお知りになりましたか？（○をお付けください。複数回答可）
1.書店店頭　　2.ネット書店
3.広告を見て（新聞／雑誌名　　　　　　）
4.書評を見て（新聞／雑誌名　　　　　　）
5.人にすすめられて
6.テレビ／ラジオで（番組名　　　　　　）
7.その他（　　　　　　）

●購入のきっかけは何ですか？（○をお付けください。複数回答可）
1.著者のファンだから
2.新聞連載を読んで面白かったから
3.人にすすめられたから
4.タイトル・表紙が気に入ったから
5.テーマ・内容に興味があったから
6.店頭で目に留まったから
7.SNSやクチコミを見て
8.電子書籍で購入できたから
9.その他（　　　　　　）

●本書を読んでのご感想やご意見をお聞かせください。
※パソコンやスマートフォンなどからでもご感想・ご意見を募集しております。
詳しくは、本ハガキのオモテ面をご覧ください。

●上記のご感想・ご意見を本書のPRに使用してもよろしいですか？
1. 可　　**2. 匿名で可**　　**3. 不可**

やよいは笑った。

死は決して忌むべきものではないし、死を忌むのは生きている人間だけだ。死者にとっての死はまったき自然だ。だから人は最後の最後は一人で死んだ方がいい。歳を取ったらいつ死ぬか分からないのだから、できるだけ一人で生活するべきだ。なのに孤独でいることがいまの時代は本当にむずかしい。親孝行な子供たちや身近な他人がおせっかいを焼いてくるし、そうなるといい歳をした大人がそれに甘えるようになる。心はぬるま湯に浸り、どんどん芯を失っていく。孝行息子や娘たちが死ぬまでつきまとって、死の厳粛さを根こそぎ奪い去ってしまう。

「だからね、あなたもせっかく厳しい病気になったんだから、できるだけ早く一人になりなさいよ。一人になって死に支度をするの。私だっておんなじ。いまはこうして縁あって一緒にいるけれど、お互い元気なうちにちゃんと別れましょうね」

やよいはそう言うのだった。

九時の開園と同時に六義園に入る。最初に来た日に千二百円の年間パスポートを買っていた。一般の入園料は三百円だから、四回以上来園すれば元が取れる。ほぼ毎日来ている私にとっては大助かりだった。

内庭大門をくぐって庭園内に入る。雨はぽつぽつだが傘を畳めるほどではない。大きめのビニール傘をさしてゆっくりと左回りで園内を散策する。

今朝は一番乗りだった。広い園内を包んでいた静寂を、自分の一歩一歩が切り開いていくのが分かる。濃密な緑の匂いが立ち込めていた。

私は傘の柄を肩に載せて両腕を大きく横に広げ、思い切りその甘やかな草木の匂いを吸い込んでみる。肉体が浄化されていくのを強くイメージする。細胞の一個一個に植物の発する気が注入され、細胞は緑色に染まり、そしてゆっくりと透き通っていく。汚れやちりが洗い流され、いびつな形をしていた細胞は元通りの美しい正方形や円形に戻る。そういうイメージを頭に思い描きながら木々や草々のあいだの小道を歩く。

指南岡《しるべのおか》のあたりで側道に入り、滝見茶屋を目指す。ここは変哲もないあずまやだが、目の前が渓流になっていて小さな滝や石組が設《しつら》えられている。ひんやりした空気がいつも満ちているので、一休みするにはもってこいの場所だ。

あずまやに着くと傘を閉じて中に入った。木製の長椅子に腰を下ろす。

針のような細い雨が強まるでもなく弱まるでもなく降りつづいている。雨に音はなく、水分石《みくまりいし》にあたるせせらぎの音だけがはっきりと聞こえた。

カメラの名前

こうして一人きりで雨を見ていると時間が止まっている気がする。この世界に自分しかいないような、そんな心地になる。あたりに人の気配は皆無だ。余命一年の宣告を受けてからの二年近く、私はずっと死ぬというのはどういうことなのだろうと考えてきた。

死とは何か？

自己の消滅、世界との決別、終わらない眠り、永遠の一部と化すこと、そして、新たなる人生に乗り出す前の一時の休息……。

最近の私はこんなふうに考えている。

この世界のありとあらゆるものを撮影するカメラがあって、そのフィルムに焼き付けられた一枚一枚の写真を見ることが、すなわち私たちが世界を理解することだと仮定する。

世界は厳然として存在するのではなく、そのフィルムによってのみ私たちに認識されている。

このカメラは一秒間に二十四コマずつ撮影している。つまり世界はカメラに記録された一本の終わらない映画なのだ。

だとすると、二十四コマで撮影された一コマ一コマが世界ということになる。そして私たちの人生もまた、虫眼鏡で探してみればそれぞれのコマの中に小さく写り込んでいる。

終わらない映画の撮影はずっと続いている。

私がコマに初登場するのは、一九五八年の七月二十七日からだ。そしてそう遠くないある日、私の姿はフィルムから消える。どれだけ念入りに探しても私を見つけることはもはやできず、その先のどのコマにも写り込んではいない。私は死んだのだ。

では、死んだ私は一体どこに行ったのか？

その問いは、いまを生きる私たちにとって無意味だ。

なぜなら「世界は厳然として存在するのではなく、そのフィルムによってのみ私たちに認識されている」のだから。

死後の世界を考えるというのは、要するに〝フィルムの外〟を想像することなのだろう。だが、仮にそうした外部世界を想定するのであれば、私たちは最初に設定した「この世界はフィルムによってのみ私たちに認識される」という認識法をあらためる必要がある。

しかし、それが私たちにはどうしてもできない。「時間」という概念を捨てなくてはいけなくなるからだ。ちなみに「時間」とは撮影用のカメラのことである。

死は「時間」の産物だと私は思う。親鸞《しんらん》に倣えば、まさしく、

——明日ありと　想う心の　仇桜《あだざくら》　夜半《よわ》に嵐の　吹かぬものかは

というわけだ。所詮、私たちは死すべき我が身に怯《おび》えつつも、ただひたすらいまだけを生きる動物なのだろう。死の外側の世界など、想像することさえできない。

手紙

滝見茶屋の長椅子に腰掛けて、私はじっと水の流れを見つめる。

東京に戻ったからといって、何もするべきことがなかった。職場に復帰するつもりはさらさらないし、神楽坂の部屋も一年前に引き払っている。あのとき預けた荷物はいまも飯田橋の倉庫にあるが、どうしても取りに行かねばならない物もなかった。

野々宮は来週月曜日、六月二十四日にオープンする。

この半月、やよいはその準備に追われていた。店の内装で業者と何度もやりとりを交わし、上野時代に付き合いのあったアメ横の問屋を回って魚や海産物、肉や野菜、おでんだねなどの仕入れの相談に精出している。東京で店を張ると決めてからのやよいの動きは素早かった。三カ月足らずで野々宮を畳み、その間に一人で上京して、地蔵通りの店舗の検分とリフォームの発注を済ませてきた。

これまで以上にやよいは生き生きと立ち働いている。

それにしてもなぜ、彼女は神戸の繁盛店を捨てて、わざわざ上京することにしたのか？　依然としてその理由はよく分からない。

ただ、おやと思う出来事が一つあった。

やよいが東京行きを決断して間がない三月末、まだそのことを知らないはずの里佳と一平がやって来て、二人そろって七月から東京勤務になったと伝えてきたのだ。

もとは一平の東京支社への転勤話がきっかけだったようで、里佳はそれにあわせて異動願いを会社に出したらしかった。甲陽新聞は地方紙でありながら「タイガースポーツ」という全国版のスポーツ紙を発行しており、里佳はそのスポーツ紙に出向する形での東京赴任を志望したようだ。「タイガースポーツ」は文字通り、阪神タイガースファン向けのスポーツ紙だが、在京球団を取材するための取材拠点を東京にも構えていた。

　里佳と一平は東京暮らしが落ち着いたところで結婚するふうだった。

「あんたたち、一緒に住むの？」

　やよいの質問に、当然という顔で二人は頷いた。

「実は私たちもいまの店を閉めて、六月に東京に新しい店を出すことにしたのよ」

　その話が一段落したところでやよいが告げると、里佳も一平も目を丸くしていた。

期せずして、里佳たちも私たちも東京に出ることになった。偶然の一致と言えばそれまでだが、私には、この全員の東京行きが何かしら意味を持っている気がした。

　そして……。

　引っ越してきてすぐに小山田貴文からの手紙を見つけた。

　その手紙は、神楽坂を引き払うときにコンシェルジュの兼平さんから受け取った小箱の中にあった。意識半分、無意識半分に私は小箱の存在を失念していた。

　細々としたものと一緒に神戸に送る段ボールの中におさめ、アストラルタワーでもメープルハイツ中山手でも手を付けずに放っておいたのだ。今回、地蔵通りの店舗の二階に越してきて、荷物を整理しているときにようやく段ボール箱を開けた。小箱には会社宛てに届いていた手紙が十数通入っていたが、その一通が小山田からのものだった。

二度と手紙など寄越して来るはずのない相手だった。癖のある彼の文字を見た瞬間、私はすぐに藍子の身に何事か出来《しゅったい》したのではないかと緊張した。

差出人の名前の上に記された日付は二〇一一年の十月十六日。私が神戸に移って一カ月半ほど経ってのちに投函《とうかん》された手紙だった。

一読して、言葉を失った。

小山田と藍子は離婚していた。


「泣く男」


小山田貴文と出会ったのは、大学のテニスサークルでだった。僕は文学部哲学専攻の一年生。彼は経済学部経済学科の一年生。年齢は、一浪していた彼の方が一つ上だった。

親しくなった理由は簡単だ。僕と彼のテニスの腕前がどっこいどっこいだったこと。そして、二人とも部活に入った目的がテニスの上達にあるのではなく、手っ取り早く彼女を見つけるためだったこと。

「ねえ、菊池君。きみさあ、まだ童貞?」

初めての飲み会で隣同士になるや否や、彼は小さな声で言った。いきなりの質問に僕が面食らっていると、

「僕はさあ、まだ童貞なんだよね」

いかにも東京っ子という口ぶりで、さして恥ずかしがるでもなく彼は言った。

「予備校のときに、あと一歩ってところまでいったんだけど、最後ができなくってさ」

いかにもあけすけだが、言葉に嫌味の一つもない。初めてラリー練習をしたときからそういう率直な感じに好感を持っていた。

僕の方は、高校時代に童貞は捨てていた。といっても文字通り捨てただけで、セックスのことなんて何も知っちゃいなかった。それでも、ちらっと大人ぶって「経験済み」だと告げると、

「そうなんだ。すげえなあ」

小山田は素直に感心してくれた。

その飲み会からほどなくして、これという相手を互いに見つけてW《ダブル》デートをおこな

った。四人で映画を観に行った。

『ラストコンサート』という難病ものだったと思う。ロードショー期間は終わって二番館にかかっていた。当時の学生はいまのように裕福ではない。映画といえば値段の安い名画座に行くのが常だった。

結果は散々だった。

上映中から、小山田が号泣し、そのすすり泣く声で女の子たちはすっかり鼻白んでしまった。映画館を出たあとも赤く腫らした目に涙をにじませ、入った喫茶店でも俯《うつむ》いて洟ばかりすすっていた。

小山田は涙もろかった。

後にも先にも、あんなによく泣く男を僕は他に知らない。

これも知り合って間がない時期の出来事だ。

ある日、大学の正門から外に出て見ると、目の前の片側二車線の道路のど真ん中で猫が車に轢《ひ》かれて死んでいた。死骸は、行き交う車に踏みつけにされてまるでボロ雑巾のようだった。

小山田は「あ」と声を上げると同時に駆け出していた。トラックや乗用車がブンブン走っている道路に飛び出し、車と車とのわずかな間隙《かんげき》を縫って、分離帯も何もない車道の真ん中に立った。クラクションを鳴らして過ぎ去っていく車たちを横目に、彼はしゃがんで猫の死骸を抱き上げると、大事そうに両腕に包んで歩道に戻って来た。着ていたシャツは血だらけだった。猫は頭だけが原型をとどめていた。目玉の片方が飛び出し、口から吐き出された大量の血が首のあたりで固まっていた。

「どうするんだよ、それ」

余りのことに僕は責めるような口調になっていた。小山田は、「よしよし。痛かったなあ、たいへんだったなあ」と腕の中の猫に声をかけながらキャンパスへと引き返していく。

大学事務棟の前まで来ると、

「悪いけど、スコップか何か借りてきてくれよ」

後ろからついてきていた僕に彼は言った。

「埋めてやんなきゃいけないだろ」

僕たちは大学構内の北端にある図書館まで歩いた。前庭に大きなクスノキが何本か植わっていた。血だらけの猫を運んでいる僕らのことを擦れ違う学生たちが薄気味悪そうに見たが、小山田は気にも留めていないふうだった。

「たいへんだったなあ。よく頑張って生きたなあ。天国に行ったらもう何にも苦しくないからなあ」

と話しかけている。

二人で一番大きなクスノキの根元に深い穴を掘った。小山田は血で汚れた青いワイシャツを脱いで、それで猫をくるみ、そのまま土の中に下ろした。

スコップを使って僕が埋め戻そうとすると、

「だめだよ」

と止められた。

湿って黒々とした土を彼は両手で大事そうにすくい、少しずつ少しずつ猫の身体に振りかけていった。

「助けてあげられなくてごめんなあ……」

土を落としながら、小山田はまた鼻声になっていた。

大学を出るまでの四年間、図書館のそばを通りかかるたびに彼はクスノキに向かって会釈したり、手を振ったりしていた。

小山田は小さいときに母親に捨てられていた。

小学生になって間がない時分だったという。それからは父親の手一つで育てられたが、その父も高校二年生のときに死んでいた。兄弟もなく、僕と知り合ったときすでに天涯孤独の身だった。

大学二年の夏、彼は母親と十五年ぶりに再会した。再婚して子供も産んでいたそうだ。

「どうだった？」

訊ねると、

「会っても会わなくても同じだったと思った」

小山田は言った。

彼に恋人ができたのは三年生のときだ。相手はバイト先の飲食店で一緒に働いていた人だった。名前は安藤麻耶さん。小山田より五つ年上で、当時二十六歳だった。

麻耶さんは人妻だった。

僕の方は三年、四年と小説ばかり書いていた。あとはバイトに明け暮れ、新宿のDP屋でアキコさんと出会ったのもその時期だった。

小山田とは教養課程の頃のように頻繁に会うことはなくなっていたが、たまに飲むと麻耶さんの話を聞かされた。もちろん彼女とも何度か会った。背の高いほっそりとした美人で、寡黙な人だった。二十歳を超えたばかりの僕たちには、完璧《かんぺき》な大人のおんなに見えた。

小山田は卒業まで麻耶さんと付き合い、就職と同時に彼女と結婚した。

前夫との離婚が成立するまでにはすったもんだがあったようだが、小山田は何とか乗り切った。そのことで彼も見違えるように大人になった。

僕は文学新人賞の最終候補に残してくれた出版社に入り、彼は関西発祥の総合商社の一つに入社した。

一年も経たないうちに麻耶さんと一緒に北米に赴任していった。しばらくは日本を出て、離婚騒動のほとぼりを冷ましたかったのだろう。

以来、海外支店を渡り歩くようになった彼とは、たまに帰国した折に顔を合わせるくらいだった。

妻に初めて紹介したのは、式を挙げる直前だ。

海外勤務の小山田をわざわざ式のために呼びつけるわけにもいかず、電話で伝えるだけにしておいたのだが、彼の方が仕事の用事をうまく作って戻ってきてくれた。といってもさすがに挙式当日は日程が合わず、その一週間ほど前の帰国になった。

青山のレストランで夕方待ち合わせた。

先に席に着いていると、時間ちょうどに小山田がやって来た。髪の毛やスーツがすっかり濡れていた。どうやら僕たちが店に来た直後から降り始めたようだった。

「大丈夫か」

　僕が言うと、

「ああ。俺は雨の中を歩くのが大好きだからね」

　ハンカチで水滴を拭いながら、小山田は持ち前の笑顔で言った。

　小山田と一緒に生きていきたいと妻に告げられたとき、僕は当然の質問をした。

「いつからなんだ。いつから彼に気があったんだ」

　すると、妻はこの一日のことを持ち出したのだ。

「私もね、雨の中を歩くのがとても好きだったの。彼も同じだって知って、本当はこの人だったのかもしれないって思った」

　小山田が日本に戻って来たのは一九九九年の十一月だった。それまで十年以上、彼と麻耶さんは南米各国を回っていた。麻耶さんとのあいだに子供はいなかった。

　その年の六月、ブラジルのリオデジャネイロで麻耶さんが殺害された。

　当時、僕はのちに編集長になる総合週刊誌のデスクを務めていて、麻耶さんの死を通信社の至急報でいち早く知った。配信されてきた記事を見た瞬間は我が目を疑った。

　だが、リオ在住の商社員の妻で「小山田麻耶」という女性が二人といるはずもなかった。

麻耶さんは不倫相手のブラジル人男性に射殺された。

小山田の留守宅で彼女と相手の男性は激しい口論になり、激高した男が、持って来ていた拳銃で麻耶さんを撃った。即死だった。

このブラジル人男性は、小山田の会社の現地スタッフで、まだ二十七歳の青年だった。四十六歳の麻耶さんとは二十歳近い年齢差があった。

一流商社マンの妻が息子ほどの歳回りのブラジル人青年と不倫関係に陥り、あげく痴情のもつれで射殺されたのだから、充分に週刊誌ダネになるニュースだった。各誌がこぞって取り上げたが、僕の雑誌は何もやらなかった。

五カ月ほど経って小山田は帰国した。しばらく本社勤務を続け、事件から一年が過ぎた二〇〇〇年の六月に会社を辞めた。

その間、何度か相談には乗った。家に呼んで、妻の手料理でもてなしたこともある。

退職後は得意な語学を生かして翻訳家を目指すと言っていた。

だが、翻訳でそうやすやすと食べていけるはずもない。懇意にしている翻訳会社を紹介して幾つか仕事を回したが、所詮たかが知れたものだった。そのうち、翻訳業に見切りをつけて小山田は輸入車の販売会社に再就職した。このときも、勧められてドイツ車を一台買った。

この輸入車ディーラーを退職してからは職を転々とするようになった。

会うたびに名刺の肩書が変わり、次第に怪しげな仕事に手を出すようになっていった。古巣との縁を頼ってブローカーのようなことを始めたが、それも長続きしなかった。求められて二百万円ほど出資したがもちろん返済はなかった。

やがて小山田は金をせびりに来るようになった。

突然、会社を訪ねてきて、景気のいいことを喋りまくり、帰り際に「ところで……」と借金の話を持ち出してくる。来るたびに金額がどんどん小さくなっていった。

五度目にきっぱりと断った。

「そうか」

一言呟くと、文句も言わずに帰って行った。以来、ぱったりと連絡が途絶えた。

勤務先の病院を訪ねて、医師をしている妻に金を無心に行くようになったのはその直後からだったようだ。僕は、それにずっと気づかなかった。

小山田から二年ぶりくらいで電話が入ったのは、週刊誌の編集長から中間小説誌の編集長に異動になった頃だった。親友のノンフィクション作家を失い、藍子が家を出て行く前の年のことだ。

彼はすっかり立ち直っていた。むかし通りの優しくて気のいい男に戻っていた。

イタリア製の石窯の輸入販売会社を起ち上げ、折からのイタリアンブームに乗ってその事業が大成功していた。彼の扱うピザ用の石窯は品質の割に値段が安く、飛ぶように売れていた。

かつての出資金に法外なほどの利息を足した金額の小切手を小山田はまず最初に差し出してきた。

僕は半分戸惑いながらもその再起を喜んだ。

「いまだから言うけど、俺がこうして何とか立ち直ることができたのは、全部、奥さんのおかげなんだよ」

意外なセリフが小山田の口から飛び出し、啞然とした。

聞けば、その輸入会社を起業するときの資金の一部を提供したのは妻だったという。

妻からは何も知らされていなかった。

「あなたの気持ちもよく理解できたの。でも、たった一人の親友でしょう。こんな形であなたと小山田さんが袂《たもと》を分かつのだけは駄目だと思ってた。あんな大変なことがあったんだし、一時的にどうにかなってしまうのは仕方がないもの。でも、彼はきっと立ち直るって信じてた。何と言ってもあなたの親友なんだから」

事情を問い質すと妻は言った。

しかしそのときは、まさか彼女と小山田とがそういう関係になっているとは露ほども疑っていなかった。いまにして思えば何とも迂闊《うかつ》な話だが、僕は妻のことを心底信じ切っていた。

翌年の九月、二十回目の結婚記念日の前日、妻と食事をするために出かけた青山のレストランで別れ話を切り出された。もちろん、そのレストランは初めて小山田と妻とを引き合わせたレストランというわけではなかった。

「あの人には私が必要なの」

その「あの人」が小山田だと言われても、まるで夢の中で遠くから曖昧な話を聞かされているようで、現実感というものをまったく持てなかった。

「奥さんを失ってから一滴も涙が出なくなっていたあの人が、私の前では、やっと泣けるようになったのよ」

妻はそう言った。

〝彼〟

小山田の手紙には、藍子と別れた理由は何も書かれていなかった。

〈こういう知らせをきみに伝えるべきか、多少の逡巡《しゅんじゅん》はあったけれど、おそらく彼女の方からは何もないだろうから、僕から言うことにした。きみの判断で娘さんたちにも連絡してほしい。〉

と小山田は記していた。〈一カ月ほど前に僕たちは離婚した。〉とあったから、だとすると私が余命一年の宣告を受けたちょうどその頃に藍子と小山田は別れたことになる。

なぜ二人は別れたのだろうか？

二〇〇五年の九月、藍子が家を出て行って以降、私は彼女がどこでどうやって暮らしているのか何も知らなかった。藍子の勤務先は娘たちも教えてくれたが、母と新しい夫がどこでどんなふうに暮らしているかは決して口にしなかったし、私の方からも一度だって訊ねたことはない。

秋葉原にある総合病院で小児科の責任者をやっていると聞いていたが、彼女は現在もそこで働いているのだろうか？

離婚が二〇一一年の八月だとすれば、すでに二年近い歳月が流れている。

真尋や千晶はこの事実を知っているのだろうか？　小山田の手紙からすると、藍子が娘たちに知らせるとは思えなかったようだ。でなければ、〈きみの判断で娘さんたちにも連絡してほしい〉などと書いて寄越すはずがない。とはいえ、さらに時間は経っている。真尋も千晶も離婚の事実を藍子から告げられている可能性はある。

ただ、もしもそうならば、少なくとも真尋は私に知らせてくるような気がした。何しろ真尋も千晶も海外だ。藍子が何も言っていないとなれば、叔母の碧子《みどりこ》にでも知れない限りは彼女たちが母親の再度の離婚を知る機会は少ないだろう。現に、父親である私が死病を得て東京を離れ、最近まで神戸で暮らしていたという事実でさえ、彼女たちは何も知らないのだ。家族といっても、それぞれ自立してしまえば、所詮そういうものだ。

どちらかの裏切りなのだろうか？

夫や娘たちに背いてまで藍子は小山田のもとへ奔《はし》った。小山田の方も学生時代からの親友の妻を略奪する暴挙に出たのだ。そこまでして結びついた男女がそうやすやすと別れてしまうとは到底思えない。まして二人の人柄を加味すれば、よほどの事情が生じない限りそういう事態には至らないだろう。

一体、彼らの間に何が起きたのか？

手紙を見つけて以来、考えまいとしてもどうしても考えてしまう。

そして、それ以上に、すっかり捨ててしまったはずの藍子への怒りがふたたび胸の中で息を吹き返し始めていることに困惑している。

私の腹の中に手に負えない腫瘍を作った一番の原因は、彼女との別れだった。ドクターの本に出会う前から私にはそれがよく分かっていた。

藍子の裏切りは堪えがたいものだった。その事実に直面したとき、全身の細胞は怒りに染まり、精神はずたずたに切り裂かれておびただしい血を噴き出した。

堪えがたい怒りを抑え込み、心身の片隅に封じ込めるのに一体どれほどの月日を必要としたことか。あげく、そうやって封じ込めた小さな土蔵の中で、怒りは尚もぶすぶすと燻《くすぶ》りつづけ、やがてがん細胞と化して最も繊細な臓器を占領してしまったのだ。

この二年近く、私は私自身の怒りが産み出したもう一人の私自身と対峙《たいじ》し、〝彼〟の存在を認め、〝彼〟を憐《あわ》れみ、〝彼〟を慰め、〝彼〟を癒やし、〝彼〟に深く謝罪し、そしていま一度、私と一体のものとなってくれるよう〝彼〟を説得しつづけてきた。

〝彼〟と一体化することによって、かつての自分でも〝彼〟でもない、まったく新しい自分となって、私はいま一度生き直したいと望んだのだ。

しかし、そこまで我々を追い詰めたはずの藍子が、わずか六年足らずで共犯者の小山田と仲間割れするとは一体どういう料簡《りょうけん》なのか。

人を馬鹿にするにもほどがあるとは、このことではないか。

私は、私の怒りを一身に抱え込み、苦しみに苦しみ抜いたすえにがんに姿を変えた〝彼〟のことが不憫でならなかった。藍子や小山田の非礼と無慈悲に、忘れたはずの怒りがのっそり鎌首をもたげてくるのを感じている。

だが……。

神戸での生活を切り上げてやよいと一緒に東京に舞い戻ってきた途端に、小山田の手紙を見つけ、藍子の離婚を知らされたというのは果たして偶然なのだろうか？

その点にも大きなひっかかりを感じていた。

六年前に清算されたはずの藍子との関係は、本当はまだ終わっていないのではないか？

手紙を読んでしばらくするうちに、私はだんだんそういう気持ちになってきたのだった。

パナマハットの老人

巣鴨に居を構えて、またたく間に一カ月が過ぎた。

六月二十四日月曜日にオープンした「東京野々宮」は盛況がつづいていた。型通りに新装開店の花輪を飾り、工夫と言えば、品書きを記した大きな看板を表に立てたくらいだったが、開店初日から大入り満員になった。

店を始めるにあたって、やよいは上野時代の常連客たちには一切連絡を取らなかった。

「心機一転だもの。過去のしがらみは余計なだけよ」

実にあっさりしたものだったが、二度と関わりたくない昔のよしみもあるのだろうと私は察した。

営業は夕方五時から十一時まで。十二時にはきっちり看板にする方針だ。店休日は水曜日。東京の代表的な観光名所の一つとあって、「巣鴨地蔵通商店街」はいつも賑やかだった。ことに土日は一日中、大勢の観光客が押し寄せる。

「さすがにこの場所で日曜日に休むってわけにはいかないわよね」

やよいは最初から平日を店休日にすると決めていたようだ。

生活自体は神戸よりも幾らか余裕があった。

仕込みに手間をかけるのは同じだが、一番の違いは食材の調達方法だ。神戸では自ら市場に出かけてその日の魚や野菜を仕入れていたが、こちらでは毎朝、契約した問屋が配達してくれる。開店まで、やよいはほとんど外に出ることなく料理作りに専心した。

日中出歩かない分、早朝の散歩は、欠かさないようにしている。

私もやよいも午前二時くらいに寝床に入り、起きるのは大体六時半。身づくろいをしてすぐに家を出る。七時前だとまだ炎暑というほどではないが、それでも歩けるのはせいぜい一時間程度だ。八時前には帰宅してシャワーを浴び、パンとコーヒーで簡単な朝食をとる。

まとまった食事は野々宮時代と変わらず午後三時頃に二階の部屋で食べた。食事作りは、いままで通り私がやっている。

七月八日月曜日の昼前。

店でいつものように仕込みをしていると、引き戸が勢いよく開いた。

やよいは奥の厨房で料理の最中で、私は白木のカウンターに牛乳を振りかけて磨いていた。牛乳を使うと薄い皮膜ができて、汚れがつきにくい。

まぶしい陽光を背負って男が立っている。

十一時を回った時分で、今日の分の配達は全部受け取っていた。見知らぬ男だ。

店内を見回すようにして、黙って中に入ってくる。

暑いだろうに麻の上下をしっかりと着込み、ネクタイまで締めていた。黒い帽帯のパナマハットをかぶっていた。麻地のスーツはいかにも仕立てがよさそうだ。

布巾を手にしたまま腰をのばして私は顔を向ける。目が合うと相手が帽子を取って軽く会釈してくる。髪の毛は真っ白だった。

「失礼ですが……」

私が言うと、

「わたくし、谷口正道と申します。野仲やよいさんはいらっしゃいますか？」

男は丁寧な物言いでやよいの本名を口にした。

上背はそれほどでもなく体つきもほっそりしている。だが、どことなく風格を感じる風貌だった。白髪なのに眉毛は黒く、その濃い眉の下の眼光はなかなかに鋭い。痩せているわりに面上に皺は余り刻まれていなかった。

谷口正道という名を聞いてすぐに思い当たった。やよいの最初の夫の長兄であり、里佳の伯父《おじ》にあたる人物だ。この店を土地建物ごとやよいに譲ると申し出ている人でもあった。

「ちょっと待ってください」

私は言って、奥へと進み、カウンター越しに「やよいさん、お客さんだよ」と告げた。今日、谷口正道が訪ねてくるとは聞かされていない。

前掛け姿で出てきたやよいは、入り口の方へ目をやってちょっとびっくりした様子になった。

「やあ、お久しぶり」

谷口正道は笑みを浮かべ、よく通る声で言った。

「おにいさん……」

どうやら突然の訪問だったらしい。

「悪いね、急に訪ねて来たりして」

谷口正道はぺこりと頭を下げる。

やよいはお茶だけ出すと、厨房に一旦引っ込んだ。煮物やおでんの味付けの途中だったのだ。私と正道が奥のテーブル席に向かい合って座り、やよいの手が空くのを待つことになった。東京野々宮は神戸の野々宮とさほど変わらない坪数だった。カウンターが真っ直ぐな分、テーブル席の数が四つと多かった。

自己紹介すると、

「ああ、あなたが菊池さんですか。やよいちゃんからお名前だけは伺っております」

谷口正道は「やよいちゃん」と言った。端整な顔立ちはどことなく里佳に似ていなくもない。いままで里佳は母親似だと思い込んでいたが、そうではないのかもしれなかった。

それにしても、店の入り口に立つ正道の顔を一目見たときから、何やら懐かしさのようなものを感じていた。まるで、昔どこかですれ違ったことがあるような……。

聞いてみると、一昨日、福井から出てきたとのことだった。

「弟のキミミチの一人息子、つまりわしの甥《おい》っ子にあたるんですが、そのマコトというのが昨日、結婚式を挙げましてね。それで久々に上京してきたんです。今日これから福井に戻るんだが、だったらやよいちゃんの店をいっぺん覗いてからにしようと思い立ったものですから」

正道はそう言いながら、提げて来た大きな包みをテーブルの上に載せた。受け取るとずいぶんと重い。

「若狭《わかさ》牛の味噌漬けで、福井の名物なんです」

ということは、最初からここを訪ねて来るつもりではあったのだろう。

「谷口さんは、もとはこの辺で不動産のお仕事をされていたそうですね」

手土産の礼を述べた後、私は訊いた。

「そうそう。よくご存じですねぇ」

「やよいさんに聞きました。しばらくは彼女も働かせてもらってたとか」

「はいはい。やよいちゃんはずいぶん助けてくれました。お聞き及びの通りで、彼女の最初の夫がうちの弟でして、名前はヨシミチというんですが、これがどうにもならない男でね。やよいちゃんが里佳を身ごもった直後によそに女を作ってしまって……」

　そこから先の話はおおむねやよいの語った内容と同じだった。双子の兄のキミミチと二人で相手の女のアパートに連れ戻しに行ったりもしたらしいが、ヨシミチの気持ちは変わらず、とうとう夫婦別れになったとのことだった。

「で、そのヨシミチさんはいまどこにいるんですか」

「いやあ、それが杳《よう》として行方が知れんのです」

　正道は困ったような顔になる。

　それからしばらく、東京時代の話や福井での暮らしぶりなどについて正道の話に耳を傾けた。正道は今年で七十二歳になるという。楽隠居と本人は言うが、どうやら福井でも長男の会社を取り仕切っているのはオーナーである彼のようだった。

「ところで、菊池さんもやよいちゃんにどっか治してもらったんですか？」

　不意に正道が当たり前の顔で訊いてきた。

「というと……」

やや面食らって問い返す。

「いや、わしもやよいちゃんには一方ならぬ大恩を受けた身でしてね」

谷口正道はそう前置きしたあと、意外な打ち明け話を始めたのだった。

――あれは、やよいちゃんが里佳を連れて神戸に帰って、五、六年目だったですかね。山下さんと再婚して、たしか双子の赤ちゃんがもう生まれてました。わしもまだ五十をちょっと出たばかりで、会社が倍々ゲームで大きくなり始めている時期でね、好事魔多しの典型ですよ。ある日、昼飯の中華そばを食ってたら急に手足の力が抜けてしまって、動けなくなったんです。こういう小柄ななりですが、もとから身体だけは頑健でね、それまで病気なんてしたこともなかった。あなたは殺されても死なない人よね、って女房にしょっちゅう言われるほどでしたから。巣鴨駅のそばにうまい中華そばを食わせてくれる店があってね、子供の頃から中華そばが大好物で、普段、昼はいっつもその店だったんです。ところがこのときは、食べてるあいだに手足がしびれてきて、言葉もうまく出てこないし、そばをすするどころじゃなくなった。十五分もすると元通りになったんですが、怖かったですよ。普通じゃないと思いました。

慌てて、池袋にある総合病院に駆け込んだんです。大学進学で上京して以来、自分の身体のことで病院の門をくぐったのはそれが初めてでした。

ついいましがた我が身に起きたことを先生に話したら、すぐに脳神経外科に回されましてね、さっそく脳のMRAというのをやられて、あっという間に診断がついたんですよ。

菊池さんは聞いたことありますかね。もやもや病って。ずいぶん前、徳永英明って歌手が同じ病気になって、それで少しは知られるようになった病気なんですけどね。徳永さんの場合は、コンサートツアーの最中にも発作が起こって歌えなくなったって話でしたが……。

要するに脳の血管が細くなって血がうまく回らなくなるんですよ。ラーメンとかうどんをふーふー冷ましながら食べてると、たくさん呼吸した状態とおんなじで、体内の炭酸ガスが失われる。炭酸ガスっていうのは血管を広げる作用があるので、これが急激に減るともともと細くなっている脳の血管がさらに狭まって、それでもって手足が脱力したり、滑舌が悪くなったり、物が歪んで見えたりするらしい。一時的な虚血発作ってやつです。

MRAの画像を見たら、太い血管が詰まりそうなくらい細くなってしまっててね、何とかして血を流そうっていうんで、その周りの細い血管がものすごく集まってて、それこそもやもやと血管の束が見えるんですよ。

これまで症状が出なかったのが不思議なくらいだって医者に言われましてね。

さらに詳しい検査をしてもらったら、今後のことを考えると、手術するしかないだろうって言うわけです。

いや、これには参りました。ちょうどその頃は大きな仕事を幾つも抱えていましてね、たとえ病気でも、社長のわしが会社を留守にするなんてとてもできない。そんなことしてたらせっかく伸びている会社が途端に急降下してしまう。不動産業界というのは、とりわけ競争の厳しいところですからね。谷口が倒れたって噂が流れたら、一体何人の同業者が万歳するか分からなかった。悔しかったですよ。せっかくここまで必死になってやってきたのにとんでもない病気につかまったんだから。

手術日を決めて、京都にいる弟の幸道に電話したんです。わしに何かあったら、あとのことを頼めるのはこの弟でしたから。そしたら、弟が言うんですよ。兄ちゃん、やよいさんに一度見てもらったらどうかってね。最初は何を言ってるんだと思ったんですが、聞いてみると、やよいちゃんならそのもやもや病を治せるかもしれないと。彼女にはそういう不思議な能力があるみたいだからって……。

幸道も持病の腰痛を治してもらったらしく、幸道のかみさんも長年の偏頭痛をきれいさっぱり取ってもらったらしい。里佳なんて一度重い肺炎を患ったとき、やよいちやんが一晩ですっかり元気にしたっていうわけですよ。

もちろん半信半疑ですけどね。女房に相談したら、そういう人はたしかにいるから、騙《だま》されたと思って彼女のところへ行けと勧める。女房の実家の親戚にも、〝白蛇様〟って呼ばれてた女性がいて、この人は本家に住み着いた白蛇に守られてて、いろんな人の病気を本当に治していたとか言う。

それで、次の日、神戸に行ったんです。やよいちゃんが住んでいたマンションを昼過ぎに訪ねて、病気の説明をしてね、そしたら横になれというので床にそのまま仰向けになった。

あっという間でしたよ。三十秒くらい。頭の上で手のひらをひらひらさせて、お兄さんもういいよって言う。あとは何にもなし。拍子抜けしてしまった。

手術の前日に、先生に頼み込んでもう一度、ＭＲＡをやってもらった。

一番驚いていたのは、当の先生でしたね。だって、何にも写ってないんだから。血管は正常だし、もやもやしてた細かい血管の束なんてどこにもなかった。

ほんと、キツネにつままれたような話ですよ。

でもね、これは正真正銘、本当の話なんです。

それからは一度も脱力やしびれもないし、一年経って念のために検査をしたけれど、やっぱり何にもありませんでした。

やよいちゃんには、それ以降は何か治療を頼んだことは一切ありません。

二年もしないうちにあの大地震があって、山下さんと双子の子供たちを失って、やよいちゃんはそんなふうに誰かの病気を治すのをすっぱりやめてしまったんです。

どうしてだか、本人の口から理由を聞いたことはないけれど、でも、気持ちはよく分かる気がする。いまとなってみれば、あのときわしの病気を治してもらったのも、何だかひどく申し訳ないことをさせたようでね。

義父母を看取ってこっちに戻って来たとき、彼女のためにできることは何でもしました。もちろん弟のヨシミチの不始末の償いというのもあったけれど、そうやって大ピンチを救ってくれたやよいちゃんに対して、せめて何がしかのことをさせてもらわないと、わし自身の気持ちがどうしてもおさまりがつかなかったんです……。

二十八年前の出来事

「あのマコちゃんがお嫁さんもらったんだ……」

結婚式の話を聞いてやよいは感慨深げに呟いた。

「マコトももう三十三だよ」

谷口正道が言うと、

「早いわねえ」

やよいと正道とのやりとりは、やはり親戚同士のそれだった。

「やよいさんはマコト君のことはよく知ってるの？」

私が訊くと、

「谷口と一緒になった頃はまだちっちゃくてね。とにかく身体が弱い子だったの。キミミチさんも奥さんも子育てにすごく苦労してた。私がマコちゃんと仲良しになったのは、こっちに戻って来てから。マコちゃんも大学生になってて、中学から始めた柔道をずっとつづけてたから、もう全然別人みたいでね。上野の店にもよく顔を出してくれてたの。それがね、いまどきめずらしいような明るくて気立てのいい子なのよ」

やよいは懐かしそうな口調で言った。

「同じ双子なのに、谷口と違ってキミミチさんは本当にやさしい人でね。マコちゃんの性格はあのお父さん譲りね」

向かいに座る正道に話しかける。正道は笑みを浮かべて頷いた。

「ところでキミミチってどう書くんですか？」

私は訊ねた。

「うちはじいさまがお坊さんだったんで、孫の名前は全部そのじいさまが付けたんですよ。わしが正道で、次男が幸いの道で幸道。キミミチは公の道、ヨシミチは善人の道。いかにもってわけです」

正道が言う。

正道、幸道、公道、善道――頭の中で文字を並べてみる。たしかに僧侶が付けそうな名前だった。マコトは「誠」だろうか。確かめてみると「そうよ」とやよいが言う。

「兄弟の中で名前負けしたのは善道ひとりね」

真面目な顔で付け加えた。

「公道は子供の頃からよくできた子でね。善道はそんな兄貴といつも比べられて、ずいぶん割を食ってはいたんです。だからと言ってあいつを弁護するつもりはないんだが」

正道が言う。

「私と一緒だったときも、よくそんなこと言ってました。たしかに、あの人も根はそんなに悪人じゃなかった。ただ、気持ちが弱くてすぐに流されてしまうから、何をやっても長続きしないしうまくいかないんです」

「まったくねえ。それにしても善道のやつ、今頃、どこで何をしてるのやら」

正道がため息をついた。

「公道さんはいまお幾つですか？」

私が訊いた。

「私より五つ上だから、今年で六十五歳かな」

やよいが答える。

「仕事は何を？」

「大学を出て鉄鋼メーカーに入ったんだが、誠の小児喘息がひどくて、そのうち奥さんまで体調を崩してね。それで公道は勤めを辞めて、タクシーの運転手になったんですよ。二人の面倒を見るためにはタクシーの方が時間が自由になるんでね。いまは個人タクシーをやってて、まだまだ現役ですよ」

今度は正道が答えた。

「そうだったんですか……」

谷口公道がタクシーの運転手だと聞いて、私は何となくもやもやした心地になった。

息子が喘息で、仕事がタクシーの運転手で、苗字が谷口。

そういう人物をもう一人、私は知っていた。

「コメはどうしてるの？」

　正道がやよいに話しかける。

「この商店街にあるお米屋さんに頼んでます」

「じゃあ、今後はコシヒカリを定期便で送るよ。ついでに、帰ったらすいかも送っとく。福井のコメもすいかも味は日本一だからね。お客さんに振る舞ってやってよ」

「いいんですか？」

　やよいが言う。

「当たり前だよ。それから、ここの土地と建物もどうか遠慮せんで受け取ってちょうだいよ」

「お兄さん、それは勘弁してください。店が軌道に乗ったら月々の家賃もちゃんと払わせていただこうと思ってるんですから」

「そんな他人行儀なこと言いなさんなよ。それくらいさせてもらわないとこっちの気が済まないんだから」

　そんな二人の会話を耳に入れながら、私は別のことを考えていた。

　私が突然の過呼吸発作に陥って新田内科医院に駆け込んだのは一九八五年、昭和六十年の四月十三日土曜日の深夜だった。新田内科医院に連れて行ってくれたのは、あの晩、渋谷駅前から乗ったタクシーの運転手さんだ。名前は谷口さん。谷口というのは乗務員証で確認したもので、そのとき下の名前も見たはずだが、さすがに記憶にない。発作がひどくてそれどころではなかったのだ。

タクシーが当時住んでいたマンションの前に着いて、ぜえぜえ言いながら支払いをしようとしていると、

「お客さん、大丈夫ですか？　家の中には誰か家族がいますか？」

谷口運転手が心配そうに声を掛けてきた。

「これって、ちょっとヤバイですよね」

と言うと、

「私、このすぐ近所にいいお医者さんを知ってるんで、そこに行っていいですか」

彼が言ってくれたのだ。

思えば、あのときの親切ぶりは並外れていた気がする。新田内科医院に着くと、谷口さんは車を降り、すでに明かりの消えていた医院の玄関に立って何度も呼び鈴を押した。それでやっと玄関灯が点《っ》いて、白衣姿の藍子が姿を現したのだ。

谷口さんは小柄ながら柔道かラグビーでもやっていそうな偉丈夫だった。私を抱きかかえるようにして藍子のところまで連れて行ってくれた。

年の頃は四十前くらいだったのではないか。黒く焼けた顔に大きな目がおさまり、いかにも人のよさそうな雰囲気だった。

「うちのちびが喘息持ちで、しょっちゅう先生やお嬢さんに診て貰ってるんですよ」

と言っていた。

私の診察が終わるまで待合室で待ってもらった。そのまま点滴をすることになったので、支払いは藍子が代わりにしてくれたような気がする。

谷口さんとはあれきりだったが、私にとっては、まさしく恩人だった。

彼があの夜、新田内科医院に連れて行ってくれなければ、私と藍子は決して出会うことはなかっただろう。

だが、仮にあの谷口さんが、やよいの最初の夫の兄であり、里佳の伯父でもある谷口公道だったとしたら？

私は全身にかすかな戦慄《せんりつ》を覚えていた。

公道は今年六十五歳だという。だとすると二十八年前は三十七歳。ひどい喘息持ちだったという公道の一人息子の誠は当時五歳。年齢的にはぴったり符合する。

子供の頃からよくできた、本当にやさしい人柄の谷口公道。

息子の誠は中学から柔道を始めて屈強になったという。

長兄の正道の体軀からして、公道も決して大柄な人ではないだろう。

「公道さんも柔道をやってたんですか？」

喋っているやよいと正道のあいだに割って入るようにして訊いた。やぶから棒な問いかけにやよいも正道も一瞬戸惑ったような表情を作ったが、

「そうなんですよ。公道も中学からずっと柔道をやっていて、たしか三段くらいは持っていたはずです」

正道が律儀に答える。

私は戦慄と共に身の内から湧き起こってくる興奮を抑え、小さく一つ深呼吸をした。

さきほど戸口に立った谷口正道を一目見た瞬間、何となく懐かしさのようなものを感じたのは、あの谷口運転手を思い出したからではなかったのか？

「谷口さん」

居住まいを正して、正道に向かって言う。

「公道さんの写真か何か持っておられませんか？」

改まった口調に、正道は怪訝な顔つきになった。

「いや、もしかしたら、公道さんが私のよく知っている人じゃないかと思いまして。お話を聞いていて何となくそういう気がするんです」

「ほう」

正道が感心したような声を出した。隣のやよいもこちらに視線を向ける。

「昨日の結婚式の写真が、携帯にあるはずなんだが」

持ってきたクラッチバッグを開けて、正道は中をまさぐった。じきにスマートフォンを取り出し、器用にディスプレイをタッチし始める。フォトアルバムを呼び出しているのだろう。

「ああ、写っとる、写っとる」

「この男です」とスマートフォンの画面を差し向けてきた。私もやよいもそれを覗き込む。

大きなテーブルの前に座る正装の男女が写っていた。着物姿の髪の短い女性が公道の妻なのだろう。隣の彼は大きな瞳に人のよさそうな笑みを湛《たた》え、嬉しそうにカメラの方を見つめている。

髪が白くなり、顔も少しほっそりしていたが、その人こそは、あの谷口運転手に間違いなかった。

タイガースポーツ

里佳は東北楽天ゴールデンイーグルスの担当になったという。

スポーツ紙の記者とはいえ親会社からの出向とあって、まさか球団担当にさせられるとは夢にも思っていなかったらしい。当然、社会面や芸能面をやるつもりで、本社の上司も異動が決まったときはそう言い渡していたようだ。

「それが蓋を開けたら楽天担当なんだもん。びっくり仰天」

久し振りに会った里佳はのっけからぼやき気味だった。

彼女が移った「タイガースポーツ」は、関西で最も古いスポーツ紙で、その名の通り阪神タイガースの機関紙のようなものだった。

「何があってもタイガースが絶対一面って新聞なんだから、正直、パ・リーグの取材は甘かったようなの。それがしばらく前に交流戦が始まって、パ・リーグ担当を増やしたんだけど、万年Bクラスの東北楽天はほとんどノーマークだったみたい。そしたら今年はマー君の大活躍で首位を突っ走ってて、この分だと初優勝もあり得るんじゃないかってことで、急遽《きゅうきょ》、私が補強要員として回されることになっちゃったのよ」

そうは言っても、ずぶの素人に球団の取材を任せられるはずはなく、当分は、楽天を担当する先輩記者にくっついてプロ野球取材のイロハから教えてもらうことになったのだそうだ。

「彼女、Ｋスタ宮城球場のＫが何の頭文字かも知らなかったんですよ。俺、ホント大丈夫かなって思いますよ」

隣に座った阿形一平が里佳を見ながら笑う。

「そんなの誰だって知らないですよね」

彼女が振ってきたので、

「ＫスタのＫはクリネックスのＫでしょう。フルキャストの不祥事の後、あそこの命名権を買ったのは日本製紙だったからね」

私が答えると、

「えーっ、菊池さん、どうしてそんなこと知ってるんですか」

里佳は呆れたような声を出し、

「おかあさんは？」

今度は私の隣のやよいに訊いてきた。

「知らないわよ、そんなこと」

やよいはあっさりと言った。

東京で里佳たちと顔を合わせるのは今夜が初めてだった。六月末に二人一緒に引っ越してきて、今日は七月十七日だからすでに二十日近く過ぎている。その間に里佳くらいは巣鴨に顔を出すのかと思っていたが、着任と同時に楽天の取材で出張の連続だったようだ。サブとはいえ、Kスタ宮城で行われるホームゲームは全試合、球場取材をしなくてはならず、もちろん対戦チームのホームゲームに足を運ぶこともあるという。

「今日の京セラドームは行かなくてよかったの？」

昨日のオリックス戦で楽天のエース田中将大《まさひろ》は開幕十三連勝を飾った。田中の驚異的な連勝が楽天の現在の快進撃を支えている。楽天の勝率は五割五分を超えて貯金は十三。二位の千葉ロッテと三ゲーム差で首位を走っていた。各球団とも今日の試合で前期日程を終え、明後日十九日金曜日からはオールスターゲームが始まる。むろん田中投手はパ・リーグファン投票第一位で第一戦に先発予定だ。

「大阪のゲームは大阪本社がカバーしてくれるから、私は行かなくてもいいんです」

里佳はそう言って、穴子のにこごりを箸で器用につまんで口に入れる。

「タイガースポーツ」の東京支社は築地本願寺の裏手にあった。一平の会社の東京支店は八重洲《やえす》にあるらしく、二人は築地七丁目のマンションを借りていた。午後にやよいと共にその新居を訪ね、こうして四丁目の料理屋に腰を落ち着けたのだが、彼らの新居は斜向かいが小さなスーパーで両隣は中華屋とうなぎ屋、その先がクリーニング屋で、スーパーの隣が弁当屋といったふうに至極暮らしやすそうな環境だった。マンション自体は古いが、建物は頑丈にできている印象がある。

「これなら大地震が来ても何とかなるわね」

やよいが2LDKの室内を見回しながら言うと、

「地震なんて平気、平気。一平ちゃんと一緒だもん」

里佳は軽口をたたいた。

一平は八重洲まで自転車通勤をしているらしい。

「せっかく痩せられたんで、もう二度と太りたくないんです。太ったら速攻別れるって宣言されてるし」

こちらも冗談交じりに言っていた。

山芋と枝豆の冷や汁のあと、お造りが出てきた。仲居さんが、「手前から中トロ、鯛、剣先いか、ひらまさ、すずきでございます」と説明してくれる。

やよいは真っ先に鯛に手をつける。神戸では昼網の明石《あかし》鯛を切らしたことがなかっ

た。鯛の刺し身と昆布〆は野々宮の名物の一つだった。東京に来てからは、マグロのぶつや漬けを代わりにしているのだが、

「どうして関東の人たちってこんなにマグロ好きなんだろう」

いつもやよいは首を傾げている。

私も鯛を一切れつまむ。そのまま食べるとねっとりとした甘さが口の中に広がる。

「この鯛はうまいね」

やよいも深く頷いた。

築地場外市場のすぐそばにあるこの料理屋は里佳たちが予約してくれたものだった。さほど大きな店舗ではないが、それぞれがゆったりとした個室になっていて雰囲気もいい。

築地界隈は私にとっても馴染みだったが、ここは初めてだった。

「おかあさん、築地のお魚はどう？」

里佳は、この一年で、すっかりやよいに打ち解けていた。

「おいしいわね」

やよいの方がむしろ一線を引いているように感じるときもある。

それからしばらくは、東京野々宮の話や里佳たちの仕事の話などしながら、食事を

進めていった。焼き物は時鮭で揚げ物は鱧《はも》の天ぷらだった。どれもなかなかおいしい。

従兄弟の誠が結婚したとやよいが言うと、里佳は「へぇー」と感心したような声を上げた。伯父の公道からは連絡がなかったようだった。

「そうなんだ。誠さん、結婚したんだ」

里佳はずっと関西なので、公道一家とはそれほど頻繁な交流はなかったというが、

「それでも子供の頃は、毎年、夏休みにうちに遊びに来てたんだよ。私も誠さんも肺とか気管支が弱くって、だからお互い親近感があって、結構仲良しだったの。初めて会ったときはすごい痩せっぽちで身体も弱そうだったけど、中学に入って柔道をやりだしてからみるみる元気になったんだよね。何年か経って、大学生のときに会ったら、すごいがたいになってて驚いちゃったよ」

と里佳は言っていた。

私が、前妻と引き合わせてくれたのが実は谷口公道なのだと告げると、これには里佳も一平もいささか唖然とした面持ちになった。

「世間は狭いって言うけど、それにしても信じられないような話ですね。里佳ちゃんと一緒に初めて野々宮に行ったとき、菊池さんがカウンターの中に立っていたのにも心底仰天しましたけど」

一平がしみじみと言う。

里佳と一平に対しては、当然ながら私とやよいとの関係についても包み隠さず打ち明けている。二十二年前の電話の件も、私が一昨年の八月に膵臓がんで余命一年の宣告を受けたことも彼らは知っていた。

里佳は、母親の持っている特殊な能力については余り触れたがらなかった。一度二人きりのときに少し突っ込んで訊いてみたところ、

「京都の父が、だいぶ経ってから話してくれたんですけど、最初は山下さんも山下さんちのおじいちゃんたちも私を引き取るつもりだったらしいんです。でも、結婚する直前に私がひどい肺炎にかかって、そのときのことで山下さんの気持ちがぐらついてしまったらしくって……」

と里佳は言った。

「ぐらついた？」

私が聞き返すと、

「病院で、私、一度呼吸が止まったんです。それをおかあさんが蘇生《そせい》させて、その光景を目の当たりにした山下さんが怖がりだしちゃったみたいで……」

里佳を養子に出した理由について、やよいは「ある日、そういう気になった」とし

か私に言わなかったが、現実にはそんな出来事が背景にあったのだ。それにしても、一度呼吸停止した我が子を蘇《よみがえ》らせるなど、にわかには信じがたい話だった。

「それって本当の話なの？」

疑問を呈すると、

「私は全然憶えていないんですけど、きっとそれに近いようなことはあったんだろうと思います。京都の父は完全な理系人間なんで、もともとその手の話を簡単に真に受けるような人じゃないんです」

案外当たり前の口調で里佳は言ったのだった。

「だけど、菊池さんがキミ伯父ちゃんのタクシーに乗っていなかったら、一体どうなっていたんでしょうね」

最後に出て来た桜えびの雑炊をすすりながら、里佳がややぼんやりとした声で言った。

「そしたら、こうやってやよいさんや里佳ちゃん、一平君と一緒にご飯を食べることもなかっただろうな」

私は言う。

谷口正道から公道の写真を見せられて以来、この十日ばかりのあいだ、私はずっといま里佳が口にしたことを考えつづけていた。

二十八年前のあの晩、もし渋谷駅前で乗ったのが別のタクシーだったら、私は過呼吸状態のまま何とか我慢して支払いを済ませ、部屋に上がっていただろう。いまとなっては鮮明な記憶はないが、かなり激しい発作だったので、明け方まで自室でじっとしているうちに正常な呼吸に復したかどうかは分からない。ただ、病院に駆け込んだとしても、藍子のいる新田内科医院に行くことは絶対になかったはずだ。

もとより、どうしてあの晩に限って過呼吸発作が起きたのかも不思議だった。それまでそんな症状に陥った経験はなかったし、あれ以来、ふたたび過呼吸に見舞われることもなかった。

そうやって考えていくと、なぜ谷口公道のタクシーに乗ったのかも不思議だし、あの日、藍子がたまたま実家に戻っていたのも不思議だ。私のいきなりの誘いにすんなり彼女が乗って来たことも、私が一目見た途端に彼女と結婚しようと思ったことも、いまにしてみれば不思議だった。

もしも藍子と出会っていなければ、双子の娘が生まれることもなかったし、真尋を今野真尋の生まれ変わりだなどと藍子が信じ込むこともなかった。

私は、藍子と小山田に裏切られることもなく、この若さで末期がんの宣告を受けることもなかった。

二十年も前にかかってきた奇妙な電話にこだわってわざわざ神戸まで出向くはずもないし、やよいと会うこともなかったろう。里佳や一平とこうして同じ食卓を囲むなど想像するのも不可能だ。

何もかもが偶然の産物だ、と結論づけてしまえば簡単だろうとは思う。

しかし、過去を遡って、すべての発端が、二十八年前の四月十三日の深夜、渋谷駅前で谷口公道の車に乗ったことにあると仮定するならば、さまざまな出来事がまったく異なった様相を見せ始めるのも事実だ。

私にとって、藍子との関係が人生のメインテーマであったのは恐らく間違いない。彼女と結婚し、二人の娘を生《な》し、彼女の背信によっていまや死の淵に立たされているのだから。

だとすれば、人生で最も重要な出会いへと導いてくれた谷口公道が、こうして再び接近してきているのは一体どういうことなのか?

そんな偶然が果たしてあり得るのだろうか?

谷口公道と私が、出会うべくして出会い、再会するべくして再会するのだとしたら、私と藍子もまた出会うべくして出会い、別れるべくして別れ、そしてもう一度、谷口公道に導かれて巡り合うことになるのかもしれない。

ネイプルズ

二〇一三年七月二十二日月曜日。

JR恵比寿《えびす》駅の西口広場は通勤、通学の人々でごった返していた。時刻は午前八時になろうとしているところだ。

昨夜、プリントアウトしてきた地図を頼りに私は恵比寿駅前の交差点を渡り、駒沢通りを中目黒方面へと歩く。百メートルほどで目印のケンタッキーフライドチキンがあった。手前の路地を右折する。そのまま進めばほどなく「ネイプルズ株式会社」が入った恵比寿セントラルビルが建っているはずだった。

セントラルビルは想像していたよりもずっと大きかった。

このビルの八階にネイプルズが本社を構えている。

エントランスを抜けて、ビルの中に入る。エレベーターホールのそばにガードマンが一人立っていたが誰何《すいか》されることもない。三基あるうちの真ん中のエレベーターがいましも閉まりそうだったので、早足で昇降かごに乗り込んだ。乗客は数人。八階のボタンを押す。

長年、取材をこなしてきたので見知らぬ街、見知らぬ建物、見知らぬ人を訪ねることにまったくと言っていいほど不安や気後れはない。まして、今朝はよく知っている人物に会いに来たのだ。多少問題があるとすれば、約束がないのと始業時間よりも一時間近く早いといった点だろうか。

事前に連絡すれば、逃げられるか、あらかじめ準備をされる可能性のある相手には意外な時間帯にいきなり訪ねて行く。取材ならばよく使う手である。

八階で降りたのは私一人だった。エレベーターホールの正面に曇りガラスのドアがある。

ＮＡＰＬＥＳという銀鼠の文字が左右それぞれの扉の中央に記されている。

ちなみにネイプルズというのは英語でナポリのことだ。

扉の前に近づくと、両開きの自動ドアが静かに開いた。

受付などはなく、そのまま見晴らしのいいオフィスフロアが広がっていた。机の前にはちらほら人が座っている。始業は九時とホームページにあったが、早出組なのか徹夜組なのか。勝手知ったるふうを装い、私はデスクやキャビネットの並んだオフィスに入っていく。

社長室があるのかどうか分からないが、あるとすれば左側に幾つか並んでいるドアのどれかだろう。一番奥のドアを目指した。誰にも呼び止められない。スーツにネクタイなので仕事関係だと思っているのだろう。

ホームページの会社概要によればネイプルズ株式会社の従業員数は四十八名。大阪に支社が一つ。現在では業務用だけでなく個人用のピザ窯の販売にも力を入れており、加えて直営のピッツァレストラン「コルレオーネナプレ」を都内に十店舗近く展開しているようだった。

ナプレはナポリ語でナポリを意味し、頭につけたコルレオーネは『ゴッドファーザー』から拝借したのに違いない。

若い頃の小山田は『ゴッドファーザー』の大ファンだった。

案の定、最奥の扉には「ｐｒｅｓｉｄｅｎｔ」のプレートが貼ってある。腕時計で時刻を確かめる。午前八時十分。小山田は在室だろう。中小企業の社長が八時過ぎてのんびり出社していたら会社はあっという間に傾いてしまう。

私は軽く呼吸を整えて、目の前のドアをノックした。

「どうぞ」

十年ぶりくらいに聞く小山田貴文の声だ。最後に会ったのは、借金を返しに彼が小切手を持って来たときだった。それ以降は会っていないし、電話で話したこともない。藍子が彼のもとへ奔ったあと、私は一度も二人に接触しようと思わなかった。離婚の手続きや資産の分配を取り仕切ってくれたのは義妹の碧子と碧子の知人の弁護士だった。

私はひんやりとするドアノブを握り、ゆっくりと回す。

窓を背負ったデスクでパソコンの画面を覗いていた小山田が顔を上げた。

私を見て、表情が固まる。

久々の再会だが、印象はさほど変わっていない。髪に幾分白いものが増えたくらいか。それは私も同様だ。

小山田は椅子の肘掛を握って静かに立ち上がる。

「久しぶりだな」

私が言った。

「ああ」

そう答えて、彼は脱力したようにふたたび座り直す。

「ちょっと待っててくれ、いま書き終わったメールを送信してしまうから」

その声がわずかだが震えている。

私はデスクの前方にあるソファセットに歩み寄り、ドアに向き合う側のソファに腰を下ろした。

小山田の背後の大きな窓からはふんだんに陽光が射しこんでいる。今日も朝から東京の気温は三十度を超えていた。久々にスーツを着て街を歩いた。汗はかいたが気分は思いのほかしゃきっとしている。

「よし」

小さな声を出して小山田が立ち上がる。私の方へ顔を向けて、

「何か飲むか？」

と訊いてきた。一分足らずの間に多少気持ちを立て直すことができたようだった。

私は首を振り、正面に座るように目で促す。

彼が着座するのを見届け、真っ直ぐにかつての親友の顔を見据える。

「十年ぶりくらいだな」

「そうだな」

小山田が頷く。

「事情があって、ずっと東京を離れていた。お前がくれた手紙を読んだのはついこのあいだのことだ」

私は言い、

「なぜ藍子と別れたんだ?」

さっそく用件を切り出した。二人が別れた理由をどうしても知りたかった。

小山田は眉間に皺を寄せ、不思議なものでも見るような瞳で私を見返してくる。

「お前たち、元に戻ったんじゃないのか?」

意外なセリフが彼の口からこぼれた。

三十分ほどやりとりをして私は小山田の部屋を出た。別れて以来、藍子とは一切連絡を取っていないし、連絡先も知らないと小山田は言っていた。

二年前、二〇一一年の八月十五日。私のときと同じように、藍子は突然、別れを切り出してきたのだという。

「それまでも決してうまくいっていたわけじゃなかったが、かといって別れるほどの理由なんてこれっぽっちもなかったよ。どうして急にそんなことを言い出したんだって何度も訊ねたが、はかばかしい答えは最後まで聞けなかった」

小山田は淡々とした口調で語った。

「納得もしてないのに、お前は、なぜ離婚に応じたんだ?」

私が訊くと、

「とにかく彼女が別れたいと言うんだから仕方がないだろう。一緒になったときから、これからは彼女の思うままに生きればいいと考えていたからね」

　小山田の説明ならぬ説明に釈然としなかったのは事実だが、嘘をついたり何かを隠しているようにはおよそ見えなかった。

「なぜ、俺にあんな手紙を寄越した？」

　私は質問の方向を変えてみた。

「俺が麻耶をどうしても忘れられなかったように、彼女もお前のことを忘れられないでいる気がずっとしてたからだよ。特に、震災が起きてから彼女の態度や様子が変わったんだ。何かにじっと耐えているようなそんな感じだった。きっと、お前のことが心配になったんだろうと思ったよ」

「まさか」

　私は一笑に付した。

「そうじゃなかったとしても、彼女は地震と原発事故が起きてしばらくしてから明らかに変わった。大きな心境の変化があったのは間違いない」

　小山田は確信を持った口調で言った。むかしから直感の鋭い男だった。こういう物言いをするときの彼の判断はおおむね正しい。

「俺たちが別れたことを真尋ちゃんや千晶ちゃんには絶対に知らせないでくれって言ったんだ。ただ、お前に知らせるなとは言わなかった。だから迷った末に手紙を書いた」

最後に小山田はそう付け加えた。

荒川線の町

「巣鴨地蔵通商店街」を真っ直ぐ下っていくと都電荒川《あらかわ》線の「庚申塚《こうしんづか》」の停留所にぶつかる。

——都電荒川線　庚申塚　電停　３５０m直進

という看板が商店街のゲートの一つに掲示され、かつては都内を縦横に走っていた都電の停留所が「電停」と呼ばれていたことを思い出す。といっても、私が大学進学のために上京したのは一九七七年だが、その頃にはもう荒川線を除く都電はすべて廃線になっていた。

東京野々宮はその看板のかかったゲートのすぐ先なので、「庚申塚」の電停までそれこそちょうど三百メートルくらいということになる。

庚申塚の電停には「いっぷく亭」という甘味屋が店を構えている。しかもこの店は三《み》ノ輪橋《わばし》方面行きの電車ホーム上にあるのだ。都電は都バス同様、乗り込んでからの運賃先払いなので券売機も改札もない。誰でもホームに上がることができる。

「庚申塚の電停においしいおはぎの店があるから……」

と言われて、やよいに初めて案内されたときはびっくり仰天だった。ＪＲや私鉄のホームにある売店や立ち食いソバとは訳が違う。長さ五十メートルにも満たないような小さな都電のホームの中ほどで結構な広さの甘味屋が暖簾をかかげて営業しているのだ。

以来、私はときどきいっぷく亭に通うようになった。名物のおはぎに緑茶と塩昆布がついた「おはぎセット」はたった三百円だが、大ぶりのおはぎはあっさりした甘さで実にうまい。ついでに、やって来た電車に乗って町屋《まちや》や終点の三ノ輪橋あたりまで遠出することもある。日中は五分おきくらいに電車が停まるので、往復三百二十円の運賃でぶらぶら散歩するにはうってつけだった。

小山田貴文と会った翌々日、七月二十四日の水曜日、私は谷口公道に会いに行った。

店休日なのでやよいも同伴するつもりだったが、彼女の方から、

「あなた一人で行ってきなさいよ」

と固辞された。公道が私と藍子とを結びつけた人物だと知り、二人きりの方が話しやすかろうと気を回してくれたのかもしれないが、私としては、やよいに隠し事をする気は端《はな》からないので、できれば同行してほしかった。

ただ、無理強いするほどのことはない。公道とのやりとりをちゃんと伝えればそれで済む。

公道の連絡先は、八日に正道が訪ねてきたときに携帯の番号を聞いていた。小山田と会った日の夕方に電話した。二十八年前、新田内科医院に連れて行ってもらった者だと告げると、すぐに思い出してくれた。

「ああ、あのあと藍子先生と一緒になられた菊池さんですね」

私の名前も憶えてくれていたのだった。現在、野仲やよいと一緒に暮らしていると話すと、

「ありゃー」

公道は素《す》っ頓狂《とんきょう》な声を上げたが、その口調といい声つきといい今年六十五歳になるとはとても思えない若々しさだった。長兄の正道も髪は真っ白ながら精気に満ちていたし、里佳の養父である次兄の幸道も六十五歳の定年を迎えてから夫婦でオーストラリアのゴールドコーストに移住したという。谷口兄弟というのは、四男の善道を除

けば揃いも揃って壮健で意気盛んな者たちのようだ。

明後日の水曜日に会えないか、と打診すると公道は二つ返事で承知してくれた。

そして、待ち合わせのために彼の自宅の住所を訊ねたところ、荒川区の南千住《みなみせんじゅ》一丁目で最寄駅は三ノ輪橋だったのだ。

「三ノ輪橋は何度か出かけているんで、僕がそっちに出向きますよ」

私が持ちかけると、

「そうだねえ。巣鴨だったら都電で一本だし、悪いけどそうしてもらおうかな。だったら、ジョイフル三の輪にある蕎麦屋にしませんか」

と公道は言った。

仕事はもっぱら夜間で、昼間は車を洗うくらいしか用事がないと言うので、午後二時に「ジョイフル三の輪商店街」のなかほどにある老舗の蕎麦屋で私たちは待ち合わせることにしたのだった。

公道と約束を交わしたあと、私は藍子が勤務しているはずの秋葉原の総合病院のホームページを調べた。トップページに「医師を探す」という項目があり、そこから登録医検索が可能だった。小山田藍子でも新田藍子でもヒットしなかった。ためしに菊池藍子でも引いてみたが当然ながら名前は出ない。各診療科の案内ページに飛んで、小児科の医師一覧を見つけたが、そこにも藍子の名前はなかった。

真尋や千晶からは小児科部長だと聞いていたが、現在の部長は別の男性医師になっている。

翌火曜日、直接病院に問い合わせてみた。「小山田先生に長年お世話になっている者です」と告げると医局から総務課に電話が回り、藍子の現在の勤務先を調べてくれたが、

「申し訳ありません。小山田先生の連絡先はこちらにも残っていないみたいで……」

との返事だった。

「先生はいつ頃、そちらをお辞めになったのでしょうか？」

と訊ねると、

「二〇一一年の八月末付で退職なさっています」

総務課の女性が教えてくれた。それが唯一の収穫だった。

小山田と別れた直後に藍子は勤務先も辞めていたのだ。小山田の話を聞いて、何となくそんな気がしていたのでさしたる驚きはなかった。

だが、離婚と同時に職場からも離れるというのはよほどのこととしか思えなかった。

私と別れたときでさえ、しばらくは府中の小児総合医療センターで働き続けていた。

藍子はいま、どこで何をしているのだろうか?

仕事を捨てることはあり得ないだろう。彼女は医師という職業を深く愛していた。幼い頃から、父の貞行《さだゆき》の薫陶を受け、医師になるべく育てられ、そんな父親の期待を決して裏切ることなく成長した。

七十七歳で亡くなる直前まで診療を行い、生涯を地域医療の発展に捧げた父親のことを心から尊敬し、愛していた。彼女の医療へのひとかたならぬ献身は、父親への愛情と重なる部分が非常に大きかったような気がする。

私の目から見ても義父の貞行は非の打ちどころのない人格者だった。娘の藍子がそんな父を慕うのは当然ではあったろう。貞行がまっとうした医師としての道を彼女が中途で放棄するとはおよそ考えられない。

藍子は現在もどこかの病院で働いているに違いない。

庚申塚から三ノ輪橋までは四十分ほどかかる。荒川線は利用客が多く、いまでも立派な生活路線の役割を果たしている。どの時間帯に乗っても車内はいつも混み合っていた。お年寄りが多いので座ることは滅多にない。私は運転席の後ろに立って、左右に流れていく家並をずっと見ているのが好きだった。電車は建物と建物とのあいだの細い路面をそれこそ壁に車体をこすりつけるようにして走り抜けていく。

終点手前の「荒川一中前」で降りた。この中学の正門が「ジョイフル三の輪商店街」の終点だった。

時刻は二時四十分。商店街をゆっくり遡り、目当ての蕎麦屋へと向かう。昼餉《ひるげ》時を過ぎて人通りはまばらだった。

三の輪商店街は「荒川一中前」—「三ノ輪橋」間の線路に並行して約百四十軒の店舗がひしめくアーケード商店街だが、地蔵通商店街と比べてもさらに昭和レトロの色合いが濃く、最初に来たときは神戸の大安亭市場を髣髴《ほうふつ》させたものだった。両脇の店々をひやかして回るだけでも風情がある。

谷口公道が指定した蕎麦屋はちょうど中ほどまで歩いた場所にあった。「向かいが銭湯だからすぐ分かりますよ」と言っていたがその通りだ。

煮しめたような暖簾をくぐって古めかしい引き戸を引く。約束より十分くらい早いが中で待てばいい。

店は空いていた。四人掛けと六人掛けのテーブルが並び、小あがりの座敷には小卓が三つ。間口の狭さとは裏腹に店内は案外に広い。壁のいたるところに手書きの品書きが貼りつけてあり、色紙や有名人の写真、昔の雑誌やカメラ、さまざまな置物類などが雑然と隅々に配置されている。

真ん中のテーブルに男性が一人座って、入ってきた私に視線を向けていた。目が合うとその顔に大きな笑みが浮かぶ。

二十八年前のたった一夜、それもほんの束の間擦れ違っただけの人だが、笑顔を見てすぐに遠い記憶と目の前の姿が重なり合うのを感じた。

ひょいと谷口公道が手を上げる。

私は軽く会釈をして向かいの縄椅子に座った。

しばらくじっと互いの顔を見ていた。こんなふうにあの谷口運転手と再会するなど思いもよらなかった。じわじわと胸にこみ上げてくる感情こそは「感慨無量」と表現すべきものなのだろうか。

「お久しぶりです」

私が口にすると、まるで教え子との再会を喜ぶ教師のような雰囲気で谷口公道はうんうんと頷く。

「それにしても奇遇ですねえ」

彼は呟くように言い、

「まさか、菊池さんとこんなふうに再会するなんて、ちょっと信じられないような気分ですわ」

私が思っていることをそのまま言葉にしてくれた。

「やよいちゃんと菊池さんが今度は一緒になってると聞いて、正直、よほど私と菊池さんとは深い縁で繫がってるんじゃないかと思いましたよ」

「僕もまったく同じ気持ちです」

そう返しながら、「今度は」という一句に耳を留める。むろん一昨日の電話で藍子と離婚したことは伝えてあった。

手を打って店員を呼ぶと、彼はいかにも勝手知ったる様子で矢継ぎ早に注文を口にした。ビール一本、そば味噌、さばの燻製《くんせい》、ぬか漬け、だし巻き、板わさ。

届いたビールをまず私のコップに注ぎ、丁寧な手つきで自分の分を満たす。

「ご心配なく。今日は仕事は休みます」

嬉しそうに言ってコップを持ち上げる。

「三十年振りくらいですか。菊池さん、本当にお久しぶりです」

乾杯の仕草のあと、谷口公道はうまそうに最初の一杯を飲み干してみせた。

ゆかり

谷口公道は、二十年ほどむかし、個人タクシー開業を機に夫人の実家がある南千住に移ってきたという。その前は世田谷区下馬《しもうま》のマンション住まいで、一人息子の誠は、中学に上がるくらいまでずっと新田貞行に世話になっていたようだ。

「菊池さんと結婚してからは藍子先生に診てもらうことはなくなりましたが、新田先生はたまに藍子先生の話をしていました。

双子のお孫さんが生まれて、どちらも女の子だったとか。お孫さんの話をされるときはそれは嬉しそうにされていましたね。いつでしたか、一度、新田内科医院の近所でお嬢さんたちと一緒の藍子先生とばったり会ったこともあります。懐かしくってね。『誠君、だいぶよくなってるみたいですね』って先生の方から声をかけてくださって。新田先生も藍子先生も本当に素晴らしい方でした。誠の喘息が治ったのも全部お二人のおかげだと私と家内はいまでも感謝しているんです」

公道は懐かしそうに語り、

「新田先生は、大げさでなく神様みたいな方でした」

と言った。

「それにしても、あの藍子先生とどうして離婚なんてしたんですか？」

普通だったらなかなかできない質問を公道はあっさりと口にする。だが、人の好《よ》さそうなその面相を見ていると不思議と嫌な気はしない。

「彼女に好きな人ができたんです。相手は僕の大学時代からの親友でした」

私も率直に答える。

「そうだったんですか……」

さすがに公道も返事に詰まるような表情になった。

どんなに立派に見える人間にも生々しくてただならない感情はある。いかなる聖人君子の身のうちにも生臭い血が流れている。

それは藍子にしてもそうだし、「神様みたいな」新田貞行にしてもきっとそうだったに違いない。その生臭い血を娘の藍子は人前でさらけ出し、父の貞行は決してさらけ出さなかった。二人を分けたのはそういう〝事実〟の有無でしかあるまい。

二十八年前に私と藍子とを引き合わせた谷口公道を目の前にして、私はもう一度、私の周囲で展開してきた人間模様を整理したいと考えていた。

先だって小山田の会社を訪ねたのも、彼が藍子と別れた理由を探り、藍子の消息を知るのが目的ではあったが、背景には同じような思いがあった。

いまから二十八年前、一九八五年四月十三日深夜、私は公道に連れられて新田内科医院を訪ね、藍子と出会った。九月に結婚し、翌八六年十一月十八日に真尋と千晶が生まれた。

　やよいが谷口善道と最初の結婚をしたのはその二年前の八三年。娘の里佳が生まれたのは真尋たちと同じ八六年の十二月十八日だった。

　その頃には夫の善道は愛人のもとへと逃げ出し、やよいは翌八七年の四月に、大森のアパートを引き払い、赤ん坊だった里佳とともに神戸に帰っている。神戸は、彼女が鳥取の高校を中退して家を飛び出し、初めて働いた町だった。やよいが山下実雄と挙式したのは四年後の九一年の四月六日。その十二日前の三月二十五日に彼女は私の会社に電話してきた。

　年表風にまとめてみると、

一九八三年（昭和五十八年）　野仲やよいと谷口善道が結婚
一九八五年（昭和六十年）　私と藍子が結婚↑谷口公道
一九八六年（昭和六十一年）　真尋、千晶、里佳が誕生。やよいは善道と離婚。
一九九一年（平成三年）　やよいは山下実雄と再婚。

ということになる。

この中に出てくる名前で私が直接知らないのは、谷口善道と山下実雄の二人だった。実雄はすでに鬼籍に入っている。私と藍子とのつながりを真ん中に据えて俯瞰するならば、私たちを結びつけた公道がやよいと関わりを持ち、そのやよいと私が関わり、そしていま再び私は公道とつながった。

なぜ藍子と私は別れたのか？

なぜ藍子は小山田と別れたのか？

なぜ公道は私と藍子を引き合わせたのか？

なぜ私はやよいを見つけ出したのか？

なぜ私と公道は再会したのか？

これらの「なぜ」にもしも一つの答えがあるのだとすれば、亡くなった実雄はともかくも、いまだ出会っていないやよいの元夫・谷口善道がその鍵を握っているのではないか——私にはどことなくそういう気がするのだった。

だからこそ、公道と会って双子の弟・善道の話を詳しく聞きたかった。やよいの知らない善道の素顔を実兄なら知っているかもしれない。

「せっかく娘が生まれたのに、どうして善道さんはやよいさんのもとへ戻らなかったんですか？」

ひとしきり藍子ややよいの思い出を聞いたあと、私は訊ねた。

公道は熱燗に切りかえ、うまそうに酒をすすりながら喋っていた。そば味噌を舐めるくらいでつまみにはほとんど手をつけないので、私がせっせと箸を動かしていた。

「それがねえ……」

公道は、めずらしく言い淀《よど》んで、

「いまからする話はやよいちゃんには内緒にしといて下さい」

と前置きした。

「はい」

私は頷く。

「身重のやよいちゃんを捨てた善道が一緒に暮らしていたのはゆかりという名前の女性でね、歳はやよいちゃんよりちょい上だったかな。三十半ばくらいの人でした。仕事は看護婦で、当時は練馬の大きな病院勤めだったから、石神井《しゃくじい》あたりにアパートがあって、善道はそこに転がり込んでいたんです。ゆかりさんとは私も二、三度顔を合わせたくらいですが、真面目そうな人で、明るくはないけど暗いというわけでもない印象でした。やよいちゃんほどではなかったけど、きれいな人でしたね。

善道はああいう男だけに鼻はよく利いたんです。自分は働きたくないもんだから誰か食わせてくれる女を見つけなきゃいけない。その辺の勘は鋭かったですね。あいつの女性関係は半分以上知ってるつもりですが、生活力があって、だけど心の内に何か重いものを抱えている女をいつも上手に見つけてひっかける。それはもう、ある種生きていくための才能と呼んでもいいような腕前でした。

やよいちゃんも、善道と知り合ったときはボロボロだったみたいです。付き合っていた男がゲーム機賭博《とばく》で逮捕され、彼女も取り調べを受けて、どうにか不起訴になったものの、そもそも男のことを通報したのが彼女だったようで、仲間に追われて町を飛び出し、縁もゆかりもない土地で再びホステス稼業を始めたばかりだった。

こういう話はね、やよいちゃん本人に聞いたんです。善道が家を出て、別れる別れないの話になっている頃に彼女が問わず語りで喋ってくれた。

初夏のある晩、勤めを終えてアパートに帰ろうとしていると雨が降り出した。最初は濡れながら酔った足取りで歩いていたんですが、次第に雨脚が強くなってきた。それでも傘もささずに雨に打たれているうちにふと足が止まった。暗い空に顔を向けたら、なんにも見えなかったんだそうです。ほんとになんにも見えなかった。自分が何か巨大な世界の底にいるような気がして、その瞬間、しゃがみ込んでしまった。するとね、身動きがまったく取れなくなった。どうにも身体が一ミリだって動かなくなったらしい。

やよいちゃんは、仕方がないから道に座って、じっとしてた。夜が明ける間際までそうやってうずくまっていたそうなんです。

そんなところへ、たまたま通りかかったのが善道でした。

『どうしたんですか？』

っていう心配そうな声が、まるで天から降ってきた声みたいに聞こえたって、やよいちゃんは言ってました」

私はとりとめなく語る公道の話を耳にしつつ、

〈大人になってからはグレて、犯罪まがいのことに手を染めた経験もあるという。〉

というやよいの電話の一節を反芻していた。〈犯罪まがいのこと〉というのが、その「付き合っていた男がゲーム機賭博で逮捕され、彼女も取り調べを受け」という部分なのだろうか。

そして、それよりも気になったのは、善道とやよいが出会った場面だった。雨に濡れたやよいに善道が声をかけたというのは、藍子と小山田の最初の出会いを想起させ、さらには、私がやよいを見つけた晩の激しい雨を思い出させた。

公道はちびりちびりと熱燗をすすりながら、たまに半眼の態になってゆっくりと話す。

「谷口の家というのは大した家じゃなかったですが、息子たちが揃ってできがよかったんです。正道兄さんもよくできた人でしたが、次男の幸道兄さんは近在に聞こえた秀才だった。そういう上二人を見て、私も兄貴たちに追いつこうと一生懸命に努力したものです。

善道も小さい頃はそうでした。頭も良くてね、私なんかよりずっと勉強もできました。

でもあいつは中学くらいからすっかり変わった。

別にとりたてて大きな理由があったわけじゃないと思います。『僕は兄ちゃんたちや公道みたいに誰かと競争したり、他人を押しのけたりする生き方はイヤだ』って言い始めて……。まあそれも自らの努力嫌いを誤魔化《ごまか》す言い訳でしかなかったんでしょうが、とにかく彼は兄たちや私とは違う人間になった。

根はやさしい男でした。そのせいか、よく女の人にモテた。一卵性だから私と顔はそっくりなんですが、あいつの方は中学時代から彼女が途切れたことがありませんでした。どうしてこんなにしっかりした可愛い子が善道なんかに惚れ込んでしまうんだって、いつも疑問でしたよ。

『公道、女っていうのはどんなに強く見えたって、強い男とは全然違うんだよ』

彼はよく言ってましたね。じゃあ、お前みたいな男に強い男のことが分かるのかって、内心思ってましたけど。善道自身もどこか深い影を宿している女性が好きなようでした。やよいちゃんもそうでしたけど、そのゆかりという人も、何か重い秘密のようなものを胸に抱いている感じでしたね。決して暗い人ではなかったんですが。

正道兄と二人で、とにかくやよいちゃんのもとへ戻るように説得したんです。初めての子供も生まれるし、別に善道がやよいちゃんを見限ったふうでもありませんでしたから。

『ゆかりを捨てるわけにはいかない』

善道はその一点張りで、

『あれは、俺がいなくなったらすぐに死んでしまう』

と言う。

『だったら乳飲み子を抱えたやよいちゃんはどうするんだよ』

兄と私で詰め寄ると、

『やよいは母親になれたから、もう死のうなんて絶対にしない。彼女のことはお兄ちゃんたちで面倒を見てやってくれ』

と目の前で土下座までするわけです。

自分がいなくなったら死んでしまうなんて、いかにもな話ですからね、兄も私も額面通りに受け取ったわけじゃありません。ただ、そのゆかりという人がよほどの事情を抱えていることだけは確かだと思いましたね」

「よほどの事情って？」

思わず私が口を挟むと、公道は首を傾げて、

「詳しくは善道も言わなかった。ただ、おそらくゆかりさんは子供を失くしているんだろうとは思いましたね」

「子供を失くした？」

「ええ。里佳が生まれたことだけは絶対に話さないでくれって、善道がしきりに言ってましたからね。子供を失くした、それもとんでもない形で亡くしてしまったんじゃないかって兄とは話してたんです」

「とんでもない形っていうのは？」

「たとえば事故で亡くなるとか、あとは、誰かに殺されるとか……」

谷口公道は大きく頷くようにしてそう言ったのだった。

最も小さい者のひとり

谷口善道の所在も藍子の行方も杳として知れなかった。

公道ならば密かに弟と連絡を取り合っているのではないかと期待していたのだが、やよいが里佳を連れて神戸に戻った頃からすでに音信不通だったようだ。

「この二十数年、電話一本、手紙一本ありません。生きているんだか死んでしまったんだか……。まだゆかりさんと二人でいるのか、それとも別れてしまったのか。私たち兄弟には何も分からないんです」

公道は途方に暮れた様子で言い、隠し立てをしているようにはとても思えなかった。

藍子の消息も知れない。かつての同僚や大学時代の恩師、医師会や小児科学会などをしらみつぶしに当たっていけば、どこかで医療活動に従事している限りは、勤務先なり現住所なりを突き止められる可能性もゼロではない。

だが、私はそういう調べ方はしたくなかった。

もしも、いま一度巡り合う運命にあるのであれば、やよいとがそうであったように、きっと自然な成り行きで私と藍子は再会を果たすことができるだろう。

七月二十四日に谷口公道と会ってからは淡々とした日々が続いていた。とりたてて変わったこともないが、築地での会食以降、里佳や一平がしばしば東京野々宮に顔を出すようになった。一緒に来ることもあれば、片方だけで訪ねてくることもある。

里佳は月の三分の一は仙台に出張しているので、来る回数は一平の方が多い。里佳が留守のとき、一平は二日に一度くらいの割合で野々宮にやって来た。一人のときもあるが、会社の同僚や大学時代の友人を連れて来ることもある。

私の体調にさしたる変化はなかった。

同衾《どうきん》するたびにやよいから必ず精を抜かれるが、やよいが私にすることといえばそれだけだった。あの雨の晩、「おとなしくしてくれてるみたいね、その子」と言ったきりで、彼女は私のがんがどうなっているのか匂わせることも一切ない。

とはいえ、痛みもなければ違和感もなく、痩せても太ってもいなかった。八月に入ってからは少々夏バテ気味で食欲が落ちているが、それとて人並みに過ぎないだろう。

今月で余命一年の宣告を受けて丸二年になる。

いまとなってみれば、あの宣告は一体何だったのか、と思わずにはいられない。

誤診だったのだろうか？

誤診だったとして、それはいつの時点から「誤診」だったのか？　最初からそうだったのか、それとも現在時点で「誤診となった」のか？

私は医学的な治療がすでに困難な末期膵臓がんの患者である——そう信じてきたし、二年前に私自身がそうと決めた。

細胞診は断ったものの医師たちも診断に確信を持っていた。私も彼らの判断を尊重した。私は末期がんの患者であることを受け入れ、あくまでもその前提で、もしかしたらそうではないかもしれないという余地を自分の心にわずかに許した。

そして、さらに一つの決断をした。

この致命的な病気を治してくれる人物をすでに知っていて、もしも、その人物を見つけ出すことができれば、きっと自分の病気は治ると信じようと決めたのだ。私は、かけがえのない自分のいのちを、一面識もなく、たった一度電話で話しただけの相手にまるごと委《ゆだ》ねることにした。

自力でがんを治そうとはまったく思わなかったのだ。

いまになって振り返れば、肝腎なポイントはそこにあった気がする。

がん患者が自らの意志の力でがんを治癒させるというのは、相当に困難であろうと私は思う。

体内のがん細胞が致命的なまでに大きくなるためにはよほどの時間と莫大《ばくだい》なストレスが必要だ。がんは究極のストレスによって一週間でできる場合もあるのだろうが、おおかたは二年なり三年なりの恒常的な免疫系の衰退を経て、もう自己免疫力では撃退できない段階にまで達し、初めてその強大な姿を私たちの前に現す。

そのがんを、生活態度の急激な変更や生き方そのものの大幅な変更によって一気に退縮、治癒させるのは不可能ではないが、かなりむずかしいことだろう。なぜなら、がんになるというのは、ただ私たちの肉体ががん細胞に冒されるだけでなく、精神もまたがんになって当然なほどに疲弊しきっているからだ。

そうした段階で希望や闘う意志をあらためて強く持てというのは、「お前は意気地なしだ、もっともっと戦えるはずだ！」と敗色濃厚な戦場で上官に叱咤《しった》される下級兵士のような立場に我が身を置くに等しい。

「いまさらそんなことを言われても、もうどうにもならないんじゃないですか？」

と喉元まで出かかった言葉を引っ込め、私たちは、とりあえずはみせかけの闘志を家族や医者に見せる。だがそれも一過性に過ぎず、やがてはすっかりあきらめて、死を受け入れる準備を始めるのだ。

がんを本当に癒やすには何かもっと別の方法が必要なのだろうと私は思う。

がんは、がんだと診断を受けて初めてがんになる。

いまこの世界で元気に生活している無数の人たちの中に、実はたくさんのがん患者が潜んでいる。あるとき、彼らはちょっとした不調や定期健診のために病院に行き、いきなり「あなたはがんです」と宣告される。

そこで、彼らは初めてがんになるのだ。

がんと宣告された瞬間から私たちの人生は決定的に変わってしまう。

「大丈夫ですよ。あなたのがんはまだまだ初期です。切除してしまえば問題はありません。多少取り残しがあったとしても抗がん剤や放射線で叩けばがん細胞はひとたまりもないはずです」

そんなふうにいくら医師たちに励まされても、私たちが宣告前の安心や平安を取り戻すことは二度とない。手術が成功し、念のための過酷な抗がん剤治療を乗り切ったとしても、はたまた五年生存を果たして、それまでの半年なり一年ごとなりの恐怖の検診から無事解放されることができたとしても、もう私たちは「がん」という病気を意識から完全に除去することはできないのだ。

私たちはごく普通の生活を続けている限りがんにはならない。

何かささいな、あるいは顕著な身体症状が出て病院に行ったり、ないしはまったく別の病気で検査を受けたり、がん検診に出向いたりすることによって「がん」になる。だとすれば、とりあえずがんになりたくない者は、決して病院に近づかないようにすればいい――というのはある意味で実践的な考え方だろう。

がんを見つけないというのは、有効ながん克服法だと私は思う。

がんかもしれない、と感じた時点で、診断は仰がずにがんを治すための自主的努力を開始する。それまでの生活習慣や生き方を見直し、粗略に扱ってきた肉体や精神を癒やすことに重きを置く。実はそうやって、知らぬ間にがん細胞を身体から退けている人は大勢いるのではないだろうか？

だが、私のようにいささか気になる自覚症状に見舞われ、てっきり腎臓結石が再発したのだろうと軽い気持ちで受診し、余命一年の末期がんと突然宣告されたような場合はどうすればいいのか……。

宣告から二年の月日が流れ、何一つ医学的な治療を行っていない自分がこうしていまだに元気でいることを考えると、あらためて私は、ドクターが著書で紹介していた末期の膵臓がん患者フィリスの言葉を想起しないわけにはいかない。

死を待つばかりだったはずのフィリスの膵臓がんは数カ月後、すっかり消えていた。ドクターがどうしてそんなことが起きたのかと問うと、彼女はこう言ったのだ。

「私は百歳まで生きることに決めて、何もかも神さまにお委せしたんです」

私もまた知らず知らずのうちにこのフィリスと同じ方法をとっていたのではなかったか？

私は神様ではなく、山下やよいに「何もかもお委せ」した。神様であろうが、やよいであろうが、はたまたそれが担当の医師であったとしても、もし仮に、患者がその相手のことを完璧に信頼し、「この存在にすべてを委ねれば自分のがんは絶対確実に治る」と信じて疑わなかったならば、がんという病気は案外容易に克服できるのかもしれない。

神戸でやよいと一緒に暮らしているとき、私はときどき聖書を読んでいた。やよいの部屋には本らしい本はほとんどなく、読めるものと言えば聖書くらいしかなかったのだ。

私がとりわけ何度も読み返したのは、マタイによる福音書第二十五章に記された次の有名なイエスの言葉だった。

〈イエスは、わたしが右手にいる者にこう言うはずだと語った。

祝福された子供たちよ、こちらへ来なさい。あなたがたのために用意しておいた王国を受け継ぐがいい。

あなたがたは、わたしが空腹のときに食べさせてくれた。渇いているときに飲ませてくれた。宿無しだったときに、住まいを与えてくれた。

わたしが裸だったときに、着せてくれた。わたしが病気のときに、見舞ってくれた。わたしが牢獄にあるときに慰めてくれた。

すると、彼らはわたしにたずねるだろう。主よ、いつ、あなたが空腹であるのを見て、食べさせてさしあげましたか？　いつ、あなたが渇いているのを見て、飲ませてさしあげたのでしょうか？　いつ、あなたが宿無しであるのを見て、住まいを与えたでしょう？　いつ、裸であるのを見て、衣服をお着せしましたか？　いつ、あなたが病気であるのを見て、あるいは牢獄にあるのを見て、お慰めしたでしょうか——？

そうしたら、わたしは答える。

まことに、まことに、わたしはあなたがたに言う——わたしのきょうだいのなかの、最も小さい者のひとりにあなたがしたことは、わたしにしたことなのである。

これが、わたしの真実であり、それは永遠に変わらない。〉

私はこの福音書の文言を何度も何度も読んで、フィリスが言うところの「私は百歳まで生きることに決めて、何もかも神さまにお委せした」というのは、まさにこの文言と同じ謂《い》いなのだろうと得心する気がしたのだった。

まだ病気ではなかった頃、私はいつもこの部分を読むと、自分を「あなたがた」や「彼ら」のひとりだと考えていた。「最も小さい者」のために衣食住を与えることなしに、私は「神が用意しておいた王国を受け継ぐ」ことはできず、「祝福された子供たち」と呼ばれることもないのだと、自分自身の来し方を顧みて、深く恥じ、自己嫌悪の念にとらわれていた。

だが、やよいの部屋で久々にここの部分を拾い読みしたとき、いままでとはまったく異なる感慨に浸された。

私はもう「あなたがた」や「彼ら」のひとりではなく、「最も小さい者のひとり」だったのだ。

イエスは、「わたしのきょうだいのなかの、最も小さい者のひとり」こそが「わたし」なのだと説いている。そして「これが、わたしの真実であり、それは永遠に変わらない」と断言している。

フィリスの言う「何もかも神さまにお委せした」というのは、自分自身を「最も小さい者のひとり」と見做し、空腹のときに食べさせるのではなく、渇いているときに飲ませるのではなく、宿無しだったときに住まいを与えるのではなく、病気のときに見舞うのではなく、牢獄にいるときに慰めるのではなく、その反対に、食べさせてもらい、飲ませてもらい、住まいを与えられ、見舞いを受け、慰めを得るに徹するという意味ではないのか、と私は思った。

よくよく考えてみれば、私たちの人生はいつもいつも、誰かに食べさせ、誰かに飲ませ、誰かを住まわせ、誰かを見舞い、誰かを慰めることばかりで費やされていく。むろん赤の他人や見知らぬ人々に施すような余裕はほとんどなく、その「誰か」は配偶者や子供、孫、老親、親戚、友人といった身近な人々に限定される。しかしそうは言っても、私たちの人生はいつだってその狭い範囲内の人々のためにあり、彼らの喜びを自身の喜びとし、我が身のことは我が身で処することが一番まっとうな生き方ということになっている。

私にしても、赤ん坊の頃はいざ知らず、長じてからは誰かに「何もかもお委せ」したことなどただの一度もなかった。人間たるもの、そんな無責任は許されず、そもそもそうやってすべてを委ねることのできる相手などこの世界に存在するはずもないと私たちは幼少期から教え込まれていく。

唯一例外があるとすれば神という存在だろうが、その神に対しても、私たちは決して全幅の信頼など置かない。心底信ずることのできない対象が「神」のはずもないので、要するに私たちは神などはなから信じてはいないのだ。

自己存在以外のありとあらゆるものを信じられない——というのは、ある種非常に偏った生命観ではあるのだろう。

施す者と施される者とを分け隔てるのはそうした生命観にほかなるまい。

だが、聖書の中でイエスははっきりと、「最も小さい者のひとり」にすることは「わたし」にすることだと語っている。だとすれば、施す者だけが祝福されるといった考え方は間違っている。むしろ施される者こそが祝福されるとイエスは言っているのだ。

ある存在に自らのすべてを委ね、明け渡すとき、私たちは「私」ではなくなる。自分自身を何かに完璧に預けたとき、「私」はもはや存在し得ない。それは自他の区別をなくし、施す者と施される者との境界線を消去する。

マタイの福音書でイエスが本当に語りたかったのはそういうことではないのか？であるならば、二年前のあのとき、山下やよいに我がいのちをまるごと託す気持ちになったのは、「私」をなくし、したがって「もう一人の私」であるがん細胞をなくすという点で、かなりの効果を発揮したのではないかと私は思い至ったのだった。

東京に戻って来て一月ほど経った頃から、やよいの身体にうっすらと体毛が生えてきた。毎晩、互いの身体を愛撫し合いながら休んでいるので、私は、その変化にすぐに気づいた。指摘すると、「そうなのよ」とやよいも気づいていた。

八月に入ると、まつ毛や眉毛もはっきりと分かるようになった。頭部にも産毛のようなものが見え始めている。

「どうして急に生えてきたのかな？」

私が言うと、

「さあ、どうしてだろう」

やよいは首を傾げるばかりだった。

私たちの中の私

八月の旧盆も東京野々宮は平常通りに営業した。

お盆のあいだの地蔵通商店街は、行楽や買い物の客たちでたいそうな賑わいようだった。とげぬき地蔵で有名な高岩寺では参拝の人々が長蛇の列を作っていた。

お盆も明けた八月二十一日水曜日は店休日だった。

週に一度の休みは、二人ともだらだらと過ごす。昼近くまで眠り、この日ばかりはめったに台所に立たない。昼食は昨夜の店の残り物ですませ、夜は近所の店に食べに行く。たまに銀座や麻布《あざぶ》、神田あたりに足をのばすこともある。そんなときは、私のかつての行きつけにやよいを案内した。

名店で手の込んだ料理を一緒に食べるのはたのしかった。

やよいも、各品を吟味するように味わいながら、上質のもてなしを満喫している様子だった。だが、帰りのタクシーで、

「やっぱり野々宮が一番おいしいね」

決まって私はそう言った。

本心からそう思うので、つい毎回同じことを口にしてしまう。

やよいはいつも黙って笑っていた。

二十一日は、午後から激しい雷雨となったためずっと家に籠もっていた。

夜はやよいのお祝いをした。昨夜こっそり仕込んでおいた鯛の昆布〆を出し、これも内緒で肉屋から仕入れておいたセセリを使ってとりのすき焼きを作った。

ビールで乾杯し、

「おめでとう」

と言うと、やよいがきょとんとした顔をする。

「髪の毛が生えてきたお祝いだよ」

やよいは何だそんなことかという表情になったが、

「ありがとう」

とまんざらでもなさそうだった。

髪の毛はまだ五分刈り程度だったが、眉毛やまつ毛は完全に生えそろっている。

鯛の昆布〆を一切れつまんでやよいは口に入れる。

「おいしい」

と言った。

「神戸に帰って野々宮を開くまで、ずっと味がしなかったの」

呟くように付け加える。

「味がしなかったって？」

私はその何気ない一言に耳を留めざるを得ない。

「私、十年以上、味覚を失くしてたのよ」

事もなげにやよいは言った。

彼女が野々宮を神戸に開いたのは二〇〇六年だと聞いている。ということは九五年の大地震で夫や子供たちを失ったあと、やよいは、全身の体毛が抜け落ちただけでなく、味覚まで失くしていたということか。

しかし、と私は疑問を感じた。

「でも、上野で料理屋をやってたんだろう？」

やよいは義母の正子を見送ったあと、一九九七年の四月に東京に出てきた。二年ほど谷口正道の会社で働き、九九年には正道の紹介で上野の小料理屋の雇われ女将になったはずだ。

「そうよ」

「じゃあ、料理はどうしてたの？　板前さんを雇ってたの？」

「まさか。野々宮より小さなお店だったのよ」

「じゃあ、自分で？」

「甘味も辛さもすっぱさも苦味もまるきり感じられなかったんだもの。たいへんだったわよ。だけど、そのおかげで料理の腕を上げることができたの」

やよいはちょっと得意そうな顔になる。

「味付けはどうしてたの？」

「レシピを徹底的に調べて、その通りに作ってたわ。味見はできないから、あとはお客さんの反応だけが頼りだった。お客さんが食べている様子をじっと観察していると、自分の出した鉢や皿がおいしいのかおいしくないのか、びっくりするほどよく分かるの。だからね、私の味は正真正銘、お客さんたちが作ってくれた味なの」

私にもやよいの言っていることは分かりすぎるほど分かる。

「雑誌も同じだよ。雑誌の一つ一つの目次は全部読者が作ってくれるものなんだ。読者の顔が見えなくなった雑誌は絶対に長続きしない」

やよいが昔語りをすることは滅多にない。その機を捉えて私はいろいろな疑問をやよいにぶつけることにしていた。

「いつから、さつきという名前に変えたの？」

これもかねてから訊いてみたかったことだ。いまも彼女は「野仲さつき」を名乗っていた。

「地震の後、東京に出てから。別人になるしかなかったの。そうしないと生きていられなかったわ」

さらりと言う。

「髪の毛が全部なくなって、味も分からなくなって、最初はお酒ばかり飲んでたの。酔うと旦那のことも子供たちのことも忘れられる気がしたから。でも、そのうちだんだん怖くなってきたのよ。こうやって飲み続けていたら、本当に忘れてしまうんじゃないかって。私が忘れてしまったら、もうあの人たちはどこにもいなくなってしまうんじゃないかって。そしたら今度は一滴も飲めなくなってしまった。野々宮を始めて、味も分かるようになって、それでお酒も少しは飲めるようになったのよ」

　やよいは空いたグラスにビールを注いでいる。彼女はビールと日本酒が好物で、焼酎もよく飲む。私はビールよりはワインだが、日本酒と焼酎は大好きだった。ただ、がんを宣告されてからの深酒は一度もない。

「あなたはどうして私を探そうと思ったの？」

　今夜のやよいはめずらしく饒舌《じょうぜつ》だった。

「以前話した通りだよ。やよいさんだったら僕の病気を治してくれると思ったんだ」

「ということはもっと長生きしたかったってこと？」

　皮肉っぽい口調でもなく訊いてくる。

「そうだね。やっぱりこの歳で死にたくはないよ」

「どうして？　何かやり残したことでもあったの？」

　やよいはいかにも不思議そうな様子で言う。

「別にやり残したことがあったわけじゃない。それより悔しかったんだよ。こんなことで死ぬのがすごく悔しかった」

　私はいままで数えきれぬくらい考えてきたことを口にする。それでも誰かに面と向かって言うのは初めてだった。やよいには嘘も隠し事もしないと決めている。

「こんなことって？」

「離婚して数年が経って、自分では完全にふっきれてるつもりでいたんだ。仕事も順調だったしね。ところが膵臓がんで余命一年だといきなり宣告されて、それがそうじゃなかったたって気づいた。たかが一度離婚したくらいで致命的ながんになるなんて情けなかったし、そんな僕を尻目に僕の親友と再婚して幸せに暮らしているだろう彼女のことが許せなかった。悔しくて死ぬに死ねない気分だったんだ」

「ふーん」

　やよいは分かったような分からないような顔つきになった。

　末期がんの宣告を受けたとき、私は死を受け入れた。こうなった以上は無駄な治療は一切せずに黙って病気の進行を見守るしかないと腹を固めた。だが、最後の苦しみに喘ぐとき、藍子の顔を思い出すたびに言い知れぬ悔しさと屈辱を感じるだろうと想像したのも事実だった。

「いまはどうなの？　まだ悔しい？」

やよいはずばり訊いてくる。

それはひどく意外な質問だった。自分がいまだに悔しい思いを抱いているのかどうか、そう言えば、吟味したことがない。

「どうだろう。やよいさんとも会えたし、考え方も変わったからね。もともと僕は五十半ばで死ぬ運命で、それを何とか回避するようにまずは彼女と離婚し、そしてやよいさんを見つけ出すために神戸に行くことにした。そうすることで運命の軌道修正を図った。そんなふうに考え直せば、彼女と別れたことも間違いじゃなかったかもしれない」

その言葉に今度はやよいが思案気な表情を作る。

「そろそろ火を入れようか」

私は手をのばしてポケットコンロに火をつけた。鉄鍋の中にはすで出来あがったとりすきがある。

「菊池さん」

生真面目な声でやよいが口を開く。

「病気も寿命も天が決めることで、私はその代行をしてるようなものなの。治るかどうかは天の意志次第で、治らない方がいいときは、私が何をしたって治らないのよ」

鍋の中はまだ煮立ってはいなかったが、私はコンロの火を消した。黙ってやよいを見返す。

「私みたいな人間の力で病気が治るには、患者と治療者とが関わりを持つしかるべき理由が必要だし、そういう縁のようなものがなくちゃいけないの。地震で夫や子供たちを亡くすまで、私もいろんな人たちを治療してきたけど、治る人と治らない人がいて、誰でも良くなってたわけじゃない。

どうしてだろうっていつも不思議だった。すごく重い病気の人が良くなることもあれば、それよりは軽いのに治らない人もいる。わけが分からなかったわ。でもね、たくさんの人たちを治療してるあいだに、何となくこういうことなんじゃないかなっていうものが見えてきたの。

たとえばイエスさまはどんな病人でも癒やすことができたけど、それはイエスさまと患者とのあいだに特別な関わりがあったからだと思うの。イエスさまはその患者の病を癒やしたのではなくて、癒やしを通じて、彼らが自分の持っている霊性に目覚めるように仕向けられたんだと思う。それがイエスさまの本当の目的だったのね。

イエスさまが病人を癒やしたのは、癒やすことによって患者本人や周囲の人たちと特別な関係を作りたかったからじゃないかと思うの。逆に言うとね、私みたいな能力を持った者が、いつの間にか新興宗教の教祖みたいになっていくのは、大勢の見ず知らずの人たちの病気を癒やすには、そうやって教祖と弟子のような関係性を作った方が治療成績が格段に向上するからなのよ。できるだけ多くの人たちの病気を治そうと思ったら、教団をこしらえて、その人たちを信者にしてしまった方がやりやすいんだと思う。

そういうことをしないんだったら、治せる人と治せない人を決めるのは私じゃなくて、全部天が決めるのよ。たまに奇跡的な治療ができるときもあるけど、それは私と患者が出会ったことに何か特別な意味とか天の計画のようなものがあるからなんだと思う。

世の中には無理して治さない方がいい病気だっていっぱいあるし、本当は治りたくない患者だっていっぱいいる。寿命が来れば、よほどの理由がない限り、人は死んでしまうし、それでいいのよ。

結局、どうしても治りたいんだったら、どんな形にしろ生まれ変わらないといけないの。すべてを捨てるか、すべてを改めないといけない。それも誰かに言われてやるんじゃなくて、自分自身が気づかないとだめ。自分で気づかない限りはすべてを捨てることはできないし、何もかも全部改めることもできやしないから。

だからね、もしも、あなたのそのお腹の中のがんが癒えるとしたら、あなたはあなたでなくなるか、それとも本当のあなたをもう一度取り戻すしかないのよ」

やよいは訥々《とつとつ》とした口ぶりで話した。

私は何も言わずに聞いていた。

どんな宗教でも布教の便法として〝病気治し〟を行う。だが、病気を治す便法として教団を作るのが有効だ——というやよいの考え方には不思議な説得力があった。

不治の病が癒えるとき、そこには何か特別な理由がある——というのは私にも分かるような気がする。イエスが病者を癒やしたとき、病者の側に治るべき理由があったのではなく、イエスの側に彼らを治すべき理由があったのではないか？

私もまた、いまだにこうして生きているのは、私自身に生き長らえるべき理由があるのではなく、私を取り囲むさまざまな関係性の中に何らかのそうすべき理由があるような気がしていた。

よく考えてみれば、それはちっとも特殊な見方ではなく、そもそも人間が生きるというのはそういうことなのかもしれない。

私たちが〝単独の私〟として生きている瞬間などどこにもなく、どんなときでも私たちは、ただひたすら〝私たちの中の私〟として生きているだけなのだ。

最近、私は無性にそんな気がするのだった。

「善道さんに会ってくれればいいよ」

不意にやよいが呟く。

「あなたがどうして奥さんと別れたかも、どうしていま再び公道さんと出会ったのかも、もしかしたら彼がその理由を教えてくれるのかもしれない。だったら、ちゃんと会って確かめてくればいい。私のことは気にしなくていいから……」

そう言うと、今度はやよいが手をのばしてポケットコンロの火を点けた。

石巻の人

八月二十四日土曜日。

九時三十六分発のはやぶさ9号に乗った。

仙台までの所要時間は九十一分。東京から新幹線で三時間近くかかる神戸と比べると仙台はずいぶんと近い。はやぶさは途中、大宮にしか停車しないから、ほとんど直通運転と言ってもいい。仙台以降も終点の新青森までに停まる駅は盛岡一駅のみ。

土曜日ということもあるのか、車内は空いていた。大宮を過ぎても隣の席に座る客はいない。後部座席も無人なので私はシートを思い切り倒して車窓の景色をぼんやりと眺めた。

二年前のまさに今日この日、余命一年の宣告を受けたのだった。

一年が過ぎ、さらにもう一年が過ぎた。私の体調に何の変化もない。むしろこの二年で健康になった気がする。規則正しい生活を取り戻し、一日一日を大切に生きる習慣を身につけることができた。

谷口善道を発見したのは里佳だった。

十日前の八月十四日の夕方、里佳と一平が巣鴨を訪ねてきた。店休日だったので、四人で近所のレストランに食事に行った。そのあと、最近見つけた駅前のワインバーに里佳たちを案内した。簡単なつまみを頼み、シャブリを一本開けた。全員で乾杯して、谷口公道と会ったときの話を詳しく里佳たちに語った。

「いまからする話はやよいちゃんには内緒にしといて下さい」

公道には念をおされたが、私は自分の判断で、ゆかりのことや彼女が我が子を失ったと公道や正道が当時推測していたことなどをやよいに伝えていた。同じように、里佳たちにも洗いざらい話した。

すると、里佳が表情をあらためて、

「実は……」

と言い出したのだ。

七月一日に着任した里佳は、楽天ゴールデンイーグルス担当を命じられ、翌日からさっそくKスタ宮城での対ロッテ三連戦の取材に赴くよう指示されたのだという。

「そしたら七月三日の二戦目が雨天中止に決まって丸一日時間ができたんです。だったらまず被災地を見ておこうと思って、さっそく石巻に出かけてみたの」

そしてその石巻の町で彼女は偶然、善道を見つけたのだった。

「高速バスを使って昼頃に石巻の駅前に着いて、津波に襲われた海沿いの町を見て歩くつもりだったんだけど、その前にお昼を食べようと思って駅前通りのお店に入ったの。石巻は焼きそばが名物らしいから、それを注文して、ふと隣のテーブルを見たらキミ伯父ちゃんが一人で目玉焼きののっかった焼きそばを頬張ってた」

キミ伯父ちゃんというのは、谷口公道のことだった。

「驚いちゃって、どうして伯父ちゃんがこんなところで焼きそばなんて食べてるんだろうって思ったんだけど、よく見たら『谷口』って名札も胸に付けてるし、きっと何かの事情で夜っぴて石巻に駆けつける長距離のお客さんを乗せて東京から来たんだろうって……。それで、『キミ伯父ちゃん』って声を掛けようとしたら、ちょうど焼きそばの皿を持った店の人が近づいてきて、私の前にお皿を置くと、伯父ちゃんと親しそうに世間話を始めたのよ」

二人のやりとりを目の当たりにして、里佳は目の前の男が公道ではないことに気づいたのだという。

「顔はそっくりなんだけど、声や話し方が違うし、よく見ると右目の下にはっきりと分かる古傷みたいなのがあって……」

それでも里佳はまだ彼が善道だとは思わなかったらしい。

「キミ伯父ちゃんと善道さんが双子の兄弟だというのは聞いてたけど、一卵性か二卵性かもよく知らないし、だいいち、初めて訪ねた石巻で、これまで写真だって一枚も見せられたことがなくて、名前しか知らない実の父親に出くわすなんて、そんな偶然があるわけないでしょう」

白いワイシャツに付けた名札が「谷口」だと分かっていても、里佳は「絶対、他人の空似だ」と思っていたようだ。ただ、彼が公道でないことは確信した。というのも、店員と話している〝キミ伯父ちゃん〟と何度か目が合ったが、その表情に変化が見られなかったのだ。

胸がざわざわしてくるのは止められなかった。

店員が離れたあとものんびり食べている相手を尻目に、里佳は急いで自分の焼きそばをかきこみ会計を済ませて店を出た。向かいの通りに渡って「谷口」さんが店を出てくるのを待つことにした。

仙台は朝から結構な降りだったが、石巻の雨はすでに上がっていた。

数分で「谷口」さんが出てきた。傘を片手にゆっくりJR石巻駅の方へと歩いていく。里佳は向かい側からそのあとを追いかけたという。

「駅のタクシー乗り場のはずれに無人のタクシーが止まっていて、彼も同じタクシーの運転手さんだったのよ。なんて偶然だろうって思った。私はタクシーに近づいて運転席に声を掛けたの。『さきほどはどうも』って」

そして、なんとそれから数時間のあいだ、里佳は「谷口」さんに石巻の町を案内してもらったのだった。

「スポーツ紙の記者で今度楽天の担当になったとか、それでこれからちょくちょく仙台に来ることになったとか、今日は試合が流れたんで初めて石巻に来たとか、名前以外は全部正直に話して、だから石巻のことも全然知らないし、半日貸し切りで案内して欲しいって頼んだら、すごく喜んでくれたの」

里佳は淡々と語っていたが、上京後、巣鴨になかなか顔を出さなかったのは、そうやって善道に巡り合ってしまったことをやよいにどう伝えればいいか分からなかったからのようだった。

生まれて初めて実父と邂逅《かいこう》し、彼女も心中穏やかでいられたはずはない。

「乗務員証に谷口善道って書いてあって、それで初めて、ああこの人がそうなんだって思った。自分でも信じられないくらい冷静だった気がする」

里佳は言っていた。

「名前は何て名乗ったの？」

私が訊ねると、

「阿形に決まってるじゃないですか」

横合いから一平が自慢げに口を挟んできた。

その後、さらにもう一度、里佳は善道と会っていた。十日ほどして、やはり楽天のゲームで仙台入りし、試合翌日の午前中に石巻を訪ねて、善道の車で女川《おながわ》まで足をのばしたのだった。

谷口善道が石巻に住み始めたのは、震災の年の六月からだったようだ。

「ゆかりという名前かどうかまでは聞いてないけど、奥さんは看護師だって言ってたから、たぶんその人なんだと思う。その奥さんと一緒に二年前の六月に東京から移り住んだそうよ。奥さんの看護学校時代の仲間が石巻にいて、その人を頼ったみたい。地震でたくさんの人が家を追われて苦しい生活を強いられてるのを見て、何か自分たちで役に立てることはないかって夫婦で話し合って決めたって言ってた。奥さんは、普段は市内の近くの病院で働いてるの。時間をやり繰りしては、その病院の先生たちと一緒に仮設住宅を回って住民たちの健康相談をしてて、自分の方は昼間は何もすることがないから、こうしてタクシーの運転手をやってるんだって……」

さすがにその妻とは会っていなかったが、善道が住んでいるマンションの名前も彼の携帯電話の番号も里佳は聞き出していた。

「奥さんの病院は駅の近所で、住んでるマンションはそのすぐそばなの。一度車で前を通ったときに教えてくれたのよ。携帯は、また石巻に来たときは連絡してくれって向こうから名刺を渡してきたの」

私は里佳の話にさほど驚きはしなかった。やよいの元夫である谷口善道があの谷口運転手の弟だと知り、その谷口公道と会って善道の話を聞いたときから、早晩こうした展開になるのだろうと何となく分かっていた気がする。

それは隣に座るやよいにしても同様のようだった。

里佳が実父と出会ったと聞いても、彼女は普段通り淡々としていた。

「ねえ、善道さんって右目の下に大きな傷があったの？」

里佳に確かめられて、

「あったわよ。若い頃にやくざと喧嘩して、ドスで斬られたんだって。危うく失明するところだったって言ってたけど、あの人の話はあてにならないことが多かったから、本当かどうか分からないわね」

やよいは言った。

「で、どんな人？」

やよいの手前だからか、善道の人となりには触れない里佳に私はあえて訊ねてみた。

「やさしそうな人だよ。キミ伯父さんによく似てる」

里佳が言う。

「根は悪い人じゃないのよ」

やよいがすかさず言い添えてきた。

究極の死

定刻通りの午前十一時七分に仙台に着いた。

駅の東口を出て五分ほど歩き、トヨタレンタカー仙台駅東口店で、昨日予約を入れておいたアクアを借り、そのまま石巻に向かった。

震災から二年半近くが過ぎているが、仙台と石巻とを結ぶＪＲ仙石《せんせき》線はいまだに完全復旧に至っていない。代行の高速バスを使うか、こうして車で北上するのが手っ取り早かった。

高速に上がると車の数が急に減った。空は澄み渡り、酷暑の東京と比べると風も幾分か涼しい。仙台東部道路の仙台東ＩＣから三陸自動車道の石巻河南《かなん》ＩＣまで四十分足らずだった。

石巻駅前に到着したのは十二時四十分。ロータリーの隅に車をとめて、タクシー乗り場に並んだ数台のタクシーを見る。

善道が働いているのは石巻中央タクシーで、行灯《あんどん》の文字は「中央」だと里佳が言っていた。付け待ちしている車の中にはなさそうだ。

タクシーの仕事だから土日は無関係だろう。マンションを訪ねても不在の可能性もあった。そのときは時間を潰しながら何度でも訪ねるつもりだ。今日がだめなら明日の早朝にでも行けばいい。

今夜は石巻に泊まるつもりで石巻グランドホテルに部屋を予約していた。

駅前の商店街を抜けて立町《たちまち》大通りに入る。ここをまっすぐに行けば中瀬《なかぜ》にある石ノ森萬画館に着く。別名マンガロードと呼ばれる道を低速で走った。震災直後に訪れた折はこのあたりから海側にかけてはめちゃくちゃな状態で、交差点には漁船が打ち上げられ、流されずに済んだ建物には軒並み車が乗り上げたり、突き刺さったりしていた。現在の風景からはそうした惨状は想像もつかない。左右の店もおおかた営業を再開しているし、右手にはニュースでもしばしば紹介される「石巻立町復興ふれあい商店街」の看板も見えた。

だが土曜日というのに人の姿も車の姿もほとんどなかった。着実に復興しているという雰囲気は皆無だ。

商工会議所の脇を右に折れ、ことぶき町通りに出る。ここを直進して日和山《ひよりやま》公園に登ってみることにした。前回来たときも日和山から石巻湾を見下ろした。港と海が一望にできて、家も工場も跡形もなく津波にさらわれてしまった無残な町の姿に声を失ったものだ。

公園の駐車場に車をとめ、山頂にある鹿島御児《かしまみこ》神社の鳥居をくぐる。拝殿の脇には、

——本殿御造営の支援金をお願い致します。

拝殿奥のご本殿が甚大な被害を受け解体することになりました。

皆様のご協力をお願い申し上げます。

日和山　鹿島御児神社

という立て看板が置かれている。

参拝を済ませて展望台へと向かった。腰の高さほどの柵があり、その向こうには青々とした石巻の海が広がっていた。

沿岸部には草ぼうぼうの空き地が広がっているばかりだ。

右手にある日本製紙の工場は操業を再開しているようで、煙突からは煙が上がっている。だが、それ以外の土地は手つかずと言ってよかった。

瓦礫が撤去され、道路が復旧した以外の変化はほとんど見られない。

いずれまた、この町には大津波が襲ってくる――そう考えると生き延びた住民たちも帰るに帰れないのだろう。それでなくとも家も車も何もかも奪われてしまったのだ。

被災者のために何か役に立ちたいと考えて、谷口善道とゆかりはこの地にやって来たという。ゆかりは仮設住宅の住民たちの健康相談に乗り、善道はタクシーで働きながら、時間を見つけてはゆかりとともに仮設を巡って独り暮らしのお年寄りの世話をしているという。

それに比べて自分は……。

荒涼とした眼下の景色を眺めながら痛感する。

病気にかまけて、私は被災地の人々のために何一つ力を貸すこともできなかった。病を得ると同時に、人は社会とのつながりを失い、誰かを思いやったり、誰かのために尽くすことができなくなる。健康の大切さとはまさしくそこにあるのだろう。たとえ一人で生きていたとしても、死ぬ最後の最後の瞬間まで、人は社会と、そして人々と深くつながっていたいのだ。

〈つまり広い視野に立って自分の体の問題を見つめることだ。病気の回復だけが目標ではない。それよりもっと大切なことは、怖がらずに生きぬいて平和な生活をして究極の死をむかえることだ。そうすれば治癒への道も開ける。そして、人は誤った強がり——人はどんな病気も治せ、死ぬこともないという——からも解放されるのだ。〉

この文章でドクターが言う「究極の死」とはどんなものなのか、私は二年間ずっと考えつづけてきた。

病気の回復だけを目標にせず、怖がらずに平和に生き、そして究極の死を迎えようと願う。そのとき初めて治癒の道が見えてくるとドクターは説いていた。どんな病気でも治せるし、自分は決して死んだりしないと強がっている限り、末期がん患者に治癒は訪れない。彼はそう書いていた。

これは一体どういう意味なのか？　ドクターは何を言おうとしているのか？　治癒のための「究極の死」とは何か？

おぼろげながらもその答えが私には見えている気がする。

結局、私たちは私たち一人では決して生きられないのだ。私たちには末期がんを治す力などないし、心の奥底ではそのような力を欲してもいない。

ただ、私たちは限られた人生の中で、ひたすら安らかに平和に生きつづけたい。

そして、そのために最も必要なものは、社会や人々と深くつながり、私個人ではなく私たち全体としてよりよく生きることなのではないか。全体で生きると本気で決心したとき、病者として孤立していた私たちは不治の病を克服する常ならぬ力を獲得し、さらにはそこを超えて究極の死を手にすることができる。最後の最後の瞬間、私たちはやよいの言うようにたった一人でこの世界に別れを告げる。自分だけの〝死の厳粛〟を味わうのだ。

ドクターの言う〈広い視野に立って自分の体の問題を見つめる〉とは、おそらくはそういう意味なのだろう……。

風は変わらずだが、日射しは時間を追って強くなってきていた。

私は境内にある小さな売店に入り、かき氷を食べた。

屋根の下でしばらく涼んでから車に戻る。

善道の住むマンションはJR石巻駅のすぐ近く、千石町《せんごくちょう》にある。ここからなら十分もかからない距離だった。

時刻は一時二十分。石巻グランドホテルも同じ千石町なので一度寄ってレンタカーを預け、それからホテルの裏手に位置するマンションまで歩けばいいだろう。

チェックインすると、準備が整っているというので荷物を持って部屋まで上がった。八十二平米のスイートルームが一泊三万円。東京と比較すると破格の値段だが、それにしても安過ぎる気がする。

シャワーを浴びて一階に降りた。

コーヒーショップに入って、エビ&カニピラフとアイスティーのセットを注文する。ウエイトレスに震災のときのことを訊ねると、地震で裏の駐車場は六十センチも沈下し、津波でフロントロビーは水浸しになったという。カーペットや調度品などを全交換し、仮営業を始めたのは地震から五カ月後の八月一日からだったそうだ。

ピラフは思いのほか美味しかった。

時刻は二時半になるところだった。昼餉時を過ぎ、人を訪ねるにはちょうどよい頃合いだ。

ホテルを出て旧北上《きたかみ》川の方角へ歩く。このあたりにはやたら病院が集まっているようだ。内科、小児科、耳鼻咽喉《いんこう》科に整形外科、歯科医院の看板もあちこちに見える。病院町という様相だった。善道の妻が勤めている医院もこの中のどれかに違いない。

百メートルも歩くと、左側に遠く六階建ての白いマンションが見えてくる。あたりには他に目ぼしい建物がないので、おそらくはあれが谷口善道の住むマンションなのだろう。

「白くて割と大きなマンションだった」と里佳も言っていた。

私は道を左に折れて、そちらを目指した。

五分ほど歩いて、大きなお寺と、これもまた大きな造り酒屋とに挟まれた細い路地に入る。屋根瓦の載った立派な塀と巨大な酒蔵の白壁との隙間を五十メートルくらい駅方向へ進むとマンションの入り口に到着した。

白タイル張りの大きなマンションだ。新しくはないが古びているわけでもない。ガラスの玄関ドアに「入居者募集」の大きな張り紙がしてある。

ドアをくぐってエントランスホールに入った。左に管理人窓口があるが誰もいないようだった。右はメールボックスコーナーになっている。

ずらりと並んだ郵便受けを上から順に見ていく。表札の入っていないものが半分くらい。「谷口」を探した。見つからなければ里佳に聞いた携帯番号に連絡するしかない。

四〇三号室のメールボックスに「谷口」という名前があった。差し込んである厚紙を抜いてみると案の定名刺の裏で、それは里佳が渡されたものと同じ石巻中央タクシーの名刺だった。

会社の住所、電話番号の隣に「ドライバー　谷口善道」と印刷されている。

とうとう谷口善道のもとへと辿り着いた。正道と会い、公道と再会し、そして双子の弟である善道にこれから会う。東京に戻ってきてまだ二カ月ほどしか経っていなかった。展開は加速され、私は一体どんな深層へと降りていくのか。善道によって私は一体何を知らされることになるのか。

そう考えると、背筋のあたりにピアノ線でも一本通したような緊張が生まれてくる。

ちょうど山下やよいを見つけるために野々宮を訪ねたあの晩のようだった。

二年前の八月二十九日に神戸に入り、半月後には山村はるかの紹介で谷口里佳と出会った。そして里佳に案内されて野々宮を訪ね、野仲さつきと初めて会ったのは十月五日だった。野中さつきこそがやよいだったのだから、何のことはない、私は神戸に来てたった一カ月余りでめざす相手に巡り合っていたのだ。

私たちの人生は私たちが感じたり想像したりしている以上に、一つの定めに従って動いているような気がする。偶然をはるかにしのぐ必然によって形作られているのが、私たちの人生なのだろう。

名刺を元に戻し、エレベーターホールに行った。ボタンを押すとすぐに扉が開く。昇降かごに乗り込み4の数字にタッチする。一つ深呼吸をした。

四〇三号室の前に立ち、「谷口」と書かれた表札の下にあるインターホンを鳴らす。はい、という声が間を置かずに返ってきた。

「初めまして。わたくし菊池と申しますが、新聞記者の阿形さんにこちらを教えていただいてお伺いしました」

二度タクシーを利用しただけの客に紹介された人間が、いきなり私宅を訪ねてくるのも面妖な話だろうが、まずはそう言って相手の反応を見るしかない。

「はあ……」

一瞬、息を呑むような気配があった。

錠が解ける音がして、青い金属製のドアがゆっくり開いた。

「こんにちは」

軽く会釈しつつ谷口善道の顔を見る。里佳の言っていた通り、兄の公道とそっくりだった。背恰好も顔かたちも、そして白髪交じりの短髪まで一緒だ。

「申し訳ないんですが、今日は非番なんですよ」

仕事の依頼だと思っているのか、善道はすまなそうに言う。

「いや、そういう用事ではなくて、今日は、阿形さんの件で谷口さんとどうしてもお話がしたくて東京から訪ねてきたんです。私はいま巣鴨で野仲やよいさんと一緒に暮らしておりまして、実は、阿形さんはやよいさんの一人娘なんです」

善道と会って訊ねたい具体的な質問があるわけではなかった。こうして対面することで彼の口から何か貴重な話が聞けるはずだと思っているのだ。里佳が東京に出てきたのは、私を善道へと導いてくれるためだったに違いない。

谷口善道は奇妙なものでも見るような目つきで私を眺め、しかし、

「どうぞお入り下さい」

丁重な物言いになった。

「恐れ入ります」

私も今度は深くお辞儀をして部屋に上がる。

無事に善道と会えたときは、里佳のこともやよいのことも包み隠さず話していいとの了承を本人たちから取り付けてあった。

短い廊下の突き当たりにドアがあり、その先が八畳ほどのリビングダイニングになっている。正面がベランダ付きの窓、左の壁には引き戸がはまっている。引き戸の奥にもう一つ部屋があるのだろう。玄関脇にもドアがあったので、2LDKといったところか。壁紙もきれいだし、掃除も行き届いている。リビングにはカーペットが敷かれ、窓側に大きめの座卓が据えられていた。座卓の周囲には布地の座椅子が三脚置かれている。右の壁に細い本棚と小ぶりのテレビとテレビ台があるきりで調度のたぐいは他にない。ただ、入り口の脇に黒いマッサージチェアが据えられ、これはなかなか立派なものだった。

「どうぞ座ってて下さい」

くたびれたチノパンにグレーのTシャツ姿の善道がカウンターキッチンに入りながら言う。その後ろ姿を見る限り、公道より少し痩せているようだ。

部屋はクーラーがきいて肌寒いくらいだった。善道は電気ポットのお湯を汲み、急須で丁寧にお茶を淹れ、湯呑みを二つお盆に載せて座卓までやってきた。

窓を背負って彼は座った。お盆の上の湯呑みを私の前に静かに置く。

会ったばかりの相手だが、想像していた人物とはだいぶ違うと感じていた。雰囲気にも何気ない所作にも独特の優雅さのようなものがある。里佳は「やさしそうな人」だと言っていたが、私にはまずは思慮深そうな面立ちに見える。

一服して、緊張がすーっとほどけていくのが分かった。彼も湯呑みを持ち上げ、うまそうにお茶をすすっていた。

「あまり驚いた様子ではなかったですが、気づいておられたんですか？」

私が言う。

谷口善道は表情は変えず、小さく頷いた。湯呑みを座卓に戻し、

「やよいと瓜《うり》二つですもんね。すぐに気づきました」

そこでかすかな笑みを浮かべた。

「そうだったんですか」

「はい」

善道は一度、手元に視線を落としてふたたび顔を上げ、

「いまさら父親だと名乗るわけにもいきませんから」

と付け加える。

「なるほど」

「京都の兄が面倒を見てくれているというのは、公道から聞いていたんです。二度ほど京都に行って、遠くから姿を見ました。最後はあの子が中学生の頃でしたが」

「公道さんとはずっと連絡を取り合っていたんですか？」

「いや、やよいがあの子を連れて神戸に帰ってしばらくまでです。それからは公道ともすっぱり縁を切りましたから」

「どうして？」

「さあ、どうしてなんでしょうね。やよいとあの子はちゃんと生きていけると思ったからでしょうか」

「そうでもなかったと思いますよ。やよいさんは善道さんと別れた後、ずいぶん苦労していますから」

再婚した夫や双子の息子たちを震災で失った事実をおそらく善道は知らないだろう。

「そうですか……」

呟いて、善道はまた俯くように視線を落とした。

昭和五十八年三月十四日

私はやよいと出会った経緯をかなり事細かに善道に話した。自分が末期がんの患者であることも、一年ほど前からやよいと暮らしているのは、病気を癒やす力が彼女にあると信じているからであることも伝えた。

むろん善道と一緒だった時代のやよいには、そういう並外れた能力などなかったはずだ。

善道は黙って私の話を聞いていた。相槌を打つわけでも、先を促すような目をするわけでもない。ただ、彼と相対していると不思議なほど気持ちが静まっていく。

警察沙汰に巻き込まれ、追われるように男や街から逃れたやよいが、とある雨の晩、この男と巡り合って、すがりつきたい気持ちになった理由が分かるような気がする。

善道は、小山田貴文にどことなく似ている。

「公道さんが、ゆかりさんはきっと子供を亡くした人なんだろうと言っていました。そのせいで善道さんはやよいさんのところに戻れなくなったんじゃないかと……」

「昔の話です」

善道は淹れかえたお茶をすすったあとに言う。

「他にも理由があったんですか」

「ゆかりは、ただ子供を亡くしただけじゃなかったんです」

「というと……」

「彼女は僕がときどき顔を出していたスナックのママでね。最初は友達というか、店のことなんかで相談に乗っていただけでした。やよいとすでに一緒になっていましたし、別に女として見ていたわけじゃなかった。いろいろ話を聞いているうちにこれまでずいぶん苦労してきたことが分かった。若いときに産んだ娘を捨てて逃げて来たなんて話も、そんな中で彼女の方から打ち明けてきたんです」

「じゃあ、当時は看護婦さんじゃなかったんですか？」

「ええ。二十三歳で女の子を産んで、しばらくは子供を抱えて看護婦を続けていたらしいんですが、その頃勤めていた病院の入院患者と関係ができて、どうやら、その男がやくざ者より性質《たち》が悪いくらいで、三人で暮らし始めるとひどい暴力をふるうようになったんです。とてもじゃないが真っ当な仕事はできなくなって、男に言われるままに水商売の道に足を突っ込み、あとはお決まりのコースですよ。娘が三つくらいになると、自分だけじゃなくてその子も虐待を受けるようになった。しかし、彼女には何をどうすることもできなかったんです」

善道は淡々と話す。

「あるとき、子供の泣き声にたまりかねた隣人が警察に通報して、それで虐待の事実が露見したんです。すでに五歳になっていたから、本人が自分の口でどんな目にあってきたか話すこともできた。児童相談所と何度か話し合いが持たれて、男と別れることと、とりあえず娘を施設に入れるように言われて、当時はもう自分自身が毎日殴られてるような状態ですから、警察や相談所の人たちの言うままに子供を手放したそうです」

「娘さんの父親はどうしてたんですか？」

善道の説明からすると、娘の父親はその暴力男ではなかったようだ。

「実の父親は、看護学校を卒業して最初に勤めた病院の医者だったんです。父親くらい歳の離れた人で、もちろん不倫ですよ。食い物にされたんだと思います」

「だけど、子供までできたわけでしょう。父親だったら何か手を差し伸べることだってできたはずじゃないですか」

「ゆかりは、子供ができたことさえ知らせてないんですよ。相手の男は何も知らないままだった」

「まさか」

「でも、それが事実なんです。結局、彼は死ぬまで自分が遊び半分に手を出した看護婦が子供を産んだことも、その子が死んでしまったことも何一つ知らなかったんです」

　善道はそこだけは強い口調になって言った。

「やよいに子供ができたと聞いたとき、ゆかりにも子供を取り戻させてやろうと思ったんですよ。どうしてそんな気になったのか、いまでもうまく説明できません。しばらく前に男とは切れていました。男が服役したんです。少し先の話ですが、彼は刑務所で死にました。男がいなくなったのなら子供を迎えに行けばいいじゃないかとずっと言ってたんです。もう一度ちゃんと母娘で暮らすべきだって。だけど、彼女は迷っていました。施設に預けたあと、通っていたカウンセリングにも行かなくなって姿をくらまし、結局、別れると決めた男とずるずる続いてしまった。

　そうやって七年間も放ったらかしにした娘を一体どの面下げて迎えに行けるんだというわけです。何しろ五歳で手放した彼女もすでに小学校六年生になっているはずなんですから」

　そこで善道はなぜか私の顔をじっと見つめた。

私の方は彼の話を聞いているうちに次第に胸のあたりがざわざわしだしていた。

「で、僕が一緒についていくことにしたんですよ」

「どこへ？」

「子供を預けている児童養護施設です。蒲田《かまた》の方にありました」

「それで」

「娘さんは亡くなっていました。三年前に小児がんで……」

ということはその子は当時、八歳くらいだろうか。小学校三年か四年ということになる。

蒲田の児童養護施設に預けられ、八歳で小児がんで亡くなった女の子……。

「人間が狂う姿を生まれて初めて見ました」

善道は言った。

「どうして迎えに行けなんて言ったんだってひどく責められました。行かなければ知らなくてすんだのにって」

「いつ頃ですか？」

自分の声が震えているのに気づく。善道は怪訝な表情になった。

「いつ頃って？」

「その施設にお二人で行かれたのです」

「まだ里佳が生まれていませんでしたから、八六年の秋くらいですね」

「じゃあ、その娘さんが亡くなったのは八三年ということですか」

「そうですね。命日は昭和五十八年の三月十四日です」

「どこの病院ですか？」

善道はますます訝し気な気配になった。

「その子が亡くなったのは？」

「大森の病院だったそうです」

私はゆっくりと立ち上がった。

「ご仏壇があったらお位牌《いはい》を見せていただきたいんですが……」

この私の一言に善道は驚愕したような顔を作った。そんなふうに感情を露《あら》わにした彼を見るのは今日初めてだ。だが、何も言わずに彼も立ち上がる。

「どうぞ」

と言って、彼は閉まっていた引き戸を開けた。そこは六畳の和室で、窓に近い壁際に小さな仏壇が安置されている。あとは何もなかった。おそらく善道たちはここに布団を敷いて寝ているのだろう。

ほんのかすかに線香のにおいがする。善道の後ろについて入る。

仏壇の中の花立には白菊とりんどうが活《い》けられている。供物台にはお饅頭《まんじゅう》が一つ載っていた。

「拝見します」

と言って私は小さな位牌を手にした。表の戒名を読み、位牌をひっくり返して裏を見る。

俗名　今野真尋
行年　八歳

とあった。

「菊池さん……」

名前を呼ばれて位牌を持ったまま振り返る。

「そうやって、いまのあなたとまったく同じことをした人が、もう一人いるんです」

と善道が言った。

真相

ゆかりは一カ月間泣きつづけました。

放っておいたら、いつ首をくくるか分からないから目が離せない。あの頃はやよいと大森に住んでいたんですが、ゆかりの住んでいる練馬のアパートを出ることができなくなった。彼女と深い関係になったのは、養護施設を訪ねたあとからのことです。

ちょうどひと月経ったある朝、ゆかりがさっぱりとした顔で言ったんです。

「看護の仕事に戻ります」

って。

その日のうちに近くの病院で仕事を見つけてきました。

彼女は小児科の看護婦になったんです。

そのあとも数年のあいだは、ある日突然、半狂乱になっていましたね。でも絶対に仕事は休まなかった。死んだ真尋ちゃんと同じような病気の子供たちの世話を、それこそ死に物狂いでやっていました。

あの子たちのために生きるんだっていつも言っていた。幾つか病院を替わって、最後は秋葉原の大きな病院の小児科で婦長を務めていました。

小山田藍子先生が小児科部長としてやって来たのは婦長になって五年目の頃です。そうですね。ゆかりの方が先にあの病院で働いていました。

今度の部長先生はいままでの人とは違う、って興奮していました。普通のお医者さんじゃない。聖者のような人だって。

小山田先生とはすぐに親しくなったようです。部長と婦長二人三脚で小児科のいろいろなことを改革し、改善していったようでした。

一年も経つと、先生は同志だって言うようになった。

震災の年がゆかりの定年でした。

地震のあと小山田先生もゆかりもすぐに被災地に入りました。岩手から宮城、福島と回って被災者の治療に当たった。

ゆかりは三月末で退職しましたが、それからも看護師としてしょっちゅう被災地に行っていました。この石巻には看護学校時代の親友がいて、彼女の勤める病院を拠点にあちこちに足をのばしていました。ゆかりは看護の仕事に戻ったあと心理カウンセラーの資格も取っていたので、津波で心に大きな傷を受けた子供たちの世話をしに行っていたんです。

小山田先生も休みができると一緒に被災地を回っていました。

あれは五月の連休明けだったでしょうか。いつものように一緒に石巻から戻ってきて、ゆかりが小山田先生を家に連れて来たんです。

そんなことは初めてでした。どういう風の吹き回しだったのか。写真で顔は存じ上げていましたが、僕が小山田先生と会うのはその日が初めてだったんです。

先生が家に来て、顔を合わせた瞬間に奇妙なことが起こった。先生がものすごく不思議そうな顔で僕を見て、

「谷口さんがどうしてここにいるの？」

って言うんですよ。

僕もゆかりも目を丸くしてしまった。最初は先生が何を言っているのか分かりませんでした。

しばらくしてぴんときた。きっと僕のことを公道と勘違いしているんだろうと。

「先生はうちの兄をご存じなんですか？」

と訊ねたんです。

「僕には谷口公道という双子の兄がいて、タクシーの運転手をやっているんですが……」

するとと先生は狐につままれたような顔をしたあと、

「知っているも何も、息子の誠君を連れて実家の医院によく来ていました。父が主治医だったけど、私も誠君や谷口さんを何度か診察させてもらったことがありますよ」

と言うんです。

今度は僕とゆかりがびっくり仰天してしまった。

「先生のご実家はどちらだったんですか？」

ゆかりが訊いて、

「うちは父がずっと世田谷の下馬の方で開業医をやっていたの。その父ももうずいぶん昔に亡くなってしまったんだけど」

小山田先生が答えた。そしたらゆかりの顔つきが変わったんです。

「下馬って、学芸大学駅のそばの病院ですか？」

と訊き返して、

「そうよ。新田内科医院っていうの」

その瞬間、ゆかりがボロボロボロボロ涙を流し始めた。

しまいには膝をついて泣き崩れてしまった。

「谷口さん、どうしたの」

先生は困惑したような顔で、ゆかりの背中を長いあいだ撫でてくれていました。私にはどうしてゆかりが泣き出したのか、理由が分かった。

本当の父親については、親子ほども歳の離れた人で、初めて勤務した病院の医師だったという以外は何も聞いていませんでしたが、小山田先生の父上こそがその人だったんです。

そういう話を涙交じりにぽつぽつとゆかりが話して、小山田先生の顔はみるみる真っ青になっていきました。信じられないという様子でした。

「せめて仏壇にお参りさせて下さい」

先生は土下座するくらいにゆかりに謝って謝って、それからそう言いました。

そしてね、さっきの菊池さんみたいにあの仏壇の前に立って、真尋ちゃんのお位牌をそっと手にして裏返したんです。

「今野真尋」という名前を一目見たとたん、今度は小山田先生がものすごい声を上げた。

僕は、人間があんなふうに泣く姿を見たのは初めてでしたよ。

それはそうですよね。娘のように愛して、「今度生まれ変わったら本当のおかあさんになってあげるね」って約束して、最後は思い切り抱きしめて、「おかあさん、おかあさん」という小さな声を耳に焼き付けながら看取った真尋ちゃんが自分の本当の妹だったのだと、先生は二十八年を経て初めて知らされたんですから。

ゆかりと先生は一晩中、抱き合って泣いていました。ごめんなさい、ごめんなさいって二人で繰り返していた。

僕はそんな二人を眺めながら、世の中にはこんなことがあるのだろうかと呆気にとられる思いだった。

こんな偶然、いやこれはもう偶然のはずがない。自分の父親が若い看護婦に手をつけて産ませた子をその手で看取り、あげく、腹違いの妹を産んだ当の女性と同じ職場で手に手を取り合って働き、親友のような関係になるなんて、そんな偶然があるはずがない。しかも、自分が診察していた患者の双子の弟が彼女の夫となり、その弟と出会うことで真実が明かされるなんて、そんなことがあり得るはずもない。

一体これは何なんだろうと思いましたよ。

死んだ真尋ちゃんの魂がまだこの世界にあって、そしてこんなふうにゆかりと小山田先生を引き合わせたんじゃないか――そうでも思わないと納得ができない気持ちだった。

だけどね、菊池さん。

今日、あなたと会って、僕はいま、もっともっとただならない気持ちになっている。

ねえ、菊池さん。これは一体何なんですか?

再会

あれだけ父として、同じ医師として深い敬愛の念を持って接してきた新田貞行が、たまたま一時期応援で通っていた友人の病院で、看護学校を出たばかりの今野ゆかりと関係を結び、子供まで産ませていたことに藍子はどれほどの衝撃を受けただろう。

しかも、その子供こそが今野真尋だったのだ。

藍子が真尋を見た瞬間に他人とは思えない気持ちにさせられたのも、誰に対しても心を開くことのなかった真尋が藍子にだけはすぐに懐いたのも、二人が新田貞行という同じ父親の血を分かち合う姉妹だったからだ。

藍子は真尋を産んだとき、彼女を今野真尋の生まれ変わりだと信じた。そうやって自らの力で復活させることができるほどに自分と今野真尋とは深い絆《きずな》で結ばれていると確信していた。だが、真尋は今野真尋の生まれ変わりである必要など最初からなかったのだ。

そして、たった八歳で死なねばならなかった今野真尋の幸薄い生涯に最も重い責任を負わねばならなかったのは、患者たちに慕われ、地域医療に献身し、あたかも町の聖者のごとく周囲の尊敬を一身に集めて何も知らぬままに大往生を遂げた父、新田貞行だった。

——彼女は地震と原発事故が起きてしばらくしてから明らかに変わった。大きな心境の変化があったのは間違いない。

小山田貴文が言っていたことはやはり正しかった。

震災のあとの藍子は「何かにじっと耐えているようなそんな感じだった」とも小山田は洩らしていたが、その理由は、今野ゆかりとともに被災地を歩いたことにあるのではなく、ゆかりの口から想像だにできないような真実を聞いてしまったゆえだろう。

——これは一体何なんですか？

という谷口善道の呟きは、私の呟きでもある。

藍子はなぜ私と別れ、小山田のもとへと去ったのか？　秋葉原の病院に移り、その婦長だった今野ゆかりと出会うためなのか？　今野真尋が貞行の娘であることを知るためだったのか？

私はなぜあの晩、一度きりの過呼吸発作に見舞われ、新田内科医院に行かねばならなかったのか？　私は偶然、藍子が忘れていった手帳を開き、一枚の写真を見つけ、彼女のはかりごとを察知した。なぜあそこで私は今野真尋の存在を知らなくてはならなかったのか？

私はなぜ谷口公道の車に乗ったのか？

藍子と出会い、真尋のことで決定的な亀裂を作り、やがて離婚した。それが原因となって末期の膵臓がんを患い、山下やよいを探す旅に出た。やよいを見つけ、彼女の夫が谷口善道だと知り、里佳が善道の娘だと知った。

そしてその里佳に導かれて善道と会い、貞行が今野真尋の父親であることを突き止めた。

こうした一連の流れは偶然の連続でしかないのか？

それともあらかじめ何者かによって仕組まれた計画が存在し、その計画通りに私の人生は動かされているのだろうか？

藍子はやはり、真尋が今野真尋の生まれ変わりだということを徹底的に拒絶したあのときの私が、どうしても許せなかったのだ。だからこそ、今野真尋が実の妹であったと知って小山田と別れる決意をした。長い結婚生活のあいだずっと私のことを許せずにいた彼女は、自らの決定的な思い違いに初めて気づいたのだ。

長い話を終えて、私たちは善道の車で大橋《おおはし》地区の仮設住宅へと向かっていた。時刻は五時半を回り、日は次第に傾き始めている。

近くの内科医院での勤務を午前中で切り上げ、ゆかりは午後から仮設住宅を巡っているらしかった。土曜日はいつもそうで、日曜日は朝から市内各所の仮設を回っているのだそうだ。

大橋に来るときはいつも停めるというミニストップの広い駐車場に善道は自家用の軽自動車を入れた。

車を降りると、やや強い風が吹いている。西の空には夕焼け雲がたなびき、その雲が見て取れるような速さで北へと流れている。あと三十分もすればすとんと陽が落ちる。最近の東京もそうだった。

三叉路の向こうに仮設住宅群がある。左側には多くの住宅が建ち並び、右はそれに比べると小規模だった。

ここはもとは県の合同庁舎用地だった場所で、着工戸数は五百戸を超え、千人以上の人々が居住している。石巻市でも最大規模の仮設団地の一つだと道々、善道が説明してくれた。震災から二年半近くが経過した現在でも、市内には七千戸近くの仮設住宅があり、一万五千人以上の被災者がそこで暮らしている。十四万人弱の人口の実に一割以上が仮設の住人ということになるのだという。

　道路を渡り、仮設住宅の掲示板まで歩く。

「大橋地区　応急仮設住宅案内図」には夥《おびただ》しい数の住宅が黄色いブロックとして描き込まれていた。案内図の上には一枚のビラがガムテープで貼り付けられている。

「夏、まっ盛り！　アルコールのことを知ろう会―アルコールとの上手なつき合い方」

　というタイトルの下に、
・お酒について楽しく知識を深めたい。
・眠れずについお酒を呑んじゃう。
・自分にとっての適量ってどのくらい？
　という吹き出し付きの漫画が描かれ、

「お酒は上手に付き合うと百薬の長になります。アルコールの知識をたのしくまなびましょう！」

　とあった。

　アルコール・ソーシャルワーカーが四日後の八月二十八日にこの「仮設大橋団地」の東集会所にやってきて講演をするようだった。

案内図の隣にもたくさんのポスターやビラが貼られていた。健康相談、英会話のお知らせ、大護摩供養、映画会、それに電気自動車試乗会の案内まである。

敷地には広い駐車スペースが確保され、そろそろ夕餉時とあってたくさんの車が駐車していた。

「そこの土手の先はもう旧北上川の河原なんですよ。このあたりだと車なしではなかなか生活できません」

駐車場の車列を眺めている私に隣の善道が声を掛けてくる。

「ここもよく来るんですか？」

私が訊くと、

「そうですね。うちのマンションから近いし、住民の数も多いですから」

善道も休みの日は、独居老人たちの部屋を回って、買い物を頼まれたり、病院通いに車を出したり、話し相手になったりしているようだった。

「身寄りのない人、年老いて先の短い人たちが、結局は取り残されていくんですよ」

さきほど車の中で彼は言っていた。

私たちは団地の入り口にじっと佇んでいた。

あたりはみるみる暗くなり、それにつれて各々の住宅で明かりが灯り始める。風も方向を変え、にわかに冷たさを増していた。

十分ほど待っただろうか。

川沿いの棟と棟とのあいだの細い路地から二つの人影が現れた。

ゆっくりとこちらに向かって歩いてくる。白衣を着ているのかと思ったが、二人とも普段着のようだった。

初めて見る今野ゆかりは意外に上背がある、横の女性よりも頭一つ分ほど高かった。どちらもぴんと背筋を伸ばしてしっかりとした足取りで近づいて来る。

八年ぶりに見る藍子は、遠目にはさほど変わった印象はない。太りもせず瘦せもせずだろう。藍子も今年の十月十一日で五十八歳だ。私は七月にすでに五十五歳になっていた。

「迎えに行っていいですか」

私は善道に言う。

「もちろん」

善道が頷いた。

私はゆっくりと藍子に向かって歩き出す。もう二度と会うはずのない人だった。それがこんな形で再会を果たすことになるとは……。

人生はまさしく謎に満ち満ちている。

善道とゆかりが石巻行きを決めたのは、藍子と重々相談の上だった。二人が先乗りしてあれこれ準備をし、八月いっぱいで秋葉原の病院を退職した藍子が九月に転居してきて合流した。ゆかりの看護師仲間が勤めている病院の院長がちょうど後継者を探しているところで、藍子の石巻入りは渡りに船だったようだ。高齢の院長は一線を退き、いまは藍子が駅前の内科医院を引き継いでいるという。ゆかりも友人の看護師もその病院で働いているのだった。

互いの距離が二十メートルほどになったところで、藍子の歩みが遅くなった。訝しげな様子でこちらを見ている。

私は小さく右手を掲げた。

藍子が立ち止まり、隣の今野ゆかりが一緒に止まって、まず私の方に視線を送り、そして藍子の横顔を見つめた。

目の前にしてみると、藍子は少し瘦せていた。もう自然にはその顔も姿も思い出せないと思い込んでいたが、こうして眺めてみればそんなことはなかった。長い年月を共に過ごした人のことを人は決して忘れることができないのだ。

掛けるべき言葉が見つからず、

「やあ」

と言った。

藍子は食い入るような瞳で私の顔を見つめている。

「あなた」

それが八年ぶりに耳にする藍子の声だった。

「神秘」

余命一年と宣告されてからの出来事を書き始めてみると、思いがけず長い物語になってしまった。とてもそれまで書き溜めていたトゥルー・ストーリーと釣り合いが取れない。というわけで、「奇跡の猫」、「赤い服の青年」、「泣く男」の三本は、『神秘』と題したこの長編に挿話として挟むことにした。区別をつけるために『神秘』のみ語り手を「僕」ではなく「私」にしてある。

この文章は物語の最後にあとがきの心づもりで添えることにした。

もともとは、二〇一三年八月二十四日、石巻市大橋の「仮設大橋団地」の入り口で藍子と出会う場面で筆を擱《お》く予定だったので、大いなる蛇足のような気もしないではないが、どうしても書き残しておきたいエピソードがある。

いましばらくお付き合いいただきたい。

藍子と再会してすでに数年が過ぎた。

彼女はいまも石巻で医師として働いている。谷口善道とゆかりも同じだ。三人とも元気にやっている。

僕も月に一度は石巻に通っている。毎回、十日くらいは滞在するので、そのためのアパートを借りていたのだが、二年前の最大余震でそこが使えなくなり、今回は無傷だった石巻グランドホテルに連泊するようになった。

耐用年限の切れた仮設住宅は姿を消したが、住民たち、ことに身寄りのない人々や仕事の見つからない人々、老人たちは行政の用意した民間住宅に転居を強いられ、結果的に孤立感を深めている。

散り散りになった被災者たちのあいだで情報を共有し、それぞれが抱えている諸問題の解決策を探るために、僕は隔月の雑誌を出すことにした。編集にはむろん住民たちも参加してくれているが、現在一番の戦力になっているのは里佳だった。古巣からの支援も得ている。当時、雑誌の発刊について相談すると坪田社長は全面的な協力を約束してくれたし、取締役になった中根は資材や広告の面で何かと融通してくれた。

自慢するわけではないが、作っている雑誌は相当のクオリティーで、創刊から半年もすると各メディアに取り上げられ、いまではかなり名の知れた存在になっている。坪田さんは最大余震のあと会長に退き、いまは井戸川さんが社長を務めている。中根も常務に昇格し、次期社長の最有力候補だそうだ。

里佳と一平は二〇一四年の春に結婚した。

三年ほど過ぎて、里佳が妊娠し、彼女は会社を辞めた。一平の方も里佳の妊娠を機に転職して都内に本社を置く別の洋菓子メーカーで働いている。二人とも関西に戻る気はなさそうだった。

東京野々宮は変わらず繁盛していた。

僕も最近は東京にいる時間が長くなり、石巻に出るのは月に五日ほどになった。雑誌の編集は里佳と現地で採用したスタッフにほとんど任せている。校了の数日だけは詰めているが、近いうちに編集長職も里佳に譲るつもりだ。

石巻に滞在しているあいだ、里佳の娘の面倒を見ているのはもっぱら善道とゆかりだった。善道は嬉々《きき》として孫の世話に精出している。

最大余震が東北地方を襲った日、里佳と一平は仙台近郊にいた。里佳は妊娠八カ月の身重だった。

地震が起きたとき、彼らは運悪くバスに乗っていた。乗客は少なかったが、突然の突き上げるような揺れに運転手がハンドルを取られ、里佳たちを乗せたバスはそのままガードレールを突き破って十メートルを超す崖下に転落した。ちょうど山道を走っている最中だったのだ。

転落事故を知ったのはテレビニュースでだった。

その日は水曜日で、野々宮は休みだった。午後二時過ぎ、東京もかなり強く揺れ、慌ててテレビをつけた。東北をふたたび激しい地震が襲っていた。最大震度は仙台、松島、石巻、女川など宮城県沿岸部で震度6強。

石巻での雑誌の編集作業を終え、里佳は前の晩から一平と仙台に泊まっていた。当日は二人で温泉地に向かうというメールが届いていた。

僕とやよいは各地の被害状況を伝えるニュースを観つづけた。むろん里佳にはすぐに連絡を入れたが携帯はつながらなかった。妙な不安が胸に去来していたが、僕は何も口にしなかったし、やよいも普段通りにしていた。

バス横転事故の一報に接したのは一時間後くらいだったたか。

ライブの空撮映像がまず入り、すぐに現場に到着したクルーによる至近距離からの映像に切り替わった。バスは転落して完全にひっくり返っていた。

乗客がいたとすれば無事で済まなかったことは一目瞭然だった。

レスキュー隊の面々が到着し、車輪を上に向けて反転しているバスのドアや窓を破り、乗客を救出し始めている。

五分ほど経った頃だ。救急隊員や現場に駆けつけていた記者たちから一斉にどよめきが起きた。

さかさまになったバスの扉をくぐって、女性を抱いた男が悠々と出てきたのだ。

それが阿形一平だった。

一平も里佳もかすり傷一つ負ってはいなかった。あとの十数人の乗客と運転士は全員重傷で、搬送後二名が亡くなった。

「気を失っていて、何が起きたのか全然憶えていません。気づいたらバスがさかさになっていて、天井に妻が投げ出されていたので慌てて抱き上げ、無我夢中で外に出たんです」

一平は殺到する記者たちに、困惑の様子で語っていた。

週末の昼間、二人が巣鴨を訪ねてきた。東京に戻って念のための検査を受け、胎児にも何ら問題がないと判明していた。

一平が長い話をした。

僕とやよいは固唾《かたず》を飲んで彼の話を聞いた。

付き合い始めてすぐ、里佳と一平は淡路に磯釣りに出かけたのだという。

里佳は釣りなんて初めてだった。一平がちょっと目を離した隙に彼女は危険な岩場に足を踏み入れていた。びっくりした一平が慌てて駆け寄ろうとしたとき、突然の高波が来て、里佳はあっという間に波に攫《さら》われたのだった。一平はすぐに飛び込み、里佳を大きな身体で包み込むようにした。

激しい波に彼は何度も何度も岩場に全身を打ちつけられた。

命からがらなんとか陸に上がった。

里佳は足に切り傷を作っていたが、さほど深くはなかった。それでもぎょっとするほど出血していたという。

だが、一平は衣服はびりびりに裂けているものの、擦り傷一つ残っていなかったのだ。

「最初は信じられなかったの。普通だったら二人とも絶対死んでたから」

そこで里佳が思わず口を挟んだ。

僕は一平の告白を耳にしながら、もしやという思いに駆られていた。

パリ郊外での自動車事故。一平とやがて妻になる女性は無傷だったが、あとの二人は即死だったという。

「彼女が後部座席に一緒に座っていたのは事実です。衝突の瞬間、僕はとっさに彼女に覆いかぶさりました。トラックに弾き飛ばされたシトロエンは猛烈な勢いで雑木林の巨木に正面からぶつかったんです。車の前の部分が大破しただけじゃなく、その一部が僕の背中を直撃していた。なのに何ともないんです。自分自身がまるで鋼にでもなったようで金属の残骸は一ミリだって肉に食い込んでいなかった。それどころか思い切り力を込めると圧迫していた物を撥《は》ね返すことができる。だから、今回のバス事故と同じように、彼女を抱いて、後部座席のドアを蹴破って外に出たんです」

そのとき彼は、生まれて初めて自分の持っている特殊な能力に目覚めたのだという。

「でも、それからは一度だって試したことはありませんでした。調子に乗ってやってみて駄目だったら、そのまま死んでしまうわけですから。あのとき助かったのはただの偶然で、事故のショックで幻覚を見ただけなのかもしれない」

一平が自分の能力を初めて試したのは、事故から三年後のことだ。妻が突然フランスに去ってしまい、会社にも行けなくなり、とことん自暴自棄になっていた。

二〇〇二年の七月二日。

「死にたいなんて本気で思ってたわけじゃなかった。ただすっかり酔っ払って、何かとんでもないことをやらかしたい気分でした。爆弾でも持っていたら、人のたくさんいる場所でそいつを爆発させてやりたい、みたいな。やけくそな気持ちにとらわれてしまって、夜が明けてもそこからどうしたって抜け出せなかったんです」

午前十時頃、ふらふらと外に出た一平は、住んでいたマンションの最寄り駅であるJR芦屋駅に向かった。

その日、彼が着ていたのは、パリ時代に妻がプレゼントしてくれた真っ赤なシャツだったという。

あとがきに代えて――白石一文「神秘」を語る

――がんをテーマにしたきっかけは？

白石　がんは、長年、現代人の三大死因のひとつで、あらゆる国の医学界の最も優秀な頭脳ががん克服のために日々研鑽を重ねていますが、いまだに切る（手術）、焼く（放射線）、毒を使う（抗がん剤）の三つが主な治療法で、完璧な解決策は見いだせていません。これは現代における人間共通のテーマとしてはかなり珍しい現象で、非常に科学的であり哲学的なテーマであると思います。がんは人類にとって依然として最大の障壁であり、大きな謎なのです。

何年かに一度は特効薬や画期的な治療法が見つかったというニュースが流れ、しかしそのうち尻すぼみになってしまいます。ここ数十年、さまざまな治療法が脚光を浴びては消えていきました。そんななかでも有効な治療手段は年々増えていて、生存率も上がっているといいますが、僕はちょっと懐疑的なんです。少なくとも、我々が、がんを告知されたときに激しく絶望するという現実はほとんど変わっていないでしょう。

　三十代からがんの関連書籍を読み続けています。父、祖父、叔父たちもほとんどががんで亡くなり、いずれ自分も罹ったとき、安心して大丈夫と思えるようになりたくて興味関心を持ち続けてきました。家族をがんで亡くした人は僕の周りでも少なくありませんが、治療経過、手術や薬について尋ねても、詳細に答えられる人はほとんどいません。医者に任せるとしても、まずは自分でどんな治療を選ぶか決めることが大切だと思います。

　とはいえ、どれほど勉強しても、なかなか安心とまではいきません。それだけ大変な病気なんです。でも、ときには「治った」という話も聞こえてきます。奇跡的に治ったという人の話をたくさん読むうちに、がんは一括りにはできないけれど、ちょっと考え方を広げると治る可能性があるのかもしれないと思うようになりました。

――奇跡的治癒はあると？

白石　末期膵臓がんの人物を主人公にして小説を書くからには、治る可能性がないと思ったままでは書けませんよ。小説で引用した『奇跡的治癒とはなにか』を読んでもらってもいいですが、どんなに厳しいステージだと言われても治る可能性はあります。同書のみならず、そういった例は世界中で報告されている。がんについては、なぜ治らなかったかではなくて、どうしてこんな深刻な状態のがんが治ってしまったのか、を深く追究するべきでしょう。しかし、いまもってそうした現象について誰もまともに研究していないのが現状です。でも、何百万人中ごく僅かかもしれませんが、何か特別なことが起こっているのは確実です。それが一体何かを考える意味はあると思いませんか?

とにかく絶望しないことが大事です。絶望から離脱することが非常に難しい状況に追い込まれるのですが、治った人には、治った人なりの特徴、重なっている部分があるようです。僕が思うに、がんを治せた人は、がんを治すことに熱中できた人で、なぜ自分ががんになったかを突き止めた人です。「誰もが罹る病気だし、自分もたまたまなってしまった。運が悪かったのだ」という考えを捨てるのが第一歩でしょう。そうやって自らが原因を追わなければ、がんは他の誰も原因を見つけられない特殊な病気です。むろん医師には患者ひとりひとりのがんの原因が分かるはずもありません。そして、原因が分からなければ本当の意味での治療手段も見つかるわけがないのです。

たとえば、ストレスが原因だと思うなら、それが、一体どういうストレスなのか、そのストレスはいつから始まり、いまも続いているのか、それとも過去に遡って解きほぐさざるを得ないものなのか――といったことを深く考えてみた方がいい。治療しながらでも考えられます。がんはそういう時間を与えてくれる病気です。

――主人公菊池は、がんの原因は離婚だと考えました。

白石　彼の場合、妻であった藍子との関係は非常に重いものでしたから、親友と不倫して彼女が出て行ったことは許しがたかった。確かにその怒りは容易には消化できなかったに違いない。とある研究によれば、配偶者の死は最も深刻なストレスの誘因であり、免疫力を長期にわたって引き下げるものですが、離婚はそれ以上のダメージを与えることがあるといいます。菊池の場合はそのケースだったのでしょう。彼は離婚から五年後に余命一年の膵臓がんと宣告されてしまいます。

しかし、彼は治療は放棄して、まったく別の行動に打って出ます。過去に不思議な電話をかけてきて「超能力で病を治せる」と語った女性を捜し出そうとするのです。そして、ようやくその女性が見つかった雨の夜、彼女の部屋に連れて行かれると、布団の中で彼女から「女になりなさい」と求められる。

がんの奇跡的治癒を小説的にどう表現するか？　この場面を思いついたとき、これで書けると思いました。がんを治すとはそういうことなんです。つまり、今までの自分とはまったく違うものになることが秘訣です。すごく難しいことですが、それこそが、がんを治した人たちに共通する一番大きなことです。

――生きながら、生まれ変わるということですか。

白石　Aががんになったら B にならないといけないんです。A→Cancer（がん）→B、つまり今までの自分とは違う自分になるということ。A に戻ってしまってはだめなんですね。そして、A と B は決定的に違うものでありながら同等の価値がある。そこに優劣はありません。男が女になり、女が男になるというのはそういう意味で非常に分かりやすいたとえでもある。男女はまったく違っているけれど、まったく同じ価値を有した人間同士です。

悟りを開け、立派になれと言っているのではありません。怠け者が真面目になる、成績の悪い人が、勉強して頭が良くなる、そういうことではない。がんが治った人は一様に「がんは人生を変えてくれるきっかけになる」と言います。

――菊池も、彼女によって違う自分に変わるよう導かれていきます。

白石　彼女に「女」にしてもらうんですね。劇的な出会い、特殊な関係性だからこそできたことではありますが……。セックスひとつとっても人間はなかなか型通りのものから抜け出せないじゃないですか。だからこそ、こういうセックスができたら本当に変われるんじゃないかと希望を込めて書きました。

でも実は不思議なことって結構あるんですよ。小説の中で菊池が受けた電話は、昔、僕自身が体験したことです。当時、僕は週刊文春の記者で、ある日、ほんとうにそんな電話が掛かってきたのです。相手の女性が話したことはほぼ小説に書いた通りです し、手書きのメモもその場で作りました。仕事柄、ヘンなタレコミをしてくる人とはしょっちゅう話していたので、話の内容の信憑性を見極める力はすでに身についていました。彼女の場合、デタラメを言っている人とは電話の雰囲気がまるで違っていましたから、話の途中で絶対本当だと確信しました。一番びっくりしたのは、超能力で自分と他人のおっぱいを大きくしたという件です。これは暗示をかけたからといってできることではありません。

そのときの手書きのメモは、菊池がそうであったように僕もずっと大事に保管していました。そして、この作品を書くときに引っ張り出してきて、ほぼ全文、そのまま使ったのです。さらに不思議なのは、当時僕は小説家でも何でもなかったわけですが、そのメモを作った時点で、これは必ず小説にしよう、いや、いつかきっと小説になるだろうと強く感じたことです。それから四半世紀が経ち、僕は小説家になり、毎日新聞から連載の話が来たときにこれを書こうと思ったんです。

――普段からよく神秘的な出来事に遭遇しますか。

白石　人より多いのかも知れません。この電話の女性以外にも超人的な力をもつ人を複数知っています。でも実は誰もが神秘的な体験をしているのに忘れているだけなんですよ。人間の頭は、不思議なこと、理解できないことや理解しない方が便利なことは忘れるようにできているんです。それはまっとうな常識人として社会生活を営んでいくために、あまりにも規格外のことはとりあえず忘れようというバランサーが働くためです。そうしないと日常に支障をきたしてしまいますからね。

とある友人の話ですが、彼の母親の葬儀の日、ご遺体のそばで子どもたちが何かしているようなので、何をしているのと聞くと、おばあちゃんと話していたと言うのだそうです。当然亡くなった方が口をきくことはないので、幼い子どもたちには何か別のものが見えていたのでしょう。こういう話は世の中に山のようにあります。そして、この子たちはそのことを覚えているかというと多分忘れてしまう。常識的に生きていくために平衡を取り戻すのです。

性別の話でいえば、男と女の間にあらゆる性自認があるのは本来自然なことです。忘れているだけで、幼い頃、「スカートの方がいいな」と思っていた男の子や「男の子になりたいな」と思っていた女の子はわりと多くて、口にはしなくてもそれぞれ自由に感じていたはずです。社会的制約や肉体の成長に合わせて、男／女を選択する方が制度の中で生きていくのに都合がいいのでそうしますが、完全に割り切れているわけではない。なかには男女の概念を持たない人、性別を重要視しない人がいるのは、ちっともおかしなことではありません。

がんに罹る人が少ないコミュニティの特徴のひとつとして、そのコミュニティ全体がセックスにおおらかであるというのがあります。これは、当然男女間のことだけを言っているのではないでしょう。

がんという病気が厳しいのは、このバランスを戻さなかった状態とリンクしている場合が多いことです。そっちにすこし気持ちを傾けていかないと、なかなか治しにくい。

――バランスを戻さないままの方が、がんにはいいということですか。

白石　奇跡を信じる余地を持つということです。別の自分になるのに、そういう忘れてしまった神秘的な出来事を思い出してみることも必要かもしれません。

ある程度の制約は普通に生きていく場合には有益ですが、病気を治す時期には障害になる場合もある。がんになって死というテーマにぶちあたった際は、それまで自分がバランサーとして使っていたものだけでは太刀打ちできません。

だから、それを捨てることはできないとしても、ちょっと傾けてみる。すると、自分が傾いているから、いろんなことを違った風景として捉えることができるようになる。特に重要なのは自分という人間の自己イメージです。「自分はこういう人間なんだ」という思い込みを見直してみる。すると、もう一人の自分が自身のなかにずっと住みついていて、何十年ものあいだ何か肝腎なことを求め続けているのに気づいたりする。

そして、いま自分のなかにあるがんを癒やしてくれるキーパーソンは、そのもう一人の自分だったりするわけです。自分を変えると言っても、まずはそういうことからでいいと思います。誰もがバランサーは真っすぐに持つものと思い込んでいるし、一度傾けたらもう元に戻せないと思っていますが、そんなことはない。

――変わり始めた菊池は、過去の偶然の出会いが必然だったと気付き始めます。巡り巡って、最後に新しい自分で妻と出会い直すことができたのでは。

白石　普段は、人との出会いをそこまで追求しないですよね。自分との間にどういうルーツがあるのか。どういう経緯で今の関係に至ったのか――記憶がどんどん失われていくこともあって、僕たちはそんなことはあまり深く考えません。「たまたま」とか「何となく」とか、そういう言葉でやり過ごします。「あのときは運命の人だと思ったのよねえ」とぼやくことはしても、一体どんな理由でそう思ったのかは忘れているし、付き合いが長くなるうちに相手との一つ一つの体験に運命の要素を確認するなんてしなくなる。しかし、よくよく意識してみれば、人間同士の繫がりには大きな意味があるんです。菊池の場合、一度切れた藍子との縁を元の形に修復するのは難しい。そして、たとえそれが理由でがんになったとしても、それは必然だったことになる。しかし、だからこそ、その軌跡を逆回しのようにたどることでがんを乗り越えることができたのです。そうした過程で、単なるヒーラーとして存在していたはずの山下やよいと自分との隠れていた繫がりがにわかに浮かび上がってくる。

　そういう点では、彼は藍子に去られたときに彼女との縁が切れたように錯覚していたけれど、実は、まだ二人の関係は水面下で脈々と繫がっていたんです。そして、彼は、藍子との再会へと導かれるうちにそのことを思い知ることになる。人間同士の深い繋がりというのは、それくらい根深いものだということですね。

——いま死やがんに対してどんなふうに感じていますか。

白石　人生とはいろいろなプロセスを経るもので、どこのプロセスで終わっても間違いではない。越せるプロセスと越せないプロセスがあり、多くのものは越すことができますが、それはその時の運もあるし、自分が越したいと思うかどうかにも関わっています。

人生の最後のプロセスは死ですが、死に関しては、僕たちはそれまでの人生上のさまざまな試練とは異なって「越えたい」と思わなくていいのかもしれません。もうこのへんでいいかなと思えるところまで生きられればＯＫ、ということです。

臨死体験や脳死について詳しく取材、執筆した立花隆さんが亡くなる前に、若い頃は死ぬのが怖かったが、歳をとってきて怖くなくなってきたと何かに書いていて、こういう作家の肉声は実にありがたいものだなと思いました。僕も六十五歳になるので、昔よりは死が怖くなくなってきているんです。死ぬ瞬間まで畳をかきむしるくらい悔しいかと思ったらそうでもなくなってきた。不思議です。

一昨年、膵臓がんで亡くなった山本文緒さんが最期まで書いていた日記『無人島のふたり』（新潮社）にも感銘を受けました。山本さんはいたずらに悲観的になるわけでもなく、ちゃんと死ねるかなということを最期の最期までこころのなかで突き詰め、読者に必要と思われる言葉だけを残している。末期がんになってもここまでできるんだと頭が下がる思いでした。

がんになっても意識はクリアだし、自分が死に向かっていくある程度の時間を持つことができます。肉体的な苦痛は怖いですが、今はがんはそんなに悪い病気じゃないと感じています。

――もし、がんになったら菊池のように治す自信はありますか。

白石　まだまだ自信なんてありません。ただ、昔よりはちょっとあるような気もしますね。今回、文庫化にあたっておよそ十年ぶりに『神秘』を読み直してみて、この時点でここまで書けているのであれば、現在の自分はもっと先のことまで摑めているのではないかと希望を持つことができました。もちろん、この小説にがんを癒やすための決定的な方法は記されていませんが、医学的に見て役に立つ部分も含めて、がんを宣告されたならば、一度は読んで損はないと思います。

この作品は二〇一四年毎日新聞社より刊行されました。
初出「毎日新聞」連載（二〇一二年九月〜二〇一三年十二月）

白石一文（しらいし・かずふみ）

一九五八年福岡県生まれ。早稲田大学政治経済学部卒業。出版社勤務を経て、二〇〇〇年に『一瞬の光』でデビュー。〇九年『この胸に深々と突き刺さる矢を抜け』で山本周五郎賞、一〇年『ほかならぬ人へ』で直木賞を受賞。その他の著書に『一億円のさようなら』『プラスチックの祈り』『君がいないと小説は書けない』『ファウンテンブルーの魔人たち』『我が産声を聞きに』『てがでかこちゃん』（絵本）『道』『松雪先生は空を飛んだ』『投身』などがある。

装丁　鈴木成一デザイン室
装画　しらこ

毎日文庫

神秘《しんぴ》　下

印刷　2023年7月15日
発行　2023年7月30日

著者　白石一文《しらいしかずふみ》
発行人　小島明日奈
発行所　毎日新聞出版
東京都千代田区九段南1-6-17 千代田会館5階
〒102-0074
営業本部：03(6265)6941
図書編集部：03(6265)6745
ブックデザイン　鈴木成一デザイン室
印刷・製本　中央精版印刷
 ISBN978-4-620-21059-9

毎日文庫 好評既刊

英龍伝

佐々木譲

9784620210315 定価：本体780円（税別）

開国か。戦争か。いち早く「黒船来航」を予見し、平和的開国に尽力した知られざる異能の行政官、伊豆韮山代官・江川太郎左衛門英龍。誰よりも早く、誰よりも遠くまで時代を見据え、近代日本の礎となった希有の名代官の一代記。『武揚伝』『くろふね』に続く、幕臣三部作、完結。新たな幕末小説の誕生。

その話は今日はやめておきましょう

井上荒野

9784620210353 定価：本体750円（税別）

趣味のクロスバイクを楽しみながら、定年後の日々を穏やかに過ごす昌平とゆり子。ある日、昌平が転倒事故を起こし、青年・一樹が家事手伝いとして家に通い始める。彼の出現を頼もしく思っていた二人だったが、ある日家の中の異変に気付き、夫婦の日常は揺らぎ始める。第三十五回織田作之助賞受賞作。

島のエアライン 上下

黒木亮

上 9784620210384 定価：本体800円（税別）
下 9784620210391 定価：本体800円（税別）

人口十五万人の島が、八十五億円の空港を建設し、自前の飛行機を飛ばす。地方自治体が独力で経営する日本初の定期航空会社「天草エアライン」。たった一機で、地方の生活、医療、観光を支える、熊本・天草の小さな航空会社の苦難と挑戦の軌跡を、多数の関係者への取材をもとに辿る異色の〈実名〉ノンフィクション・ノベル。